金陵全書

甲編·方志類·縣志

萬曆上元縣志

（明）程三省 修
（明）李 登 等纂

南京出版社

圖書在版編目（CIP）數據

萬曆上元縣志 /（明）程三省修；（明）李登等纂
. — 南京：南京出版社，2010.6
（金陵全書）
ISBN 978-7-80718-608-3

Ⅰ. ①萬… Ⅱ. ①程… ②李… Ⅲ. ①上元縣—地方志—明代 Ⅳ. ①K295.34

中國版本圖書館CIP數據核字（2010）第090600號

書　　名　【金陵全書】（甲編·方志類·縣志）
　　　　　萬曆上元縣志
編 著 者　（明）程三省　修　（明）李　登　等纂
出版發行　南京出版社
　　　　　社址：南京市成賢街43號3號樓　　郵編：210018
　　　　　網址：http://www.njcbs.com
　　　　　聯系電話：025-83283871（營銷）　025-83283883（編務）
　　　　　電子信箱：njcbs1988@163.com
統　　籌　杞　勇　樊立文
責任編輯　潘　珂
裝幀設計　楊曉崗
責任印製　孫偉寶
制　　版　南京新華豐制版有限公司
印　　刷　南京凱德印刷有限公司
經　　銷　全國新華書店
開　　本　889×1194毫米　1/16
印　　張　60.5
版　　次　2010年8月第1版
印　　次　2010年8月第1次印刷
書　　號　ISBN 978-7-80718-608-3
定　　價　800.00 元

《金陵全書》編輯工作領導小組

顧　問　朱善璐　季建業

組　長　葉　皓

副組長　王咏紅

成　員　李　濤　李　恕　張　俊　陳光亞　尹玉蘭　李　蘭
葉南客　張玉寶　朱慶葆　李海榮　馬　寧　馬恒東
劉　凡　曹謙榮　蘇　鄭　顏一平　朱勁松　黄唯佳
劉　玲　董　偉　金安凡　杭　韜　黄亦武

《金陵全書》編輯出版委員會

主　編　葉　皓

副主編　王咏紅　陳　剛

編　委　張　俊　方標軍　尹玉蘭　李　蘭　李海榮

執行編委　朱同芳　章世和　盧海鳴

《金陵全書》學術顧問

《金陵全書》甲編·方志類

分部主編　李　蘭

分部副主編　朱海光

分部執行主編　周建國

分部執行副主編　徐智明

總序

南京，俗稱金陵，中國著名的四大古都之一，是國務院首批公佈的國家歷史文化名城。

南京有着六十萬年的人類活動史，近二千五百年的建城史，約一千七百年的建都史，享有『六朝古都』、『十朝都會』的美譽。南京歷史的興衰起伏在某種程度上可以説是中國歷史的一個縮影。在中華民族光輝燦爛的歷史長河中，古聖先賢在南京創造了舉世矚目、富有特色的六朝文化、南唐文化、明文化和民國文化，爲中華民族文化的傳承和發展作出了不朽貢獻。然而，由于時代的遞遷、戰争的破壞以及自然的損毁等原因，歷史上南京的輝煌成就以物質文化形態留存下來的相對較少，見諸文獻典籍的則相對較多。南京文獻内涵廣博，卷帙浩繁，版本複雜。截至一九四九年中華人民共和國成立，南京文獻留存下來的有近萬種，在全國歷史文化名城中名列前茅。以六朝《世説新語》、《文心雕龍》、《昭明文選》，唐朝《建康實録》，宋朝《景定建康志》、《六朝事迹編類》，元朝《至正金陵新志》，明朝《洪武京城圖志》、《金陵古今圖考》、《客座贅語》，清朝《康熙江寧府志》、《白下瑣言》，民國《首都計劃》、《首都志》、《金陵古蹟圖考》等爲代表的南京地方文獻，不僅是南京文化的集中體現，也是中華民族優秀傳統文化的重要組成部分。這些南京文獻，積淀貯存了歷代南京人民的經驗和智慧，翔實地反映了南京地區的社會變遷，是研究南京乃至全國政治、經濟、軍事、文化、外交和民風民俗的重要資料。

歷史上的南京文化輝煌燦爛，各類圖書典籍琳琅滿目。迄今爲止，南京文獻曾經有過三次不同程度的整理。

第一次是距今六百多年前的明朝永樂年間，明朝中央政府在南京組織整理出版了《永樂大典》。《永樂大典》正文二萬二千八百七十七卷，凡例和目録六十卷，分裝成一萬一千零九十五册，總字數約三億七千萬字。書中保存了中國上自先秦、下迄明初的各種典籍資料達七八千種，是中國古代最大的類書。

第二次是民國年間，南京通志館編印了一套《南京文獻》。《南京文獻》每月一期，從一九四七年元月至一九四九年二月共刊行了二十六期，收入南京地方文獻六十七種，包括元明清到民國各個時期的著作，其中收録的部分民國文獻今天已經成爲絶版。

第三次是二〇〇六年以來，南京出版社選取部分南京珍貴文獻，整理出版了一套《南京稀見文獻叢刊》點校本，到目前爲止，已經出版了二十四册五十種，時代上起六朝，下迄民國，在學術普及方面作出了一定的貢獻。

新中國成立六十年來，尤其是改革開放三十年來，南京的政治、經濟、文化建設飛速發展，但南京文獻的全面系統整理出版工作一直没有得到應有的重視，這與南京這座國家歷史文化名城的地位頗不相稱。據調查，目前有關南京的各類文獻主要保存在南京圖書館、南京市檔案館，以及全國各地的高等院校、科研院所、圖書館、檔案館、博物館，少數流散于民間和國外。一方面，廣大讀者要查閲這些收藏在全國各地的南京文獻殊爲不便；另一方面，許多珍貴的南京文獻隨着歲月的流逝而瀕臨損毁和失傳。南京文獻的存史、資治、教化、育人功能没有得到應有的發揮。

盛世修史（志）。在中華民族和平崛起和大力弘揚民族傳統文化、全力發展民族文化事業的大背景下，在建設『文化南京』的發展思路下，中共南京市委、南京市人民政府于二〇〇九年十二月作出决定，將南京有史以來的地方文獻進行全面系統的匯集、整理和影印出版，輯爲《金陵全書》（以下簡稱《全書》），以更好地搶救和保護鄉邦文獻，傳承民族文化，推動學術研究，促進南京文化建設；同時，也更爲有効地增加南京文獻存世途徑，提昇南京文獻地位，凸顯南京文獻價值。

爲編纂出能够代表當代最高學術水平和科技成就，又經得起時間檢驗的《全書》，我們將編纂工作分成三個階段進行。第一個階段爲調研階段，主要對南京現存文獻的種類、數量、保存現狀以及收藏地點等進行深入細緻的調研，召集專家學者多次進行學術論證和可操作性論證，撰寫出可行性調查報告，爲科學決策提供依據，此項工作主要由中共南京市委宣傳部和南京出版社組織完成。第二個階段爲啓動階段，以二〇〇九年十二月二十四日召開的『《金陵全書》編纂啓動工作會』爲標志，市委主要領導親自到會動員講話，市委宣傳部對《全書》的編纂出版工作作了明確部署。在廣泛徵求專家學者意見的基礎上，確定了《全書》的總體框架設計，確定了將《全書》列爲市委宣傳部每年要實施的重大文化工程，確定了主要參編責任單位和責任人，并分解了任務。第三個階段爲編纂出版階段，主要在全國範圍内進行資料的徵集、遴選和圖書的版式設計、複製、排版及印製工作。

爲了確保《全書》編纂出版工作的順利進行，中共南京市委、南京市人民政府成立了專門的編纂出版組織機構。其中編輯工作領導小組，由中共南京市委、市政府領導以及相關成員單位主要負責人組成；《全書》的編纂出版工作由市委宣傳部總牽頭；學術指導委員會，由蔣贊初、茅家琦、梁白泉等一批全國著名的專家學者組成，負責《全書》的學術審核和把關。

《全書》分爲方志、史料和檔案三大類。自二〇一〇年起，計劃每年出版十册以上。鑒于《全書》的整理出版工作難度較大，周期較長，在具體操作中，我們採取了分工協作的方式。市委宣傳部和南京出版社負責《全書》的總體策劃，其中方志部分，主要由南京市地方志編纂委員會辦公室承擔；史料部分，主要由南京圖書館承擔；檔案部分，主要由南京市檔案局（館）承擔。《全書》的編輯出版，得到了江蘇省文化廳、江蘇省新聞出版局、江蘇省檔案局（館）、南京大學、南京圖書館、南京市文廣新局、南京市社科聯（社科院）、南京市文聯、南京市博物館、金陵圖書館以及各區、縣委宣傳部和地方志辦公室等單位及社會各界的熱情鼓勵和大力支持，尤其是得到了中國國家圖書館和全國各地（包括港臺地區）高等院校、科研院所、圖書館、檔案館、博物館等藏書單位的鼎力相助，在此表示深深的謝意！

我們相信，在中共南京市委、南京市人民政府的長期不懈支持下，在各部門、各單位的積極配合和衆多專家學者的共同努力下，這項功在當代、利在千秋的傳世工程一定能够圓滿完成。

《金陵全書》編輯出版委員會

二〇一〇年七月

凡例

一、《金陵全書》（以下簡稱《全書》）收録的南京文獻，依内容分爲方志、史料和檔案三大類。

二、《全書》按上述三大類分爲甲、乙、丙三編，以不同的封面顔色加以區分；每編酌分細類，原則上以成書時代爲序分爲若幹册，依次編列序號。

三、《全書》收録南京文獻的範圍，以二〇一〇年南京市所轄十一區（玄武、白下、秦淮、建鄴、鼓樓、下關、浦口、六合、棲霞、雨花臺、江寧）二縣（溧水、高淳）爲限。

四、《全書》收録的南京文獻，其成書年代的下限爲一九四九年。

五、《全書》收録方志和史料，盡量選用善本爲底本。《全書》收録的檔案以學術價值和實用價值較高爲原則，一般選用延續時間較長、相對比較完整的檔案全宗。

六、《全書》收録的南京文獻底本如有殘缺、漫漶不清等情況，必要時予以配補、抽換或修描，以保證全書完整清晰；稿本、鈔本、批校本的修改、批注文字等均保留原貌。

七、《全書》收録的南京文獻，每種均撰寫提要，置于該文獻前，以便讀者了解其作者生平、主要内容、學術文化價值、編纂過程、版本源流、底本採用等情況。

八、《全書》所收文獻篇幅較大時，分爲序號相連的若幹册；篇幅較小的文獻，則將數種合編爲一册。

九、《全書》統一版式設計，大部分文獻原大影印；對于少數原版面過大或過小的文獻，適當進行縮小或放大處理，并加以説明。

十、《全書》各册除保留文獻原有頁碼外，均新編頁碼，每册頁碼自爲起訖。

提要

《萬曆上元縣志》十二卷，明程三省主修，李登總纂，盛敏耕、陳桂林分纂。

明初建都應天府，名南京，上元為應天府首縣，有赤縣之稱。上元縣與江寧縣倚郭分治，城内西以朱雀街（古御街，今中華路）與江寧分界；南以三山街（今昇州路）與江寧分界。唐代上元二年（七六一年）改江寧縣爲上元，上元縣名始於此。五代楊吳天祐十四年（九一七年）五月，以上元縣南十九鄉，割當塗縣北二鄉另置江寧縣。上江兩縣開始倚郭分治，迄中華民國元年（一九一二年）定都南京，廢除上江兩縣，歷時九百九十五年。

上元縣在宋代以前修有《圖經》，宋人石邁撰有《上元古迹》。明正統六年（一四四一年），楊士奇主編《文淵閣書目》，著録正統以前修纂的上元縣舊志、新志各一種，編纂時間與内容不詳。正德年間，知縣白思齊主修、管景主纂《上元縣志》，共分圖表、疆域、山川、建置、版籍、祠宇、宮室、古迹、紀録、摭遺十類，資料詳備，種種興利除弊，略具志中。惜未見傳本。

明萬曆年間，知縣程三省聘請李登主纂《上元縣志》，李登約請盛敏耕、陳桂林任分纂。程三省字師曾，四川富順人，萬曆十六年（一五八八年）任上元縣知縣。李登字士龍，上元縣人，隆慶初以選貢充國子監生，授新野知縣，辭官歸里，開講堂教授四方學子，學者尊稱如真先生。萬曆年間，李登先後任上元、江寧縣志總纂。盛敏耕字伯年，上元諸生。陳桂林字孟芳，上元人，游耿定向之門，選貢，官於潛知縣。盛、陳二君為博雅之士，『三卷以下，多二君之力，登司校勘而已』（李登《後序》）。《萬曆上元縣志》修于萬曆二十一年（一五九三年），二十五年（一五九七年）刻成。全志共十二卷，設圖（京城、縣境）、表（沿革、歷代縣令）和版籍、田賦、地理、建置、祠宇、古迹、職官、科貢、人物、藝文十志。志為龜鑑，編纂者客觀記錄本縣戶口由增而減、賦役由簡而繁、財費由縮而贏、吏治由良而劣、人才由實而虛、物力由富而貧、民俗由醇而薄的真實狀況，以便當局者鏡覽，防微杜漸，興利除弊，造福於民。述而有作，卷首序十三篇，卷末論四篇，指陳利病，分析精闢，令人警省。

《萬曆上元縣志》版本，有明萬曆二十五年刻本、清鈔本、民國三十七年（一九四八年）《南京文獻》鉛印本。《金陵全書》據中國科學院南京湖泊與地理研究所圖書館藏明萬曆二十五年刻本原大影印，並據南京圖書館藏美國國會圖書館膠卷暨《南京文獻》本（明萬曆刻本）校正。

周建國

上元縣志序

上元古金陵自[illegible]諸葛武侯歎為天府之國孫吳寔定始都為六朝嗣起文物勃興而規摹建立未離偏霸至我太祖高皇帝豁江左之力奄甸六合定鼎于斯雖一再世從都北平而二

京茲建與豐鎬爭烈非復六朝之舊矣顧其因革盛衰之際載于典冊者自南徐州記丹陽記以下若景定建康志金陵新志各有所明入

國朝陳太史魯南撰南畿志金陵世紀陳中丞宗之撰金陵人物志

學邑未有專述萬曆壬辰邑侯程公三省謂神州赤縣文獻甲天下而志獨闕如無以備考覽存湊試也乃屬鄉先生李公登文學盛君敏畊陳君桂林攬衆說摭遺事芟繁取要而成此書若夫地理文學祠祀食貨兵

衛與夫良吏名人忠義孝友高行隱佚儒林文苑靡不備載而列女方伎若事亦不可吐棄者咸附焉總之爲若干卷于是數百里之內二千載之間其事可按書而得矣程侯將剞劂而傳之以余爲都人與聞其事請序于首簡余以

詔先王之畋辨疆域程土方井

尚慎封守靡匪以適治而已顧興

敗之繇其來以漸茍非早見而力

挽之則莫之能救若是書所載其

龜鏡也何者吾觀其戶口則由登

而耗賦役則由省而繁財費則由

縮而贏吏治則由良而窳人才則

由實而虛物力則由富而貧民俗則由醇而薄降本流末何莫不然斯非人牧所宜加意耶宋元祐間伯淳先生為邑簿如國史所紀稅均訟簡與夫脯龍池之神物折道傍之黏竿事甚微淺乃邑之人瞿然顧化俎豆至今以余所睹記士

請中程公嚮恩施甚厚百姓歆之令志成復屬之侯蓋亦有遺于是邦者先後五百季而皆出程氏何其盛也藉第令為民父母者皆若而人即國家豐鎬萬季之盛將永永是賴非獨為一邑計而已余嘉諸君子發凡證例以筆削為己任

又睹侯之審于政體能知所重而
亟圖之也故樂書之俾後之覽者
知轉移之機厥有所寄必有憮
然而寤者焉
萬曆癸巳秋九月邑人焦竑謹
書

上元縣志目録

上元縣志目錄終

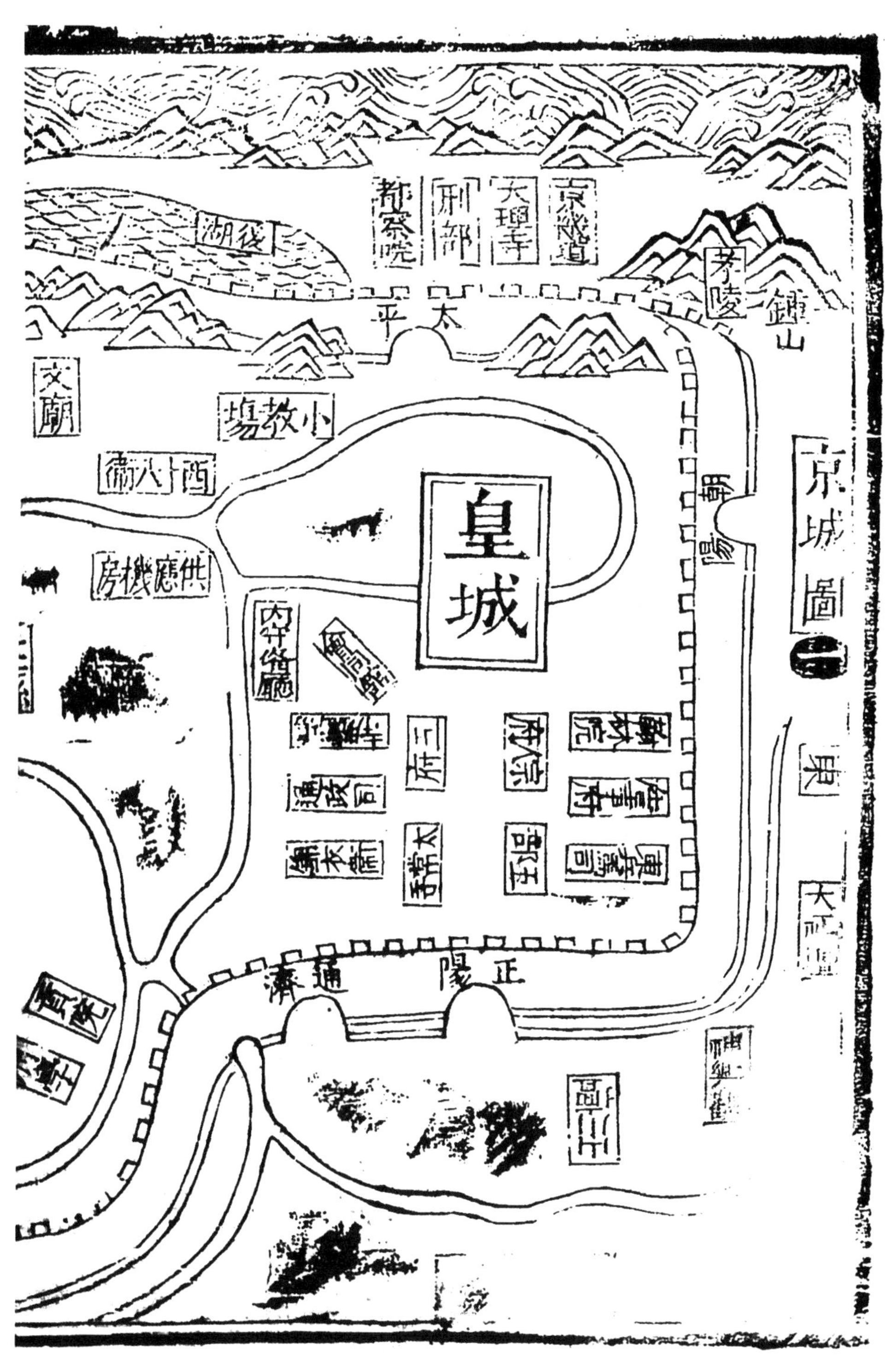
京城圖
後湖
都察院
刑部
大理寺
孝陵
鍾山
太平
文廟
小教場
西八衛
供應機房
皇城
朝陽
正陽
通濟

神策
金川
鍾阜
國子監
北門
鼓樓
鍾樓
石頭山
武學
察院
朝天宫
應天府
舊内
江寧縣
上元
總督府
上元界
大江
聚寶

上元縣境圖
直瀆山
臨沂山
落星山
攝山
北城鄉
宣義鄉
舊臨沂郎
丘陽都縣
長寧鄉
舊江乘縣
清風鄉
白山
清化鄉
武岡山
陽山
神泉鄉
東
舊同夏縣
興賢鄉
鳳城鄉
丹陽鄉
舊丹陽縣
太子湖
方山
泉水鄉
舊湖孰縣

石灰山
慈仁鄉
鍾山鄉
舊懷德縣
金陵鄉
鍾山
上元縣
漢秣陵縣
晉建康縣
惟政鄉
開寧鄉
石頭山
青龍山
土山
晉秣陵縣
畫節鄉
崇禮鄉
銅山
上元界

上元縣志卷之一

沿革表以年敘代名及地所屬並列上方右

地名列上方左

周 吳楚 邑

顯王三十六年楚子熊商敗越殺無彊盡取吳地即石頭置金陵邑

秦 鄣郡秣陵縣 湖州江乘縣

始皇二十五年改金陵邑為秣陵縣三十七年東遊自江乘渡江置江乘縣

漢 丹陽郡秣陵縣 鄣郡秣陵縣

元朔二年分秣陵地置湖孰丹陽二縣元狩元年廢縣置國封諸王子敢丹陽

中[illegible]國[illegible]經秣陵侯胥一作胥行湖孰侯建武

前後[illegible]並廢復秣陵丹陽湖孰江乘爲縣

[illegible]黃武二年改秣陵爲建業省江乘湖孰

[illegible]二縣爲典農都尉三年分秦淮北爲建

[illegible]縣　業南爲秣陵建興初改建業曰建康

[illegible]丹陽郡太康元年改建康曰秣陵分其地置臨

江縣尋改臨江曰江寧復湖孰江乘二

一縣　縣幷丹陽秣陵同隸丹陽郡太興中析

江乘建康地置懷德臨沂即丘陽[illegible]

	[illegible][illegible]縣十年改懷德曰費
南朝琅邪郡僑置江乘縣界建興郡即南琅邪地置	宋永初元年以秣陵故治爲[illegible]陵王宮元嘉中省郎丘入陽都省費入建康大明五年省陽都入臨沂江乘梁大同元年即秣陵同夏里置同夏縣陳大建十年移江乘臨沂湖孰并同夏入建興
隋蔣州治於石頭	開皇中併秣陵建康同夏入江寧廢丹陽縣
唐潤州今	上元二年以江寧地始置上元尋廢光

鎮江府　啓三年復置以後並爲上元

南唐　昇州初屬昇州武義二年改屬金陵府保大

改金陵府二年割縣南地復江寧

赤縣

宋　復昇州開寶八年屬昇州建炎三年屬建康府

改建康府

次赤縣

元　建康路

改集慶路

本朝應天府

赤縣

歷代縣令表

以年敘代及銜名列於上方

漢

令秣陵郅沇

吳

令江乘周某

晉

令建康顧昌 魯勝 管旆 丹陽袁瓌

王雅 臨沂諸葛恢

南朝

建康陸徽 江秉之 劉秀之 張永

宋

令沈俊 王興之 勞彥遠 顧憲之

秣陵鮑照 江乘鄭襲 臨沂臧燾

齊

令秣陵王擒 王沇 建康劉元朙 一作[illegible]

鍾沅　劉係宗　蕭懷　賀道方　蕭

孫廉

梁令建康何遠　樂法才　褚球　傅翽　謝

孔奐　臨沂孟智　秣陵劉洎　江革

徐擒

陳令建康沈君高　蕭引　秣陵司馬申

唐令上元王仲康　陸彥恭景雲中任　卜吉光啓

中任

南唐何褒

上元縣志　卷一　四

宋

知縣

程顥以主簿攝縣事　沈該　孔文昇
王子韶　梅摯　吳嗣復　元絳　徐端甫
蔣閎祖　趙不花一作化　曾恢　吳樞
吳芑　許頌　胡廷直　馮叔和一作和叔
黃霖　許蓎　滕瑾　李闢之　李允升
魏楫　方廷瑞　蘇囦　趙公崇　薛裵
趙佾晟　冷世修　鄭若容　王允蹈
姜楷　程阜　方楷　方叔恭　莫柯

鄭緝 扈卞 趙希蒼 史復祖 戴槩
栁說 淇圭 司馬述 葉宰 趙時僑
趙崇健 奚祝 錢逢 樓淮 豐雲昭
戴宗昭 蔣孝參 譚谷 陳夢高
趙若琉一作琉 王旦 陶夢桂 曹之格
陳寅 許鑰 鍾藎英

元

達魯花赤

那懷 阿都剌 丑驢 馬合馬沙
也先不花 謝祐以下尹 劉禎 劉德茂
習璿 鄧澍 歐陽完 澤都 貢京

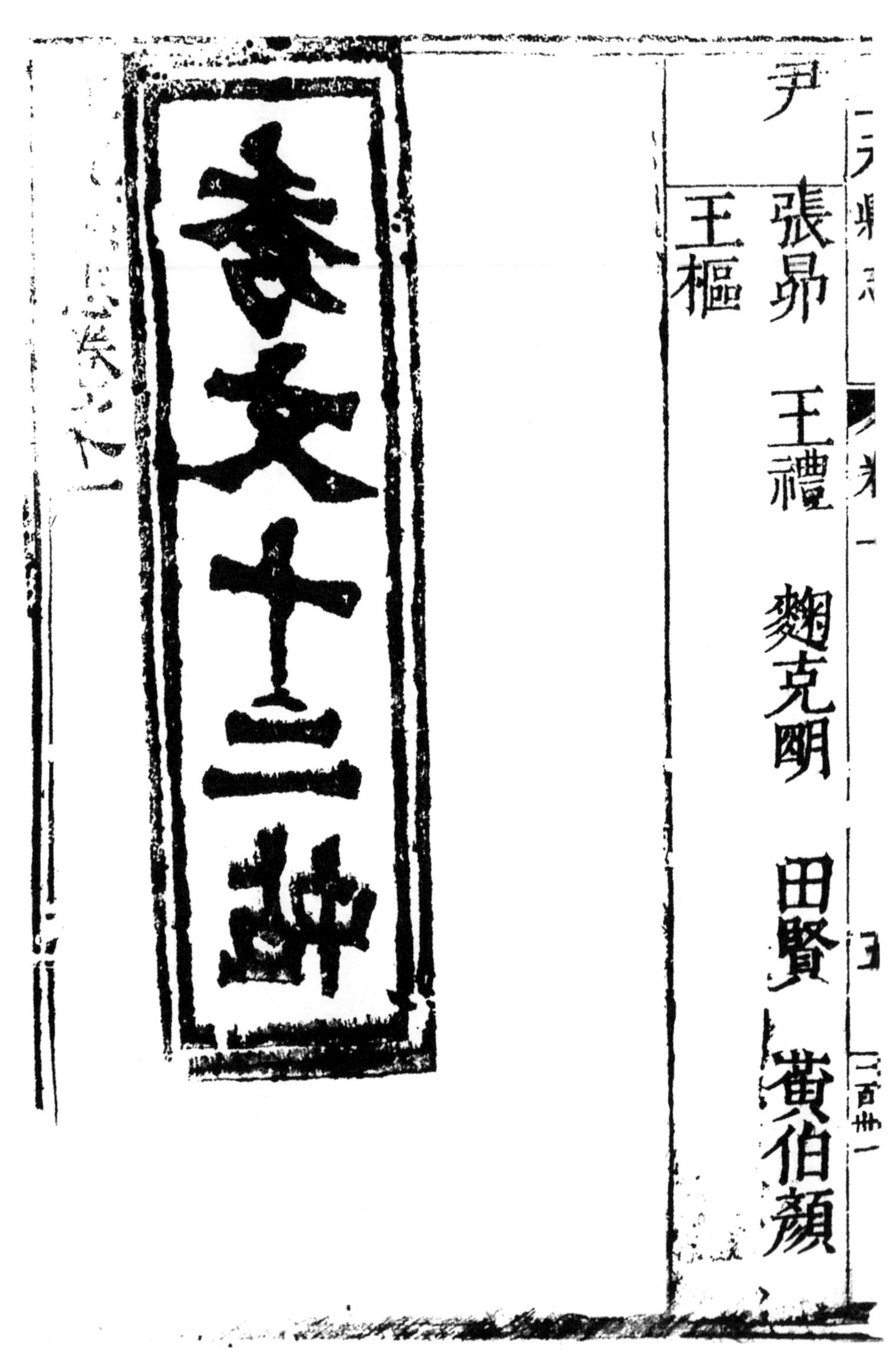

尹　張昴　王禮　麴克明　田賢　黃伯顏

王樞

上元縣志卷之二

版籍

古者聖王建國什伍其民下制恆產上制國用靡不征斂有藝費出有經而天下定上元固昭代建國首邑也厥初租調永蠲　恩踰法外其後稍加賦役以當經費雖失
聖祖初意哉而惟正之供亦所安焉迨至正嘉之季外繇蝟集民病而不知恤職生厲階項者幸際　清明屢荷司牧者調停湔刷稍復治世之

舊謹籍戶口田賦之數及其入出之防正使民庶持籌而算之萬不失一吏特奉行文書無所隱其慝故令行而民不疑爲象魏縣焉爾往歷利病敬附於篇備司牧者考焉

坊廂

國初驅胡之後徙浙直人戶塡實京師伍厥廬井凡置之都城之內者曰坊附都城之外者曰廂隷上元者爲圖百七十有六二十有四年定有圖籍永樂北建太半隨行後復流移於是

爲四十四坊如左

十八坊四圖洪武二十四年圖籍原額十八圖後歸併四圖十三坊三圖原七圖十二坊三圖原八圖織錦坊六圖原二十一圖九坊二圖原六圖伎藝坊一圖原四圖貧民坊一圖原四圖六坊一圖原三圖木匠坊三圖原九圖有半東南隅一圖原三圖正東隅一圖原三圖太平門廂十三圖原八十一圖三山門廂一圖金川門廂二圖原六圖江東門廂二圖原六圖石城關

廂一圖原二圖

鄉圖

洪武二十四年圖籍上元十有八鄉編戶凡二百有三里焉自後歸併今止轄百有五十如左

泉水鄉轄里十一 道德鄉轄里十 盡節鄉轄里七 興賢鄉舊名長樂轄里七 金陵鄉轄里三 慈仁鄉轄里六 鍾山鄉轄里五 北城鄉一名龍[illegible]轄里三 清風鄉轄里十一 長寧鄉舊併爲政[illegible]爲一轄里十 惟信鄉轄里十六 開寧鄉轄里二[illegible]

義鄉轄里五鳳城鄉轄里十四清化鄉併[illegible][illegible]鄉為一轄里六神泉鄉轄里十六丹陽鄉轄里十七崇禮鄉併建康鄉為一轄里十

戶口舊志載當時戶口田賦之數今存而不削者見相沿盈縮大數也

丁口總二萬七千七百有奇初洪武二十四年圖籍戶三萬八千九百有奇口二十五萬三千二百有奇正德八年圖籍戶二萬九千一百六十有奇口一十三萬五千八百有奇今萬曆二

十年審編坊廂戶凡六千一百二十九丁船居戶凡五百九十八丁里甲戶凡二萬九百九十丁總二萬七千七百有奇　按圖籍嘉靖末年戶口尚及正德之半而今纔及五分之一非必人戶流亡至此極也大都賦役日增則逃竄日衆又國初里甲什九坊廂什一本田什九寄庄什一其後田賦日增田價日減細戶不支悉鬻於城中而寄庄滋多寄庄田縱千畝不過戶分一丁後或加一二丁人且以爲重役其細戶

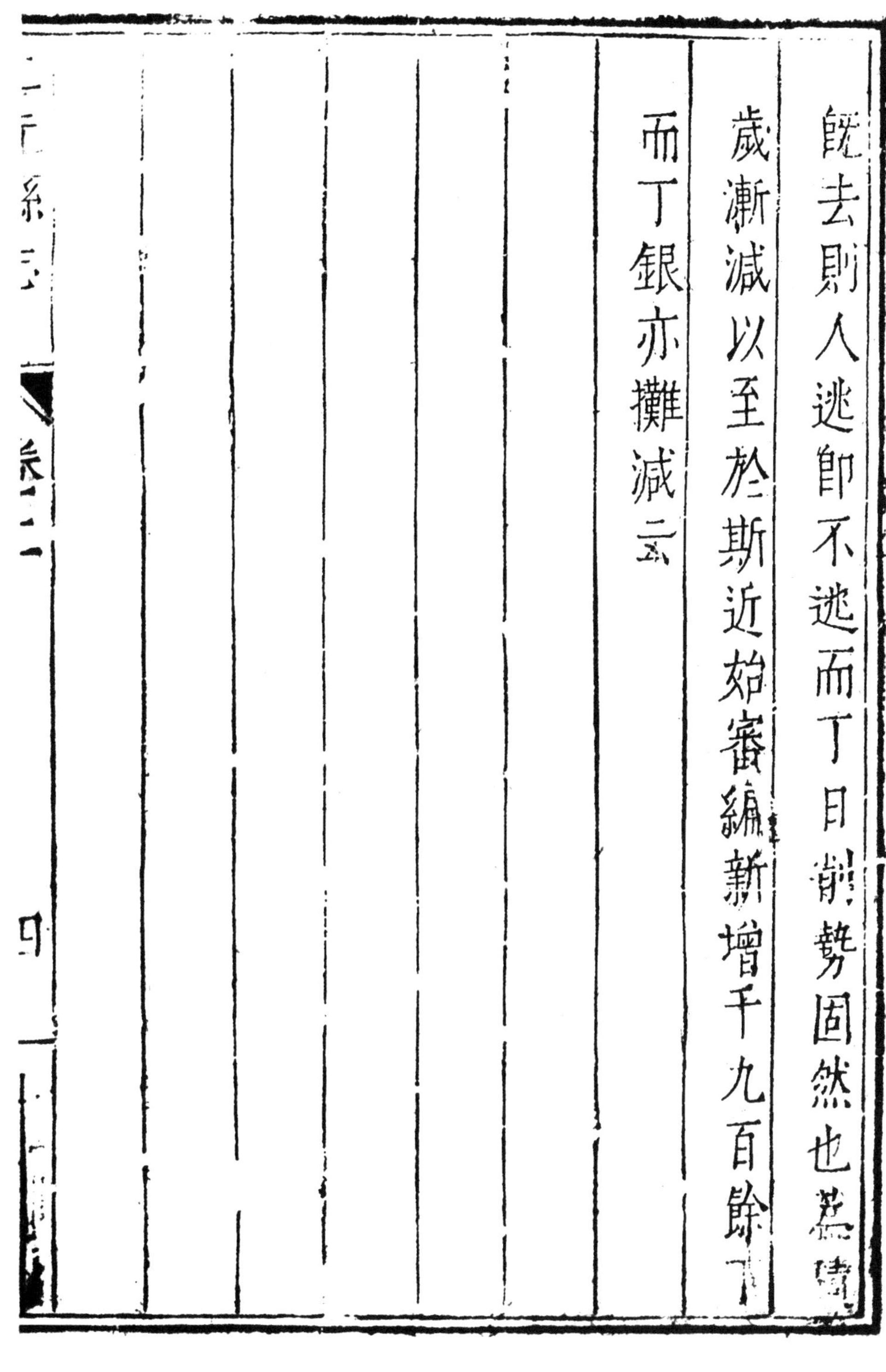

既去則人逃即不逃而丁日削勢固然也蓋先
歲漸減以至於斯近始審編新增千九百餘丁
而丁銀亦攤減云

田賦

昔者石江歐陽公之撫畱圻也逮諸守宰究心瘼殫精國計作書二冊一摘略節與民周知一詳款目官府備照大綱有四曰以八事定稅糧以十有二事定里甲以二事考均徭以六事考驛傳垂爲定則無所容奸民受其賜頗久世遠人亡其書銷毀而父老所傳僅存抄本今此細目雖已增損不同大都不越綱要之外其綱仍其舊目準諸今作田賦志亦倣前賢

不終泯焉

初洪武十八年　恩詔念應天五府州爲興王之地民產免租官產減租之半官產者逃絶人戶暨抄沒等項入籍於官者也初半租多寡不一嘉靖中均爲一斗五升而雜徭不與焉其更佃實同鬻田第契券則書承佃而已大約官產什二三民產什七八雜徭惟併於民產而　國初雜徭亦稀厥後大吏創勸借之說民田畝科二升名曰勸米後以供應稍繁加徵二升名曰

勸耗延及正德則陞科起七入升矣十甲輪年照字内通行事例未始不安於法制之内而正嘉以來事日增役日繁在小民利於官産而官産則少在優免人戶利於民田以省雜徭而買者責者或以官作民或改民作官以各就其所利於是民田減價出鬻者日益多而差役之併於細戶者日益甚滑胥乘之恣詭寄花分之弊而惟時不急之征無名之費一切取責於現現年竭產不足支一歲之役而所索於花戶

每糧一石至銀四五兩蓋宇內盡然而南都爲甚繼時一條編法已行於數省矣隆慶中中丞海公巡撫計以官田承佃於民者日久各自認爲已業實與民田無異而糧則多寡懸殊差則有無互異於是 奏請淸丈而官民悉用扒平糧差悉取一則革現年之法爲條編考成料價一應供辦俱槩縣十甲人戸通融均派而向來叢弊爲之一淸優免之家不失本等 恩例而細民偏累之病一旦用瘳於是田價日增民始

有樂業之漸矣至於四差分合輕重之數尤有可述者往周文襄公巡撫時以丁銀不足支用復[illegible]勸借之說以糧補丁於是稅糧之外每石加[illegible]若干以支供辦名里甲銀若秋糧之外則有夏麥農桑絲絹馬草等項色目繁雜民易混而奸易托嘉靖十六年石江歐陽公巡撫悉舉里甲諸項併入秋糧名曰均攤事則簡便矣以其總總帶徵會計不得不寬支銷不盡謂之[illegible]初制派剩存積以待不時之徵久則那移

不可詰問謏曰作正支銷淪胥乾没萬曆

京兆少泉汪公繼之　奏請扣編正數無復剩

派又　請裁革諸濫差條列正辦刻諸縣賦役

冊以通曉所部又載諸府志蓋每歲省派五千

餘金維時縣令莆田林公克承厥志今復繼以

賢牧隨時酌量雖微有出入而槩不越更化以

來法制之舊回視疇昔嗸嗸不啻霄壤矣

稅糧

以八事定稅糧　前四稽入後四稽出　一曰以原

額稽其始田土總九十二萬八百六十畝有奇

按洪武二十四年圖籍計官民田地一百一十五萬畝有奇正德八年圖籍計九十二萬一千七百三十二畝有奇隆慶間巡撫海院清丈過暨萬曆三年應天府志及上元縣賦役冊九十二萬九千一百三十畝有奇及查萬曆四五等年冊開告除坍江田地暨頃年續告除虛凡八千七百畝有奇凡爲田五十八萬五千三百九十畝有奇畝科平米六升二合七勺一抄六

地一十五萬七千六百九十畝有奇畝科一[illegible]升五合　山塘雜產共一十七萬七千七百八十畝有奇畝科一升二日以事故除其虛前總內除　欽賜張老夫人梅郭二公主府無徵田七千五百七畝有奇地一千五百八十畝有奇山塘雜產八百九十一畝有奇　欽賜皇親汪榮田暨靈谷天界棲霞三寺田共一萬三千四百一十六畝有奇畝科二升地共四千一百五十二畝有奇畝科一升靈谷棲霞二寺塘蕩雜

產芟九百畝有奇畝科三合又靈谷寺低窪田六千八百六十二畝畝科五合其丈出多餘田地不在欽免之例下鄉田三萬三千四百八十三畝有奇畝科五升六合二抄地九千三百五十七畝有奇畝科二升九合荒田一萬一千二百四畝有奇畝科七升七勺六抄每米一石折銀二錢五分均攤於巢縣帶徵下荒地等並同是名荒白銀告改荒田一萬二千二百八畝有奇畝科六升五合地九千三百五十七畝

有奇畝科二升九合　荒地四千五百三十三畝有奇畝科四升　實該正田四十九萬四千九百六十一畝有奇　地一十三萬一千六百一十八畝有奇　山塘雜產一十七萬五千七十五畝有奇三曰以分項別其異秋糧之內帶徵五項一夏麥一千四百八十七石有奇每石折銀四錢準米八斗二絲綿二百六十四斤有奇三農桑絲二十八斤一十三兩有奇共絲綿二百九十二斤一十三兩有奇每一兩折銀三

分五釐准米七升後折絹三十六疋每疋折銀
七錢　四馬草　五萬三千三十包有奇每包折銀
二分七釐九毫准米二千九百五十九石有奇
五戶口鹽鈔　連閏四百五十三兩有奇准米九
百七石有奇　秋糧之外陞科蘆地二千二百
六十六畝有奇畝科七升　改荒蘆地九十三
畝有奇畝科七升　四曰以歸摠正其實　實該平
米四萬六百三十五石二斗有奇　荒白米三
千七百六十石有奇該銀九百四十兩有

五日以坐派定其運兑軍正米一萬二千九百六十九石每石加耗四斗過江脚耗二六輕齎蘆蓆楞木等折銀准米通共二萬二千八百石七斗有奇　改兑正米三千六百七十七石每石加耗三斗二升過江脚耗及蘆蓆等折銀准米通共五千一百九十九石二斗有奇有議二遇見藝文志南京光禄寺黄豆六十七石八斗三升稻穀七十五石二斗六升其准正米一百五石四斗六升有奇耗米二十九石五斗二升

有奇芝蔴折油銀一十八兩四錢八分折色稻穀十一兩四錢五分有奇　神宮監白熟糯米六石粳米二十四石黃豆四十三石稻穀六十四石共准正米一百五石六斗耗米二十九石五斗六升八合　皇城四門倉正米三百六十七石二斗有奇耗米一百二石八斗有奇　南京各衛倉本折正耗舊共六百七十七石有奇今正米一千六百一十四石七斗有奇耗米四百五十二石一斗有奇　南京各衛倉黑豆

正米二百二十三石二斗有奇耗米六十二石五斗有奇　光祿寺折色米銀四百七十七兩四錢　太倉庫折色米銀九百五十六兩六錢有奇　甲丁二庫銀硃等料價銀八十五兩一錢六分有奇　京庫草四萬三千二百五十五包每包折銀三分共銀一千二百九十七兩六錢五分　南京戶部定場草八千三百九十五包每包折銀一分八釐共銀一百五十一兩一錢一分　抵補南京太僕寺草場租米三十四

石四斗初本寺草塲田地俱租戶自行上納隆慶四年丈入民田重納秋糧照數抵補南京光祿寺正麥八十石五斗耗麥四十九石九斗一升每石折銀四錢　太倉銀庫正麥六十五石六斗六升每石折銀一兩　南京各衛倉正麥八百三十三石三斗四升折銀三百三十三兩三錢有奇　南京庫絲絹二百三十六疋每疋折銀七錢共銀一百六十五兩二錢　外處州府改運淮安府折米銀五百一十一兩按[illegible]

三十三年廬州水荒移文本府暫借米一千二十二石過淮行縣於存留項下派剩糧米折銀解發是後借者不惟不償而吾縣承行者又歲爲批解歼已甚矣至四十五年淮安水荒復以此米改撥淮安名曰廬州改運淮安抑又歼甚年復一年彌久彌固莫有追論之者以京縣而千里代糶延爲正額誠不知其何說也改運安慶府倉本折中半共准正米四十八石八斗四升此項又起於近歲未揆厥由

六曰以運餘撥

其存　本府鹽糧無閏月銀四百一十九兩四分
本府俸給倉正米一百五十石耗米一十九
石五斗　儒學倉正米六百二十石耗米七十
四石四斗　本縣俸給倉無耗正米六百石
龍江驛正米一百石耗米十二石　江東驛正
耗米並同上　存畱草一千三百八十包有奇
每包折銀一分八釐共銀二十四兩八錢四分
有奇扣補定場草改派京庫草銀及告除去[illegible]
荒米料價　存畱正麥四百一十六石八[illegible]

奇該銀一百六十六兩七錢有奇扣補太倉庫加增銀及告除加派料價【七曰以存餘考其積】撥剩米八石有奇撥剩銀一百五十四兩有奇以待額外之費積餘則入下年正數減編【八曰以徵一定其則】以上種種徵需一惟於米計畝而分歸於一則故令不煩而民易信事易集焉夫信令必惟諸由票由票必溥於細尸早溥而信洽糧亦易完若奸胥敝里必慢於由票且倚爲市而不計大事之不集也

里甲

丁銀二千四百一兩六錢有奇按府志暨上元賦役册除優免人丁二千三百八十五丁外實在當差人丁一萬七千四百八十八丁每丁里甲均徭驛傳三項共派銀一錢三分萬曆二十年該本縣清審過人丁二萬九百九十丁除優免六百七十三丁外實在當差人丁二萬三百一十七丁每丁減編一分一釐七毫九絲二忽止編銀一錢一分八釐二毫八忽船居戶丁

七十兩一錢六分上戸五十四丁丁派銀四分中二百三十六丁丁派一錢四分下三百丁丁派八分

里甲銀一萬二千二百一十八兩有奇按府志暨上元賦役冊除優免外每平米一石里甲均徭驛傳三項共派銀二錢八分有奇統名里甲銀今除舊免皇親靈谷等寺暨應免人戸外新置學田二所共七百二十畝有奇又入官田二處撥學共十畝有奇通免平米一千四百四十五石四斗有奇實在當差平米四

萬一百五石四斗有奇通融均算每平米一石派銀三錢六釐有奇永爲定則合前丁銀以待後開諸供應登報循環聽稽於監司支銷有餘名曰派剩銀入下年會計減編不足則明著户出除定則外因某項加編若干

課程　酒醋每年鈔八千三百三十八貫七百一十文銅錢四千三百五十五文房屋鈔一千三百六貫二百六十文銅錢一萬六千四百六十六文　外鄉飲酒亭廢基租銀八兩五錢

有奇

以十有二事定里甲謂以四事考歲辦一曰國祀之用天地山川壇竹篩竹箕等項銀五錢九分三釐　孝陵懿文陵帚刷磁盆繩紙等項銀一兩七錢一釐　南京太常寺獻新茄菜雜品木竹籠黄絹袱杠銀二兩　二陵功臣六廟各皇妃墳所祭祀紙筆硃墨等項銀一十三兩九錢四分二曰國慶之用南京禮部慶賀黄紬表廂綾函包本紙劄黄絲綿硃筆墨等項銀八

兩五錢九分一釐　令節犒勞夷人牛羊果酒等項銀一十七兩八錢四分三曰供應之用楊梅枇杷鮮笋青梅四鮮氷夫什物銀三十二兩四錢八分五釐　鰣魚廠奏准採取買辦家火等項銀舊九十九兩八錢有奇今一百三十一兩九錢三分有奇又新增奉　旨加添薦新鰣魚家火銀四十二兩四錢有奇四曰諸司□南京光祿寺水竹箬葉石灰麥穩等料銀一錢四分細酒糟六千斤銀一十二兩獻新

羔羜各　皇妃墳所羊隻銀八十兩七錢五分

禮部蒼朮八千六百斤銀二十八兩七錢五

分新增蒼朮解戸水脚銀二十八兩九錢七分有

奇外加增正料銀一十一兩五錢　南京禮部

曆日黑煤紫粉黄丹白麵等料銀一兩九錢四

分三釐　南京戸部糧長勘合黄紙銀六兩二

錢七分筆墨銀一兩六分　兵部備用折色馬

一百五十二匹每匹銀二十四兩共銀三千六

百四十八兩水脚銀三十六兩四錢八分　南

京兵部本色馬八匹每匹同上共銀一百九十二兩　兵部草料每馬一匹銀二兩共銀八百兩水脚銀四兩舊每匹一兩　南京太常寺鹿食豆稭銀二兩　南京國子監鵝糠稻皮銀五兩　南京欽天監油燭木炭銀一十一兩六錢三分　曆日板二年一取每年銀一兩五錢　京畿道家火銀五兩三年一次每年徵銀一兩六錢六分有奇新增　河泊所麻料銀二十七錢四分閏加二兩二錢八分有奇

以上

歲派 一曰內府坐派 南京供應機房人匠食米挑運人夫脚價銀八十三兩四錢有奇柴炭脚價銀四十八兩一錢有奇線價銀七十兩下程銀九十五兩四錢並係新增御用監匠役衣糧銀四十七兩一錢有奇新增甲丁二庫銀硃等料價水脚銀二十三兩五錢三分有奇新增飯堂夫銀二十八兩舊派之流移人戶萬曆十八年請改入丁口內支 頃歲加編 乾清宮欽取雲龍戲金等物各色人匠造飯木柴脚價

銀六十一兩七錢來文原稱工完止編則非額編也

二曰工部坐派 工部四司料價銀一千八百五十七兩五錢有奇水脚銀一十八兩五錢七分有奇 工部磚料銀六十二兩二錢二分二釐水脚銀六錢有奇

以六事考歲費 一曰祭

一 南京國子監文廟春秋二祭紙劄等件銀一兩二錢五分石灰稻草木柴等項銀四兩四錢有奇 府學文廟春秋行釋菜禮銀一十三兩五錢四分二釐啓聖鄉賢名宦祠共七兩二錢

山川壇二祭共銀五十兩　京都城隍祭二兩二錢　泰厲壇三祭銀四十兩一錢

後湖土地祠二祭銀三兩二錢　南京神

浡泥國王墳二祭銀二兩　南京太常寺祭功臣六廟包饅頭葱銀三兩五錢　程明道祠二祭銀二兩四錢　黄船廠祭香燭果品銀一兩一分　表忠祠春秋祭銀六兩三錢有奇新增

二曰鄉飲鄉飲二次銀三十兩**三曰科貢**應試生員試卷盤纏銀六十兩二錢每年二十兩六

分有奇　歲貢生員酒席盤纏銀七十二兩科舉轎傘銀五兩每年一兩六錢六分六釐科舉米麵銀一百五十二兩一錢每年五十兩七錢　中式舉人銀一百二十二兩有奇每年四十兩六錢七分有奇　舊舉人會試盤纏銀舊二十六兩二錢有奇今一百五十二兩五錢有奇每年五十兩八錢有奇　新進士銀七十九兩九錢有奇每年二十六兩六錢有奇　舉人歲貢入監銀二十二兩六錢六分有奇每年十

兩五錢五分有奇　科舉考官下程銀一十兩一錢四分有奇新增　科舉夾板廂索銀三兩三錢有奇新增

四曰恤政　養濟院孤老銀八十九兩

五曰公用　新任朔望文廟行香講書紙筆墨銀五兩　本府季考儒學試卷茶餅等項銀四十兩　府學歲考銀七十兩每年二十三兩三錢有奇　按院考試生員本縣分辦折賞花紅銀七十九兩七錢新增　本府朝覲本冊紙劄工食銀五兩每年一兩六錢六分七釐　本縣

朝　覲盤纏銀六十兩首領二十兩吏書各八兩本冊紙劄工食一十五兩每年徵銀三十七兩　本府修理堂上銀一十二兩　本縣修理衙舍公館銀二十五兩　本縣新官祭宴正堂四兩縣丞主簿各三兩典史二兩每年徵銀四

本縣新官家火正堂一十二兩縣丞主簿各八兩典史六兩每年徵銀一十一兩三錢三分三釐　桃符門神銀五兩　造春銀一十兩七錢八分有奇　本府冬夏案衣銀八兩

錢五分　本縣拜察院府館案衣銀一十二兩六錢　本縣油燭等項銀二十兩　本府兩堂拜各衙到任家火銀八兩三錢三分　儒學到任家火銀一十八兩每年徵銀六兩　各衙門桃符門神釘麵糊飾工食銀一兩四錢　巡撫項下軍器轎傘銀三十五兩　按院稟給監生稟糧副本等役工食銀三十兩新增　填寫勘合書手工食銀二兩

六曰備用　備用銀一百兩以待不時之需不足申府動支有餘作下年正

數省編按里甲供應色目逐年鋟梓竪碑俱有成數頃者往往復有新增數且不貲考之　國初　上供物用靡不酌量均諸郡邑而京邑近地則所加恤頃年直以取辦之易動加上江不知未增之年何所取辦有節用愛人者能爭之於始至即不盡蠲猶從末減乃文移到府直付之會計而爲下司者直斤斤奉行簡書復何紀極噫此首邑之民瘼司牧者所宜重念也

以二事定均徭 一曰銀差 二曰力差 自條編法行悉從顧役兹僅存其舊目不分列焉本府柴薪皂隸十名 本縣柴薪皂隸九名 府學齋夫二名已上每名銀一十二兩閏加一兩 本府直堂皂隸一名銀一十兩 本縣馬夫四名每名銀四十兩 府學膳夫一名銀二十四兩閏加二兩 兵部皂隸六名每名銀十兩 揔督糧儲二名 提學察院一十二名 印馬察院一名 本府八名 本縣三十名已上每名

七兩二錢　各衙門皂隷銀共三百九兩六錢
接遞皂隷銀一百四十兩　揔督糧儲門子
二名　撫院一名　鳳陽倉院一名　京倉察
院一名　京畿道一名　本府一名已上每名
七兩二錢　廵按察院郎清軍察院一名　太
僕館一名　本縣二名　淳化鎮公館一名已
上銀各四兩　南京戸部庫子二名　南京兵
部一名已上並銀一十五兩　南京刑部四名
一名一十五兩三名各十兩八錢　南京都

所五名二名各十五兩三名各十兩八錢十六
京國子監書房二名各一十兩　本府廣積庫
三名各八兩四錢　本縣二名各七兩二錢
府學一名六兩　南京兵部斗給一名銀十二
兩　府學一名六兩　本縣清水潭倉一名七
兩二錢　南京戶部鹽倉庫秤一名銀一十二
兩　南京工部織染所一名七兩　龍江關一
名四兩　石灰山關三名各三兩　本府都稅
司巡攔五名　聚寶門宣課司四名　朝陽門

分司二名　龍江宣課司三名巳上各銀八兩
龍江稅課局三名　江東宣課司四名巳上
各七兩　南京兵部大勝關弓兵一十六名每
名銀八兩五錢　秣陵鎮巡檢司八名　淳化
鎮巡檢司二十五名巳上每名銀六兩　操江
帶徵民壯兵餉銀一百兩　民壯二十五名
吹鼓手二十名巳上各七兩二錢　貫城舖
兵五名每名銀七兩二錢　南京通政使司
二名各七兩八錢　本府前舖三名各七

錢　本縣十一鋪共司兵五十名三十八名已
七兩二錢一十二名各六兩　南京惜薪司夫
十名每名銀一十二兩三錢七分　太常寺夫
夫一十二名各四兩五錢　本縣燈籠夫二十
四名各三兩　南京內官印綬等監織染鍼工
巾帽等局鰣魚廠工部器皿廠陸續起運赴京
物料夫銀共一百三十八兩　內官監冰夫銀
八十六兩　鰣魚廠更夫銀九十一兩六錢三
分有奇　南京內守備表背匠一名銀十兩

大僕寺短班獸醫一名銀十二兩十年一解每年一兩二錢　南京酒醋麪局醫獸六年一輪每年四兩　鰣魚廠網戶銀四十七兩一錢有奇　本府司獄司獄卒三名每名銀九兩六錢　本縣八名每名銀九兩　南京刑部土工二名每名銀七兩二錢　安樂堂一名十二兩　本縣八名各三兩六錢　新增　本縣仵作六名每名銀三兩六錢　京畿道內班門子二名各七兩二錢約徵一半每年二兩四錢

道皂隸七名各七兩二錢每年徵銀八兩四

摠督等衙門聽事官六員各七兩二錢　外守備蘆洲分司聽事吏二名各三兩六錢　本府大門守宿夫八名每名每月銀二錢四分　屯馬察院聽事吏一名　下江察院聽事官一員聽事吏一名已上各七兩二錢　山川壇夫二名各銀二兩

驛傳舊日以六事考驛傳一曰會糧以派徵此項已統具於里甲銀下矣二曰內除以協役三司

條外以定實四曰分例以定則五曰類費以從驛六曰類費以從所按此皆府以上事令不欲一具目而縣特載其成數云凡驛遞上馬一匹銀四十二兩中馬一匹銀三十八兩下馬一匹銀三十五兩三錢驢一頭銀二十一兩　南京兵部會同館上馬三匹驢二頭　龍江水馬驛中馬二匹下馬三匹驢四頭站船水夫二十七名每名銀七兩二錢支應銀一十兩八錢五二釐　大勝驛站船水夫八名各七兩二錢

應銀二十兩　雲亭驛驢三頭支應銀二十二兩三錢三分[illegible]釐　江東驛中馬二匹支應銀三十九兩九錢四分　江淮驛驢一頭　雲亭驛中馬一匹　龍潭驛驢一頭　棠邑驛下馬一匹　龍江遞運所座船水夫三十六名每名銀九兩二錢　紅船水夫十六名　所夫七十六名巳上各七兩二錢凡驛傳馬驢價並無非歲辦解府支給項以馬驢未必歲盡倒死扣銀貯庫惟臨時勘實給補其扣存銀兩積久有餘

酌議免編斯則在府而不在縣耳

坊廂賦役維　高皇定鼎金陵驅其舊民而置之雲南之墟乃於洪武十三等年起取蘇浙等處上戶四萬五千餘家填實京師壯丁發各監局充匠餘爲編戶置都城之內外爰有坊廂上元坊廂原編百七十有六類有八丁而無田賦止供勞役而無徵派　成[illegible][illegible]遷徙民匠戶一無千存什減戶口過半而差役實稀獨里甲[illegible][illegible][illegible]役且立總甲二而供應穿繁正役

府尹鄺公埜奏革鄉頭併上元坊廂爲四丁有四坊有十甲甲有十戸視其饒乏審編櫃銀每季約三百兩析坊廂之應辦者任之以均里甲之不足季輪一甲率三十月而一週然其時人戸充實應辦簡嚴庫貯櫃銀該吏支銷坊民聽役民不見勞而事不廢立法未始不善也然以支取如攜公私交征法漸以溢正額常什三而外繇常什七於是人戸流亡更謀脫籍櫃銀滋少官憚其難吏辭其責攺令坊民自收自用而

險責其賠賍每一上季則僉收頭派差者一人曰總坊僉殷實之家囊金聽用不問多寡者數人曰當頭名活差其次減定銀數貼賍當頭者名死差其下戶則僉撥接票催夫迎送等用名力差又撥供應器物等用者名借辦並聽總坊指麾而總坊以是恐喝營私者又什八九且自弘治以來又添撥九庫八關五城夫役又代工部買運光祿柴薪四十餘萬斤又太常九種進鮮重取什物銀兩又各衙門行取書手工食

修理衙門嘉靖十八年以來又驟添應付衙門八處至於讌席節物花燈諸供餽抑又不貲而大小使客時行火牌徵脚力口糧迎送鼓吹靡不應付加之百司吏胥恐嚇需索而大柴讌席爲尤甚至是領敗相繼自經自溺者日聞而民不堪命矣維時父老間陳民瘼而孤鼠是緐滋行旋沮庠生趙善[illegible][illegible]不忍家難離披邦國困弊疇咨同類從者[illegible]求適撫院方公按院黄公稍因父老條陳下府[illegible][illegible]而浹洲呂公新任京

兆諸生稍爲陳說蒙蕭公議出於學校可以文言代之於是盡疏其辭刊倅分遞而諸司各爲之動第見施行矣會給事麓池郭公抗章奏革於是額外之繇不經之費如前所陳者什去八九民若更生然諸色目尚在病源未塞也隆慶改元陽山宋公蒞撫院加意剔蠹委其責於通府望沙陶公集議以爲坊長聽役在縣人目以爲奇貨於是更名坊夫悉還正統初法其買辦借辦祗行顧役而當頭以下諸色日悉行剗革

上下稱便然猶歲徵銀可四十八兩外每季流夫庫夫六十二名歲徵銀二百八十五兩有奇陶遷吏胥以雇役不便乃令坊夫聽役於縣抑令私賠舊弊浸復維時趙生物故張生崇嗣瞽言之京兆東泉鄒公議照里甲扒平攺櫃銀爲丁銀定爲三等九則納之庫不僉頭不輪甲止令排年十人催徵以聽該吏雇役支銷夫還於坊嗣是復有翻覆賴撫臺峋崍張公復之萬曆三年少泉汪公爲京兆吊查一縣支銷冊不過

供應各司下程刑具辦酒饌禮之費而二縣一切私費且取辦焉此官所以樂於申請科派而他不恤也爰計順天府事皆奏請仰荷宸斷兩京事體相同乃酌其應需因革之宜定徵坊夫丁銀歲五百四十兩具奏下部覆奉欽依此外錙銖不得私行科派陰令坊夫賠貼凡修理紙劄刑具動支自行賍罰其里甲已編者不得重派坊夫每歲終巡視科道造冊奏繳蔣東瀛林公爲縣令協心節省爲能不悞公事

而猶有徵羡林遷去春季未滿而該吏與已支過五分之四復倡告民還役坊民爲譁乔告所司除將本縣他項銀酌補支應外該吏擬罪法始復初今更十八禩矣頃年　邵公爲京兆而令確菴程公爲縣令尤一德一心加意節愛嘗減徵百金而事不廢爭革九庫流夫裁定失役二十三人上元分給十有二人第照從銀徵解令自雇役而事遂定無復向來踐更抑索之苦嗟夫縣猶故也或數千金而不足或數

百金而有餘則以有父母於斯即百計加恤而民用安無父母於斯即百孔叢出而民用危然民之安危即　國家所從隆替也諒司民社者有深念焉矣

坊廂應付　本縣名募買辦二名借辦二名每名工食一十四兩四錢　正月三日本府致祭京都城隍香燭奠酒二縣共辦分銀四分　每月朔望本縣明道土地二祠香燭三分　本府本縣開印香燭各三分　提學刷卷二院每月

望香燭分銀四分　山川壇春秋二祭本府小
縣儒學飯食等項每次共分銀一兩三錢六分
五釐禮生十八人飯食銀各六分分銀六錢四
分八釐庭燎束薪每次一錢五分　本府送胙
折束紙張分銀四錢二分七釐如遇本壇滲漏
揷補祭器修理量工動支　儒學二次祭丁庭
燎束薪每次分銀一錢八分　國子監二次祭
丁掃飾瓦匠工食每次分銀一兩二錢　本監
送胙監生紙張二次二刀銀各九分　内外守

備二次閱操取用香燭每次分銀九錢　後湖
一次祭祀土地香燭饅頭紙張每次分銀一兩
二錢　鬼神壇三祭本府本縣儒學飯食每次
分銀七錢禮生十八人飯食銀各六分每次分
銀同前送胙折束紙張分銀一錢三分庭燎束
薪銀一錢五分遇本壇滲漏揷補祭器修理並
同前城隍廟發牒香燭每次分銀四分　圭
明道二祠送胙束紙二錢五分　迎春荊
春牛廠春酒起春鞭春三牲等項分銀二

錢送小春青紅手本銀二錢八分春牛廠芒神
開光香燭銀一錢　工部蘆政分司到任陞任
下程每副分銀五錢　欽差齋糧長勘合下程
分銀五錢二分接勘合香燭銀六分　欽差齋
湔除下程分銀六錢八分　齋詔監生紙一刀
銀九分　禮部取用黃紙黑煤等件分銀九錢
八分七釐　齋鹽引勘合監生紙一刀銀九分
　兵部草場分司到任下程分銀五錢　太僕
寺卿若丞每遇臨京下程紙劄分銀一兩一錢

落主簿分銀三錢如住劄供用奉例於草場收
頭及霆長馬頭辦送　點齋察院住劄辦飯銀
五錢素下程三副每副銀六錢請齋手本繳依
隹紙張銀四分取用錦帶牙籤每道銀二錢五
分
　禮部出表取用燈籠榜紙油紙銀三錢一
分六釐　巡視察院到任下程分銀三錢六分
　抽分察院到任下程紙劄分銀一兩一錢七
分五釐　九庫到任下程家火分銀二兩一
學院出巡中火六錢　江院出巡同上

院屯田鳳陽倉京倉上下巡江到任下程紙劄
等項分銀每院一兩五錢　學院到任酒席下
程紙劄等項分銀三兩六錢出巡回京下程紙
劄書吏飯食分銀一兩六錢二分　刷卷到任
下程酒席等項分銀三兩六錢　撫院到任謁
陵辭
陵酒席下程中火紙張等項分銀四
兩五錢　按院按臨酒席下程刑具紙劄逐日
供送拜考試生員茶餅供給等項分銀三十六
兩　撫按委查盤拜往來使客應用門子每名

每日給銀四分　查盤臨縣飯食下程酒席分
銀九兩一分如住劄逐日供應奉例於里甲收
頭庫役出辦　新舊按院謁　陵辭　陵迎送
酒席下程等項每次分銀七兩　本府兩堂到
任酒席下馬飯下程等項分銀六兩五錢　本
府上司廳到任酒席下程等項分銀二兩五錢
本府下司廳到任香燭紙儀下程等項分銀
六錢　刷卷道每月大送四次小送十四次遵
照循環物料共銀一兩八錢五分二釐　學

刷卷在京習儀每日飯食分銀二錢三分　本府上司廳經過本縣地方中火每次銀二錢五分　本府兩堂上司廳陞轉辭陵紙張酒席下程祭江猪隻等項分銀每位四兩　本縣正堂到任拜考滿朝覲回任香燭紙儀入衙下程禮生紙張等項每次銀七兩　本縣清軍管糧二衙到任下程香燭等項每位銀二兩五錢　本縣巡捕衙到任下程香燭等項銀二兩

太常寺九鮮扛運銀共七兩八錢六分三釐

戶部取用魚課勘合紙張硃墨棕毛紫粉等項分銀六錢六分　本府取用魚課勘合紙張分銀三錢八分　欽天監　御覽晴雨錄壬遁曆護葉木櫃氈罩等項銀一兩三錢八釐　禮部護日取用牙香降香紙燭等項銀一兩　總督糧儲到任陞任下程分銀一兩三錢　本府致祭蔣廟早晚飯食分銀一錢六分　時遇祈禱雨發牒并逐日香燭謝壇等項分銀一兩錢　科道等衙門糾儀手本紙張投遞工食

一兩八錢　欽天監頒行曆日小下程三副共銀九錢包封曆日紙銀一錢　刑部決囚分銀一兩二錢　都察院年終取頭巾格路繫腰竹板等項分銀一兩八錢　刷卷道臨京住劄燈籠夫每一月工食銀六錢　屯馬察院燈籠夫同上　撫督察院燈籠夫每季一兩二錢　縣堂燈籠夫每月工食銀六錢　遞差人役每日工食銀三分　本府丁口循環簿二扇銀一錢二分　年終封印屯馬察院學院撫督都察院

京畿道京倉下江本府三牲神馬香燭銀各三錢二分下江添開印三錢二分公座簿一扇銀六分　本縣封印香燭銀四分　本縣六房科每季紙銀三兩九錢　學院賀送貢士牌扁旗竿羊酒等項每生一兩一錢四分　本府賀送貢士等項分銀二兩二錢　本府請考官生漆竹筒等項分銀六錢四分已下並係三年一次與不遇年分通融支派　學院拜本縣考試儒童果子茶餅紙張等項每次銀二兩五錢　學

并本府類考生員編號簽簿并包卷紙張箱架等項每次銀一兩五錢　學院賀新進士舉人牌扁旗竿羊酒等項每位銀一兩七錢八分　本府賀送舉人等項每位銀二兩　本縣賀送舉人進士等項每位銀一兩七錢　禮部考監生取用茶餅果子等項銀一兩　本縣委官吏書送考生儒轉送府委下程盤纏等項共銀三兩　凡使客經過合送下程查照等第餽送或遇不受查數送縣仍聽公用　凡各衙門臨京

到任謁　陵辭　陵迎送宴會暫歇房租并各項致祭點齋看城租賃什物挑運脚價俱難定數惟隨時量給查禁冒破　凡每年節羨銀兩貯聽接　王選婚科舉并撫院往劄及上司併臨供送等用　新定九庫夫十二名每名银七兩二錢於原認庫夫之家均派徵解該庫[illegible]

雇役

上元縣志卷之二

上元縣志卷之三

地里志

金陵古稱佳麗邑與江寧分據其勝然所謂盤虎踞長江秦淮青溪玄武皆在境内壯哉縣也誠無愧於首邑云上元之名雖昉於唐肇域則自楚金陵邑始秦漢而下代有更設皆此地也論者謂山形自東北而迤邐於西南江流自西南而環抱於東北扶輿磅礴鍾靈毓秀人文甲於天下風俗亦稱淳美　國朝首被

聖化俗尚質朴弘正之間彬彬乎進於古矣然傳聞長老昔人以廉儉相先今時以富侈爲尚不無少變焉其輓回保嗇不使山川之氣洩露而無餘者尚在有風化之責者哉作地里志

革

上元古揚州之域自楚威王滅越築石頭始置金陵邑在今縣西北五里秦改秣陵縣屬鄣郡始皇因東遊渡江置江乘縣在今長寧鄉漢屬丹陽郡元符二年分秣陵置湖孰丹陽二縣令

丹陽鄉湖孰鎮即其故治也武帝嘗以封宗
𡖖改秣陵爲建業丹陽如故省江乘湖孰爲典
農都尉晉復置以丹陽郡領之分淮水南爲秣
陵北爲建業尋改建業爲建康太興初立懷德
縣寄建康北境又改曰費於江乘西界置縣曰
臨沂又析其地置郎丘陽都二縣屬南琅邪宋
省入臨沂梁郎同夏里置同夏縣陳割同夏臨
沂江乘湖孰隸建興郡隋併秣陵建康江乘同
夏臨沂入江寧屬丹陽郡唐初屬蔣州尋屬昇

州上元二年州廢盡江寧之地置縣始名上元屬潤州治在今白下村尋廢寶應元年復置光啓三年復入昇州徙治於鳳臺山西南唐仍故名屬金陵府復割縣南境十九鄉仍置江寧宋開寶中屬昇州尋改州爲江寧府仍隸焉又遷治於南唐廢司會府地建炎三年屬建康府同西京故事爲次赤縣徙治今所元爲中縣隸集慶路　國朝洪武中定鼎金陵陞赤縣屬應天府編戶二百三里令一丞一秩外邑各加一品

簿二分掌糧稅孳牧典史一備首領遂爲海內第一邑云

風土

縣治其國爲吳在天管於斗次星紀丑位麗權星其占當躔天倉寔江南一大都會也界廣九十里袤八十五里東至句容縣界八十里以週郎橋中分爲界西至江寧縣界以古御街中分爲界南至江寧縣界七十里以永豐鄉白米湖爲界北至六合縣界四十九里以瓜步大江中

流爲界東南到句容縣界七十里以東陳村爲界自界首到句容縣三十五里西南到江寧縣界西里以鳳西鄉爲界東北到句容縣界六十里以章橋爲界自界首到句容縣八十里西北到六合縣界三十九里以湖墅大江中流爲界自界首到六合縣八十五里月縣治至　京師三千四百四十五里鍾阜龍盤石頭虎踞獅子石灰臨沂直瀆諸山牙趾相入北枕大江險過湯池以故諸葛孔明稱爲帝王之宅而魏文

天限南北之歎云自晉宋以來衣冠萃止人物繁盛士皆重廉讓恥誇毗以文章致聲名取爵祿者甚衆不尚交構杜氏通典曰永嘉之後帝室東遷衣冠之族多渡江而南藝文儒俗於斯爲盛今雖閭閻賤隷處力役之際吟咏不輟有顏謝徐庾之遺風焉顏氏家訓曰江東婦女略無交遊婚姻之家或十數年間未相識者惟以信命贈遺致殷勤而已顏介曰南方水土柔和其音清舉而切天下之能言惟金陵與洛下耳

楊萬里曰金陵六朝之故國也有孫仲謀宋武帝之遺烈故其俗毅且英有王茂弘謝安石之餘風故其士清以遠有鍾山石城之形勝故地大而才傑楊溥曰建業自六朝爲都邑民物浩繁人才輩出賓士林之淵藪戚氏志曰金陵山川渾深土地平厚建炎中來居者多汴洛鉅族仕家歲時禮節飲食市井負衒謳歌尚傳京城故事當淮浙之衝談者謂有浙之華而不澆淮之醇而雅斯得之矣諸所稱列足據者如此上

元風俗固可槪見至宋安撫司幹辦游九言云每愛金陵士風質厚尚氣前年攝行倅事日受訴牒纔當劇郡之十一耳爲吏爲兵者頗知自愛少健狡之風工商負販亦罕聞巧僞國朝陳敬宗亦云上元爲京畿首邑王化所先故民淳易治視今乃少殊在司風化者加之意焉

山川

鍾山在縣東北朝陽門外周迴六十里高一百五十八丈東連青龍山西接青溪南有鍾浦下

入秦淮北接雉亭山岧嶤嶷異實作揚都之鎮諸葛亮云鍾山龍蟠蓋謂此也漢末有秣陵尉蔣子文逐盜死事於此孫吳改曰蔣山晉元帝渡江之年望氣者云山有紫氣時時晨見又名紫金山西巖有雷次宗招隱館又名北山南齊周顒隱處孔璋作北山移文者兩峯秀起北一峯最高其巔有一人泉僅容一勺挹之不竭循泉西有黑龍潭相傳曾有龍見今深廣不數丈其上有爲太子巖又名昭明讀書臺巖西有

栽松輿地志云蔣山本少林木東晉令刺史罷還栽松百株宋時令刺史栽三千株下至郡守各有差曰錫梅巖曰頭陀峯緣蔣祠有玉澗宋王安石詩澗水無聲遶竹流竹西草木弄春柔茅簷相對坐終日一鳥不鳴山更幽其崇岡曰孫陵梁何遜詩見大帝陵下宋九日臺在焉峯之秀者曰屛風嶺後曰桂嶺碧石青林幽阻深靚其東有道士塢即陳宣帝禮玄靖臧兢處道卿巖宋葉清臣字道卿嘗遊其間八功德水在

其下舊志云一清二冷三香四柔五甘六淨七不饐八蠲痾自梁以來常取供御按梅摯亭記梁天監中有胡僧曇隱寓錫於此山中乏水有龐眉叟相謂曰予山龍也知師渴措之無難俄而一沼湧出後有西僧至云本域八池已失其一蓋竭彼盈此也宋曾極詩數斛供廚替八珍穿松漱石瑩心神中涵百衲烟霞氣不染齊梁歌舞塵

西折爲桃花塢道光泉宋熙寧間僧道光劚得

宋熙泉陟左有東澗石邁古跡編云

處士劉訏隱居之所尤精釋典嘗聽講鍾山定寺因卜築東澗有終焉之志茱萸塢金陵志云蔣山南半陂中舊有茱萸園宋道士陸静修[illegible]茱萸於此山之南有岡曰獨龍阜峯曰玩珠梁釋寶誌墓在焉起浮圖五級今移置東麓塔之西有洗鉢池落文池東山巔有定心石山之半有井與江潮盈縮曰應潮井酉陽雜俎云嘗有破船朽板自井中出貞觀中有牧兒汲水得杉板長尺餘上有朱漆字曰吳赤烏二年豫章王

于駿之船南麓有霹靂溝宋王安石詩霹靂溝西路柴荊四五家憶曾騎欵段隨意入桃花有鍾山仙洞郎道書朱湖洞天有曲水晉海西公疏以宴百僚宋時以三月三日祓除於此謝惠連詩四時著平分三春禀融爍遲遲和景婉夭夭園桃灼攜朋斯郊野昧旦辭廛郭斐雲興翠嶺芳飈起華薄解轡偃崇丘藉草遶回壑際渚羅時蔌託波泛輕爵山之支迤邐而南隱然起者爲龍廣山唐地里志云江南道其名山

廬茅蔣朱紫陽之亦云天下山皆發源於岷山

山實其脉之盡者自孫吳建都以來便稱佳麗

名山勝跡茲山爲特富琳宮梵宇亦窮極華麗

蓋七十餘所今無復存者矣又茲山之可紀者

南齊時崔慧景遣千餘人魚貫緣山自巖夜下

鼓譟臺軍震恐侯景反邵陵王綸率西豐公大

春等馬步三萬發自京口直據鍾山景黨大駭

陳大寶元年齊軍潛至鍾山踰龍尾皆此地

國朝孝陵在焉嘉靖中　詔改神烈山　沈約郊居

賦曰惟鍾岩之隱鬱表皇都而作峻葢秩望之所宗含風雲而吐潤又應詔詩靈山紀帝德險峭資岳靈終南表秦觀少室邇王城翠鳳翔淮海襟帶繞神垧北阜何其峻林薄杳青葱又發地多奇嶺干雲非一狀合沓共隱天參差互相望鬱律構丹巘崚嶒起青嶂勢隨九嶷高氣與三山壯梁虞騫登鍾山下峯望詩冠者五六人攜手巖之際散慮自俄端極目千里睇𤨏岫乍昏明浮雲時卷閉遙看野樹短遠望樵人細渭

耿濬鍾山紫芝觀詩繫舟仙宅下清磬落春風雨過芝田長雲深藥徑重古房青磴接虛殿紫烟濃鶴駕何時去遊人自不逢宋蘇軾詩到任席不暖居愁空惘然好山無十里遺恨恐他年欲款南朝寺同登北郭船朱門收畫戟紺宇出青蓮夾路蒼髯古迎人翠麓偏龍腰蟠故國鳥爪寄層巔竹杪飛華屋松根泣細泉峯多巧障日江遠欲浮天畧彴橫秋水浮圖插暮烟歸來踏人影雲細月娟娟王安石詩蒼藤翠木江南

山激激流水兩山間山高水深魚鳥樂車馬跡
絶人長間雲埋樵聲隔蕙情月弄釣影臨潺湲
黄塵滿眼衣可濯夢寐惆悵何時還明劉基侍
宴鍾山應制詩清和天氣雨晴時翠麥黄花夾
路岐萬里玉關馳露布九霄金闕絢雲旗龍文
騕褭驂鸞輅馬乳蒲桃入羽卮衰老自慙無補
報叨倍儀鳳侍瑤池林鴻春日蔣山應制詩鍾
山月曉樹蒼蒼鳳輦乘春到上方馴鳥不隨天
仗轉曇花故落御衣香珠林霽雪明山殿玉澗

飛泉近苑牆自媿才非枚乘匹也陪巡幸沐恩光

覆舟山在鍾山西狀如覆舟因名亦名龍山又名龍舟山劉宋以山臨玄武湖改名玄武山輿地志此山與鍾山形斷而脈相連壍者莫入知其有石爲山骨也陳高祖與北齊兵大戰即此舊有甘露亭瑤臺閱風亭山陰藏冰井今皆廢

宋孝武詩束髮好怡衍弱冠頗流薄素想終勿傾聿求果丘壑層峯亙天維曠渚綿地絡逢皐

列神苑遭壇樹仙閣松燈含青暉荷源煌丹爍
川界泳遊鱗岩庭響鳴鶴鮑昭侍宴覆舟山詩
息雨灑上郊開雲照中縣遊軒越丹居暉燭集
源殿凌高躋飛楹追焱起流宴柸苑含靈羣岩
庭藏物變明輝爍神都麗氣冠華甸目遠幽情
周禮洽深恩徧齊王融詩道勝業茲遠心閒地
能閒松桂鬱初栽蘭皐坦將闢虛簷對長嶼
軒臨廣淤芳草列成行嘉樹紛如積流風轉
徑清烟泛喬石日泊山照紅松映水花碧

人外賞遲遲眷西夕

雞籠山 在覆舟山西北臨玄武湖一名雞鳴山即雷次宗開館處劉宋時黑龍見玄武湖又名龍山 國朝於山巔置儀表以測玄緯名觀象臺更名欽天山又建十廟繚以朱垣相傳晉元明成哀四帝陵皆在此山今莫詳其處 明吳寬詩 秋盡荒山鳥跡稀拂衣獨上叩柴扉層顛鹿下緣青磵樹杪僧行入翠微千里風烟搔短鬢六朝文物付斜暉悠悠身世渾如此月斷天邊

一雁飛

祗闍山在雞籠山西舊有祗闍寺

幕府山在縣西北二十里周回三十里高七十丈王導從元帝渡江建幕府於此因名山壟多石居人煆以取灰又名石灰山北濱大江東與直瀆諸山接為建業門户魏人至瓜步文帝登此山觀形勢齊師伐梁至鍾山龍尾陳高祖自率麾下出此山齊人大潰山有五峯南曰北[illegible]峽中有石洞幽邃中峯上有仙人臺虎跑泉

北峯曰夾蘿亦曰翠蘿上有達摩洞宋明帝高寧陵在山西王導溫嶠之墓亦在焉明喬宇詩緣江村落帶林臯幕府秋晴爽氣高蒼嶺烟嵐開日馭紫霄宮闕瀉銀濤地逢多景詩無暇客是同心興亦豪道眼向來誰了了笑看塵海一鴻毛顧源登夾蘿峯詩紅日纔生暘谷東魚龍吹浪曉濛濛徜徉笑指三山路玉竈銀牀紫霧中

盧龍山在城西北二十五里周迴一十二里高

三十丈東有水下注平陸西臨大江晉元帝初渡江見山嶺綿延遠接石頭以比北地盧龍山故名　國朝以形似易名獅子山山首突出城堞於西巖建閱江樓有盧龍觀

聖祖嘗伏兵大破陳友諒於此山下　本朝金大車

登盧龍山詩　百尺重巖草木齊古藤垂引躡雲梯山間晚霧浮窻近江上陰雲壓樹低塞雁橫空迷北固淮流帶雨入清溪吾徒飛動悲涯[illegible]散髮空林聽鳥啼　喬宇詩　江堰萬家開迤邐

城千堞遠崔嵬

馬鞍山在縣西北十里高五十八丈西臨大江東接石城以形似得名

四望山在縣西北十里周廻三里高十七丈吳大帝嘗與葛玄共登晉溫嶠於此築壘以逼蘇峻曰此必爭之地以逸待勞是制賊之一奇也今以清涼寺後爲四望山者非

石頭山在縣西四里即楚金陵邑吳晉時江在石頭下爲險要必爭之地上築城嘗以腹心大

臣守之南北戰伐咸據此爲勝負江乘地記曰吳之石城猶楚之允疑也自江北而來山皆無石至此山始有石故名下有龍洞又名桃源洞東麓有虎踞關旁有巨石曰塘岡山後有駐馬坡諸葛亮嘗駐馬於此以觀形勢南有烽火臺中有齊世子宮石頭塢五城皆廢矣左思吳都賦云戎車盈於石頭庾闡涉江賦云發中洲之曲泜背石城之巖阻謝靈運撰征賦云次石頭之雙岸究孫氏之初基皆指此也明陶安

礴巉巖扼要衝古來設險大江東半天虎踞山如舊萬壑鯨吞地更雄上國控臨吳楚郡西藩環護帝王宮當年駐馬坡前望想見金陵氣鬱葱

大壯觀山在縣北一十八里周廻五里高一十八丈東連鍾山西有水下注平陸陳宣帝起大壯觀於此因以爲名

直瀆山在縣北三十五里周廻二十五里高一十七丈吳將甘寧墓在此旁有直瀆洞東西有

水流入江詳直瀆下

臨沂山在縣東北四十里周廻三十里高四十丈東北接落星山西臨大江臨沂故城在其西南

雉亭山在縣東北四十里周廻六里高五十丈北與舊臨沂相望齊武帝遊鍾山射雉於此因名或云吳大帝時蔣帝執白扇乘馬嘗見形於此故又呼騎亭山

衡陽山在縣東北四十五里周廻九里高二十

九丈舊傳朗法師寓此衡陽神女來聽講後爲此山之神故名衡陽

觀音山在觀音門外北濵大江西引幕府諸山東連臨沂衡陽諸山形如錯繡皆懸崖削壁芺捍大江眞天設之險也有觀音閣嵌絶壁上右有石臨瞰江水形如飛燕名曰燕子磯上有漢壽亭侯廟又有大觀亭俯江亭下有水雲亭丹巖翠壁遠望如畫江山勝處也臥宗臣登觀音山詩

一上孤峯破大荒吳山楚水更蒼茫雲間

棟宇垂天潛江上黿鼉吹石梁絶壁晝開風雨色斷虹秋挂薜蘿長吾將從此尋瑤草黄鵠天風好共翔

陳鳳登燕音閣詩

縹緲飛樓巖畔懸樓前江水滙諸天魚龍掀舞浪花碎黿鼉隱見波光偏高歌對酒當此際破浪乘風何處船且須吸盡江中水還向石頭來問禪

顧璘燕子磯詩

名山意自勝臨水趣轉幽況兹燕磯秀復枕澄江流孤根託何所上抱雲中樓空明瞰水府下見黿鼉遊衝濤蕩危石翻恐地軸浮元氣旋

混茫長風吹不休西來疊浪色發自岷峨陬杳靄衆山影依微行客舟徙倚白日暮極月令人愁

顧源詩夾野盤靈阜鴻濛巨壑吞淺沙拔月蚌高浪出風豚翠木棲晴靄蒼崖射曉巘吾將謝塵網浩蕩撫漁綸

黄甲詩長江天塹勢縱橫萬里蒼茫轉太清上下驚濤翻白日古今絕壁俯層城只疑虎豹當人立遂有雲霞著屐生老我夢魂題來得夕陽芳草不勝情

攝山在縣東北四十五里周廻四十里高一百

三十二丈山多藥草可以攝生故名又曰繖山其狀如繖也江乘記云攝山形方四面重嶺西北有水注江乘浦入攝湖即秦始皇所從渡江者南史明僧紹居此山後捨宅爲棲霞寺齊時隨石勢大小鑿佛像千餘名千佛嶺江揔碑明僧紹居士子仲璋爲臨沂令於西峯石壁與度禪師鐫造石佛齊文惠太子豫章竟陵諸王增飾之石爲天開巖沈傳師徐鉉張稚圭祖無擇諸題名尚存有白乳泉白鹿泉試茶亭中峯

帽峯崇巖峯峯下有般若堂明月臺宴坐臺高下相望陳軒所集金陵有懷攝山十題曰白雲菴清風軒唐公巖天開巖宴坐臺中峯澗明月臺品外泉醒石磬石皆山勝處陳高祖大破齊軍追奔至攝山虜蕭軌卽此地陳後主同江揔遊山詩晴穿蟠溪心非關舟竹林鷲岳青松繞雞峯白日沉天迥浮雲細山空明月深摧殘枯樹影零落古藤陰霜月夜烏去風露寒猿吟自可盡出俗詎是顧抽簪唐權德輿詩偶來人境

外心賞幸隨君古殿烟霞久深山松桂薰巖花點寒溜石磴繞春雲清淨諸天近喧塵下界分名僧康寶月上客沈休文其宿東林夜清猿徹曙聞顧況詩明徵君舊宅陳後主題詩迹在人亡處山空月滿時寶瓶無破響道樹有低枝巳是傷離客仍逢靳尚祠明金太輿千佛嶺詩蓮宮依石嶺金像儼層臺疊磴松雲合斜風花雨來高低成色相窈窕入莓苔歲去莊嚴改瞻依此日哀姚汝循攝山採藥詩躡屐訪名山

百草斑寧辭荷鋤倦但欲採芝還鹿飲紅泉[illegible]猿啼翠壁間浮丘倘相遇長揖謝人寰

畫石山在攝山東巖下有石穴曰花洞相傳與句容華陽洞通

落星山在攝山北山有落星墩上有落星樓吳都賦云享戎旅乎落星之樓卽此

木盧山在縣東北二十里江乘記曰山陽有鍾乳穴

白山在縣東三十里周迴八里高八十丈東接

竹堂山南接鍾山北連攝山西有水下注平陸產白石可爲碑礎梁散騎常侍韋載有田十餘頃在江乘之白山築室屛居不入籬門者十載

竹堂山在縣東七十五里西與白山接

苻堅山在縣東六十里北連大城山謝玄破秦歸謝安問其方畧玄指此山云此似苻堅駐軍之山

大城山在城東七十里周廻二十里高八十二丈南連苻堅山西連鴈門山北連竹堂山

雲穴山在縣東八十五里周廻二十里高九十七丈南有水流入石臚溪有洞穴甚幽邃天欲雨則雲出故名

湯山在雲穴山東有湯泉六穴出其下禽鳥入輒死草木濯之愈茂

雁門山在縣東六十里山勢連亙類北地雁門故名東北有溫泉輿地志云白山雁門山竹堂山並連帶建康東北綿亙三四十里一名陽山孝陵碑材取之此 楊榮詩 退朝聯騎出嚴關曉霧

濛濛彿面寒村落喜從行處見江山如向画圖

看叢松疑翠森晴盞離菊浮香簇靄團

高祖聖靈端有在穹碑萬古樹嶙屹　碑十四大

武岡山在長寧鄉山有石佛里俗呼爲石佛子

廟

癸山舊志拔十道四番志有癸山在東北四十

七里碑石磴礎多出於此

張山在淳化鎮北南史齊欽明皇后葬江乘縣

張山旁有虎洞下有玉泉本朝黃姬水[illegible]

林深乍晦明靈洞討崢嶸玉筍標爲柱芙蓉作城山高鳥不度階淨虎常行巖際陰飇起孤遊黯客情

丁山在縣東南四十里周廻一十七里高二十七丈

彭城山在祈澤山東有水注麓成渠渠上有橋舊有彭城館

靑龍山在縣東三十五里周廻二十里高九十丈前有蘼蕪澗金陵故事云齊處士劉瓛居此

爲儒林之宗四十未婚其友爲娶王氏後出之
乃就澗折蘼蕪而去　山趾石堅而色青可爲碑
礎之屬又有崚嶒洞穴者都人取爲假山西趾
有泉大旱不涸西南有黄鹿山昔山

祈澤山在青龍山南周廻十里高五十丈有祈
澤泉相傳初法師講經此山有龍女來聽遂獻
泉後人以祈禱多應故名邑人盛時泰作山志
宋王安石詩篤言東南遊午飯　山白
蔬長林黄柳芽短笭箵河際來罾笱桑門

暎一川朙雪消千壑漫魚隨竹影浮鳥悮人

散玩物豈能羈于時吾自懶朙喬宇詩江流東

下白蜿蜒山色東廻翠接連封域九州分禹甸

雲霞千里互吳天　初晴後覽勝心遊

太古前便欲飄然出塵境凌風雙鶴駕翩翩陳

沂和橫岡盤磴躡危巔入眼風光倍可憐千仞

石林斜照日萬重烟樹上浮天地連吳楚徘徊

裏亭過齊梁感慨前徙倚長風振衣袂酒闌高

詠北山篇

石硊山在縣東南四十里周廻一十五里高二十七丈臨秦淮有大壟皆石故名一名竹山或曰硊當作匱據秦淮以匱遏水勢秦始皇鑿金陵今方山石硊是其斷處

方山一名天印山在縣東南四十五里高一百一十六丈周廻二十七里四面方如城上有石龍池下有葛仙公井一名洗藥池東南有水下注長塘流溉平陸沉約郊居賦云聊遷情而遊眺識方阜於陽津帶脩篁於桂渚肇舉鍤於

秦沆炯詩亦云淮源比桐栢方山類削成吳大
帝爲仙者葛玄立觀此山齊武帝嘗欲於此起
離宮期勝新林苑徐孝嗣荅曰繞黄山欵牛首
乃盛漢之事今江南未廣願少留神乃止沈約
侍遊方山應詔詩清漢夜昭晢扶桑晚陸離發
歌擬陽下建羽朝夕池擬金浮水若聳蹕詣山
祗一霑九霄露藜藿終自知齊王融詩巡蹕望
登年張飲臨秋縣日羽鏡霜漘雲旗落風甸四
瀛長在目八荒宛如見小臣竊自嘉頂奉栢梁

宴[宋謝靈運鄰里相送至方山詩]祇役出皇邑相期憩甌越解纜及流潮懷舊不能發析析就衰林皎皎明秋月含情易爲盈遇物難可歇積疴謝生慮寡欲罕所闕資此永幽栖豈伊年歲別各勉日新志音塵慰寂蔑

[明許穀登方山絕頂詩]天印山高四望遥振衣同上興飄蕭深叢藉草秋仍茂絕嶺清池旱不消散勝青巒西出甸舉頭蒼靄接丹霄洞中却愛栖真者不[illegible]間有市朝

土山一名東山在城東南二十里周廻四里二十丈無巖石故曰土山晉謝安嘗遊陟於此因營築以擬會稽東山即與玄圍棊賭墅處沈約郊居賦云矚與嵎兮縱目即堆塚而流盼雖東山之培塿乃文靖之所宴唐李白詩不向東山久薔薇幾度花白雲還自散明月落誰家又我今攜謝妓長嘯絶人羣欲報東山客開軒掃白雲明黄姬水詩昔卧會稽容因留東山名宛然林泉趣猶是謝公情遠墅草全沒空門臺半

傾誰知遊衍者偏解慰蒼生

金陵岡　在縣西北龍灣路上相傳秦瘞金人於此昔有一碣刋其文曰不在山前不在山後不在山南不在山北有人獲得富了一國後因劉靖安路失之

白土岡　北連蔣山其土色白隋賀若弼即此擒蕭摩訶　宋王安石詩　白土岡頭草木深春風[illegible]與散衣襟浮雲映郭酉佳氣飛鳥隨人作好

武帳岡　在幕府山東南岡側有武帳堂宋

嘗以開酒禁宴於此勑諸子且勿食至會所賜饌日旰食不至有饑色乃戒之曰汝曹少長豈佚不見百姓艱難今使爾識有饑苦知務節儉

謝公墩舊云在半山寺王安石有我屋公墩之句然又有詩云問樵樵不知問牧牧不言亦自疑之矣今治城北二里有山亦名謝公墩以土色赤俗呼爲紅土山據李白詩云治城訪遺蹟猶有謝公墩疑此地近是

朙黃省曾詩往時王與謝命駕冶城遊千載閒遐想二公今古同

心有李白異代仰風流感激生秋草岸汻來空復愁

落星墩 詳見落星山下

大江發源岷山合湘漢豫章諸水自都城之西南東流入海卽禹貢所謂中江亦名揚子江舊有界牌在慈姥磯注云北潤州上元界南宣州當塗界乃唐刻也後分置江寧今當以新河爲界自界首北下有鄱陽浦有㣘帔磯宋齊[illegible]汪台符處有白鷺洲在縣西唐李白詩二[illegible]

分白鷺洲宋曹彬破江南駐兵於此有長命洲

在石頭城前梁武帝放生之處有投書浦在石

頭城北晉殷羨爲豫章守郡人多附書至石頭

渚以書擲水曰沈者自沈浮者自浮殷洪喬非

致書郵又北有張公洲馬昂洲槪洲又有草鞋

夾唐家渡東北爲黄天蕩次龍潭洲次竹篠港

又東有石步港有大同浦小同浦諸水皆吐納

大江吳書魏文帝有渡江之志望江水盛長瀰

漫數百里引退歎曰魏雖有武騎千羣無所用

也江南野史周世宗問孫晟江南虛實晟曰長江千里險過湯池可敵十萬之師劉旺曰金陵天險也

隋柳䛒晚日揚子江應制詩大江都會所長洲有舊名西流控岷蜀東汎逼蓬瀛未覩纖羅動先聽遠濤聲空濛雲色晦浹疊浪花生欲知暮雨歇當觀飛旆輕

唐李白金陵望江詩漢江廻萬里派作九龍盤橫潰豁中國崔嵬非迅湍六帝淪亡後三吳不足觀我君混區宇垂拱衆流安今日任公子滄波罷釣竿

權德輿

渡揚子江詩返照滿安流輕舟任揺漾支頤見汻里烟景非一狀遠岫有無中片帆風水上天青去鳥滅廻浦寒沙漲樹晚疊秋嵐江空翻宿浪囘首碧雲深佳人不可望明李東陽九日渡江詩秋風江上聽鳴榔遠客帰心正渺茫萬古乾坤此江水百年風日幾重陽烟中樹色浮瓜步城北山形遶建康直過眞州更東下夜深燈火是淮揚

秦淮在縣東南秦始皇用望氣者言鑿方山斷

長壟以泄王氣有二源一出句容華山一出溧水東廬山合流入方山埭歷上方閘支分東折入新河西流經中和橋汝南灣入上水門北通大中橋河即舊柵塘西通淮青橋南接渡船口即舊舟子洲經龍藏浦桐林灣入江寧界唐杜牧詩烟籠寒水月籠沙夜泊秦淮近酒家商女不知亡國恨隔江猶唱後庭花

青溪發源鍾山吳鑿東渠名青溪通城北塹瀆洩後湖水其流九曲達於秦淮後楊吳築

斷其流今自太平門城由潮溝南流入大内西出竹橋入濠而絶又自舊内旁周遶出淮青橋相傳爲青溪之一曲云

鎻石溪在縣東南四十八里源發白石巖經攝湖六十餘里入大江其源上通數里山澗屈曲隨下奔注不類人功開鑿

長溪在縣東南六十里闊五丈丹陽記云湖熟前有長溪東承句容縣赤山湖水入於秦淮謝靈運賦潭結綠而澄清瀨揚白而載華飛急聲

之琵泊散輕文之漣羅始鏡底以如玉終積岸而成沙

後湖在太平門外周四十里一名玄武湖又名蔣陵湖湖本桑泊至吳赤烏四年成青溪洩湖水寶鼎二年開城北瀆引後湖水流入新宮湖名始著晉元帝時名北湖宋文帝改名習武湖元嘉中黑龍見又名玄武湖大明五年大閱水軍因號昆明池唐乾元中爲放生池顔眞卿爲記宋熙寧中廢爲田事起王安石至元大德中

僅爲一池　國朝復爲湖貯天下圖籍於湖中洲上遂爲禁地洲凡五西北曰舊洲西南曰新洲上有郭璞墓前抱一洲東有荒洲二近西小洲曰別島西南水獨深而澄號黑龍潭（陳張正見詩）上苑奢行樂滄池聊溥遊汎荷分蘭棹沉槎出桂舟殘虹初度雨皺岸上新流欲知有高趣長揚送麥秋（唐李白詩）空餘後湖月波上對江洲（李義山詩）玄武湖中玉漏催雞鳴埭口繡襦迴誰言瓊樹朝朝見不及金蓮步步來（明皇

重訪玄武湖倂事詩澄湖一濬後千古見流長暎帶羣峯秀沿洄十里蒼蓬瀛信有地雲水自爲鄉魚鑰傳中使星槎倚夕郎幕閒存往蹟鏡裏駐年芳延眺非關戀茲遊詎可常

太子湖一名西池又名樂游池在城北六里吳宣明太子創晉明帝爲太子脩西池多養武士於內時人呼爲太子西池又太子東湖在丹陽鄉太子臺下梁昭明太子植蓮於此晉謝混詩回阡被陵闕高臺眺飛霞惠風蕩繁囿白雲屯

層阿景昃鳴琴集水木湛清華褰裳順蘭沚徙倚引芳柯

白蕩湖又名燕雀湖又名前湖今爲大内鄰神秘苑云梁昭明太子在東宮有一琉璃盌紫玉杯乃武帝所賜既薨置梓宮後更葬開壙爲閹人攜入大航有燕雀數萬擊之爲有司所縛乃獲二寶器帝聞驚涗詔賜太孫封墳之際復有燕雀數萬啣土以增其上故名

迎擔湖在石城後五里晉元過江衣冠南遷主

客相迎負擔於此今廢

張陣湖在石頭城相傳蘇峻與晉軍戰處

穩船湖在金川門外洪武初開引江水瀦以泊舟

蘇峻湖在迎擔湖北本名白石陂即李陽斬蘇峻處

夏駕湖在丹陽鄉即晉惠時石浮來處

半陽湖一名半湯湖在城東北四十里周迴一十五里水同一壑而冷熱相半考舊志即湯泉耳

攝湖在攝山之側

白米湖在縣東與句容下塘村接

三岡湖在縣東六十四里舊志云溉田八十頃地有三岡俯臨湖側因以爲名

烏意湖在縣東八十里舊志云溉田一十頃

西干湖在縣東舊志云溉田五十頃

劉陽湖在縣東南六十里舊志云溉田三十頃

白社湖在縣東南二十五里舊志云溉田十頃

運瀆在縣治西北吳大帝使郄儉鑿城西開瀆

引秦淮抵倉城以通運道今自斗門橋北流至北乾道橋遂東經太平景定至內橋與青溪合北經鼎新崇道橋又西遶武衛橋從鐵牕櫺出

直瀆在城北鍾山鄉去城三十五里西至壩埂東北接竹篠港流入大江吳後主所開瀆道直故名楊脩詩註曰瀆在幕府山東北長十四里闊五丈深二丈初開之時晝穿夜復自塞經年不就傷足役夫臥其側其夜見有鬼物來填因嗟曰何不以布囊盛土棄之江中使吾徒免辱

力於此傷者異之□白有司如其言濬乃成

珍珠河在縣北納落星澗水陳後主泛舟於河遇雨浮漚生宮人指以爲珍珠因名

護龍河宋鑿卽舊子城外三面濠今自昇平橋達縣後至虹橋西南出大市橋而止

新開河在白鷺洲西南流通大江二十餘里舊名番人河今呼爲新開河

蘆門河在縣長寧鄉去縣六十里亦名番人河

小新河在東門外土橋之東嘉定中眞西山爲

江東運副因旱蝗欲因役飽之募五縣人夫自土橋東開河欲至蔣山至半山寺遇石不可掘乃止

竹篠港　西至靖安東至石步南至直瀆北臨大江屬金陵長寧兩鄉

石步港　在長寧鄉去縣四十里石邁古跡編云攝山西花林市之東有石步港西連竹篠北出大江徐鉉臨石步港詩云吹浪遊鱗小粘苔□石圓

潮溝吳鑿以引江潮接青溪抵秦淮西通運瀆北連後湖南唐徐鉉詩潮溝橫趣北山阿宋張文定詩潮溝一面巳生蒲即此處

御溝在古御道兩旁實錄云朱雀門北對宣德門相去六里名爲御道夾開御溝歲久湮塞陳吳融詩一水終南下何年流作溝穿城初北注過苑卻東流遶岸清波溢連宮瑞氣浮去應涵鳳沼來必滲龍湫激石珠爭碎縈堤練不收照花長樂曙泛葉建章秋影炫金莖表光搖綺陌

頭旁沾畫眉府斜入教簫樓有雨難澄鏡無萍易擲鉤鼓宜堯女瑟盪必蔡姬舟臯著通鳴鶴津應接千牛廻風還灔灔和月更悠悠淺憶觴堪泛深思杖可投衹懷涇介慮不帶隴分愁自有朝宗樂寧無潰冗憂不勞誇大漢清渭在神州

宋王安石詩

渺渺金河漲欲平數支分綠扱清斷常穿輦路漂花去更飲流杯送酒行靜金輿穿樹影清含玉漏過墻聲衰顏一照感回首江南春水生

鐵冶溝在鍾山鄉馬鞍山之下有地三畝餘[illegible]
鐵梁時作三壩堰淮水灌壽州融江南之鐵[illegible]
徃築之棄其餘於此

楊吳城濠[illegible]遶城金陵時所開自北門橋東流
歷珍珠[illegible]於通濟城支流與秦淮合又
自通濟[illegible]流入江寧界至三山門復與
秦淮[illegible]

烏龍潭[illegible]相傳有烏龍見故名明上維
楨宴烏龍[illegible]故鄉此日杳啼鶯楚水秦山

萬里情旅食蒐驚時屢改春潭容到思偶清遊
人孤鷺唯依渚競賞千花故傷榼酒罷空庭還獨
立中天滿月照人明

天淵池在華林園一名天泉池宋元嘉中開江揔池銘云曉川漾碧似日馭之在河宿夜景流金疑月輪之馳水府景定志云今宮城後法寶寺西南荒池尚餘一畝即此池也梁武帝詩蕩遊朱明節泛漾天淵池舟楫互容與藻蘋相移碧沚紅菡萏白沙青漣漪新枝拂舊石

落故池葉軟風易出草密路難披

善泉池在臺城東一名九曲池梁昭明太子所鑿嘗泛舟池中曰何必絲與竹山水可忘情

覆杯池在臺城晉元帝以酒廢政王導諫之帝因覆杯池中以爲戒

飲馬池宋大明中立於上林苑中

清遊池在古宮城西南角晉肅宗爲太子時鑿

西池見太子湖下宋顔延之詔宴西池詩昭哉儲德靈慶攸繁明兩紫宸景物乾元帝室菴藹

惟城惟藩袞衣善職彤弓受言飾館春宮稅鑣

青輅長筵逶迤浮鷁沿泝

濛氾池在臺城内梁陳龍舟嬉遊處晉張載賦

麗華池之湛淡開重壤以停源激通渠於千金

承灑洛之長川挹漢流之汪濊包素瀨之寒泉

旣乃北通醴泉東入紫宮左面九市右帶閶風

周墉建乎其表洋波迴乎其中幽瀆傍集潛流

獨注仰承河漢吐納雲霧緣以采石植以嘉樹

水禽育而萬品珍魚產而無數蒼苔汎濫偃

垂幹綠葉覆水玄蔭布岸紅蓮煒而秀出繁艶以煥爛遊龍躍翼而上征翔鳳因儀而下覿想白日之納光睹洪輝之皓旰於是天子秉玉輦時遨遊排金門出千秋造綠池鏡清流翳華蓋以逍遥攬魚釣之所收纖緒挂而鱣鮪來芳餌沈而鰋鯉浮豐影踰於巨鰲信可樂以忘憂

宋曾極詩 春條拂岸栁如金一鑑澄空照底深旁見龍舟赭袍影分明紅日在波心

湯泉在湯山下 宋江夏王義恭泉銘云 秦都壯

溫谷漢京驪湯泉炎德資遠液煊波起斯源

醴泉在神樂觀永樂初醴泉出　勅右庶子胡廣撰文

玉兔泉在府學內相傳秦檜見白兔入地掘之得泉明劉基疑檜僞爲之銘曰嗚呼泉乎夫何辜爲檜所汙世無吳隱之孰晤其誣嗚呼泉乎尼父大聖猶言其主瘠環與癰疽白兔之傳夫何傷於爾與檜死爲蛆泉潔自如我作銘詩惑斯袪嗚呼泉乎終古弗渝

白騎泉在城北十五里慈仁鄉石邁古跡編云吳大帝時蔣帝乘白馬執白羽扇見形於此馬跑地成泉因以名之

陳隆泉在丹陽鄉絳巖山之北昔有陳隆道人嘗結茅其側其泉清澈甘冷繞山十餘泉皆所不及建炎中居民避難山中取給此泉泉之東有屋基平坦無石莫知所因

百丈泉在鐵塔寺

忠孝泉在冶城近忠孝亭

玉泉在張山下味極甘烈濆出如斛珠舊名張山大泉

曲水晉海西公於鍾山立流杯曲水延百僚水經注云舊樂遊苑宋元嘉中以其地爲曲水

晉庾闡臨曲水詩暮春濯清汜遊鱗泳一壑高泉吐東岑迴瀾自淨縈臨川疊曲流豐林映綠薄輕舟汎飛觴鼓枻觀魚樂

梁簡文帝三日

太子曲水宴詩震德協靈年芳節淑濯伊蕩心愉目驤騎晨野縱金蹺陸蕙氣卷旌

擎轂層岑偃蹇聳觀岩嶢烟生翠幕日照綺春

銀華晨散金芝暮搖綠水動葉丹距暎條

梅花水在觀音門内崇化寺後源自石罅中流

出明焦竑詩梅花涵靜渚空水澹相搖旋自雲

根出還隨泡影消年深饒石髮坐久見魚苗只

恐蛟龍動陰風滿樹腰

鍾山水李衛公浮槎山水記云李侯以鎮東晉

後出守廬州因遊金陵蔣山飲其水旣又登浮

槎至其上有石池涓涓可愛蓋陸羽所謂乳泉

漫流者飲之甘則鍾山水與浮槎之水其味同也

石頭城下水 中朔故事云李德裕居廊廟有親知奉使京口李云還日揚子江中冷泉水取一壺來其人醉而忘之泛舟至石頭下方憶乃汲一瓶歸李公飲後訝歎非常曰江水味異於[illegible]歲矣此頗似建鄴石城下水其人謝過不隱

寶公井 在大市街

景陽井 在臺城内即陳後主避隋兵處一名

脂井或云色類臙脂其井有石欄多題字曾豐集云辱井有篆文云辱井在斯可不戒乎幷下文其十八字在井石檻上不知誰爲唐陸龜蒙詩云古堞烟埋宮井樹陳主吳姬墮泉處舜沒蒼梧萬里雲都不聞將二妃去

龍天王井在臺城前舊傳梁武帝爲郗后立龍祠井上號龍天王井梁陳皆祠之

葛仙公井在方山一名仙翁洗藥池

汝南灣在城東八里當秦淮曲折處晉汝南王

渡江因家於此有東治亭在灣之東南乃晉太元中餞送之所齊陸慧曉清介自立張緒目爲江東裴樂家於灣前張融自稱天地逸民牽船駐岸卜以鄰居劉瓛弟璡二人並居其間水有異味時酌飲之至今取此水釀酒極佳事見覽古詩註

臨賀塘在縣東溉田二十頃梁臨賀王正德立田於此因名

開善塘在縣東南志云溉田二十頃

銅塘在縣東南溉田二十頃

王塘在縣東南溉田三十頃

水門塘溉田十七頃

赤山塘在縣東溉田一百頃

長塘在縣東南溉田一百頃

蠡湖塘在縣西北溉田十頃

劉塘在縣北溉田四十頃

義溝瀆在縣東流入秦淮溉田十頃

圩岸建康志縣圩岸一百三十五處宋楊萬里

詩　周遭圩岸繞金城一眼圩田翠不分行到秋

苗初熟處翠茸錦上織黃雲

上元縣志卷之四

建置志

建置之大者天下莫過於上元其城郭宮闕郊廟官署在邑竟者蓋倍八九法不得書至皇都也縣舊有學　國朝省入京兆而紹用猶在於邑至於社學建於坊諸鄉飲行於社學尤有深意蓋與聖諭相表裏今則未免於湮廢云其他公廨倉場之屬僅著其目若鎮市衢巷津梁之類多至不

可勝紀而其佳名勝蹟傳於往牒猶有彷彿想見其處者其名雖易其地寔存也亦具列之以俟採風者覽焉作建置志

公廨

縣治在府治東北昇平橋西正廳七楹扁曰忠愛堂左掖爲典史廳東西列長廊爲六房案牘之所正堂後爲穿堂爲後堂有庫在焉後堂扁曰牧愛堂北折西有令聽屬令一丞一簿二典史一凡五衙東南隅有殿宇南向曰明道先生

祠後皆吏私舍中門外有亭二左曰旌善右曰申明今廢新建舍二所左曰禮神右曰迎賓南爲大門扁曰上元縣按縣治唐上元二年始置於永壽宮近石頭城光啓中徙鳳臺山下宋初徙城東尊賢坊自建炎中始治今所紹興三十一年知縣李闢之修寶慶改元知縣趙時僑重修寶祐初知縣曹之格建堂曰政達曰存愛江萬里爲記景定二年知縣楊應善改存愛曰存心制使姚希得記元因宋無所改

國朝洪武初治仍舊而廨宇遵　須式重建後歲
久傾圮知縣姜德政重修規制一新國子祭酒
陳敬宗撰記公廨東舊無墻垣萬曆十七年知
縣程三省建

淳化鎮巡檢司在縣東四十五里

學校

舊儒學在今縣治東京城圖志存義街卽上元
學基按圖經宋寶祐戊午東陽陳寅宰邑始以
廢圃爲宮梁椅撰記景定二年知縣鍾蜚英創

建學守元至元中縣尹田賢重修進士李桓記

國朝洪武初省生儒併於府學其貢士計偕之費

生員廩餼之需猶給焉

社學洪武中每坊廂建社學一區以學行者舊

爲之師教一坊子弟悉令通孝經小學諸書其

俊秀者選入郡學鄉飲酒禮既舉於學每坊即

社學爲會飲之區以禮一坊高年行禮讀法如

儀社學久廢唯嘉靖中學使楊宜稍簡諸生堪

敎習者與爲社學師數處至今相襲廬其居餘

基地可稽小民佃居者入租於官餘多爲豪猾侵占不可盡考云佃租六處　織錦坊五圖一　木匠坊三圖一　伎藝坊二圖一　南北塌坊一　江東二廂一　三山門外莫愁湖一

生員居五處　聚寶門外澗子橋一　馬路街一　通濟門大街一　英府對廊一　廣藝街一

閒廢五處　糖坊橋一　下街口建安坊一　府軍衛前所二鋪一　梳子廊一　倉巷一

書院

明道書院在鎮淮橋東北宋淳熙初留守劉珙以先生嘗爲上元簿祀之學宮朱熹爲之記紹熙間即縣西偏祀之嘉定間改建新祠前護堂門中嚴祠像扁曰春風堂上爲樓左右二塾曰主敬行恕井爲澤物泉表其處爲尊賢坊定春秋仲丁行釋菜禮眞德秀撰記未幾堂毀淳熙己酉郡守吳淵更建視舊益偉聘名儒爲山長依倣白鹿洞規理宗聞而嘉之爲書明道書院四大字賜爲額寶祐中馬光祖據院中立祠堂

東西有廡後有春風堂堂東序曰省身齋西序曰養心齋後有御書閣又後有主敬堂庭中有荷池有三槐堂東序齋二曰尚志敏行西序齋二曰明善成德景定四年姚希得重脩至元遂廢弘治己酉提學御史司馬堊於府學東偏建祠祀之榜其門曰明道先生祠自爲記嘉靖初御史盧煥始即今址爲書院祠祀焉有綽楔題曰明道書院

昭文書院在湖孰鎮梁昭明宴遊之地有

東湖讀書臺宋咸淳中方拱辰扁曰昭文精舍里人杜氏守之元至元元中定額昭文書院今廢

新泉書院在長安街東嘉靖初湛若水爲禮部侍郎建置田數頃以延四方之士萬曆十一年廢

崇正書院在清涼寺東嘉靖間提學御史耿定向建萬曆十一年廢

倉場

預備倉在馴象門外賽公橋北洪武中建正統中增脩俗名上倉萬曆二十年秋知縣程三省

重修建倉房共九十六間

水次倉在觀音門外近大江便於兌運洪武中建俗名下倉

本縣預備倉在公堂後兩旁萬曆二十年修建房六間

牧馬草場曰毛田場在興賢鄉曰殷家場在崇禮鄉曰崇勝場在道德鄉曰湖孰東場湖孰西場曰淡蕩場俱在清化鄉又有湖孰二場[illegible]上場焦田下場俱在丹陽鄉曰社子場曰

場俱在宣義鄉曰楊柳塲在泉水鄉曰平埕塲在鳳城鄉曰白土大塲白土小塲俱在盡節鄉曰黄家塲曰歡培大塲歡培小塲俱在神泉鄉曰雙廟塲在北城鄉

鋪舍

縣東十里曰城東鋪舊名東門鋪東十五里爲磨石鋪東十五里爲麒麟鋪東十五里爲洛家鋪東十里爲張橋鋪接句容界

縣東南二十里曰高橋鋪又二十里爲淳化鎮

鋪又十五里爲索墅鋪又二十里爲土橋鋪縣西南爲府前總鋪又五里爲三山鋪又十里爲江東鋪

舊金陵驛二宋建於長樂鄉一名蛇盤驛元建於青溪坊有水馬二站宋夏竦登金陵驛樓詩雨霽吴城晩溪泉四散流禽歸半峯樹人在夕陽樓國望分江海星躔次斗牛堪嗟興廢地千載有閒愁李綱詩六代繁華三百年我來弔古一凄然景陽鍾斷雞初唱玉樹歌沈月自圓[illegible]

没舊痕生遠浦橅摇新色媚晴天高樓上盡雙目千里江山在檻前文天祥詩草舍離宮轉夕暉孤雲飄泊復何依山川風景元無異城郭人民半已非滿地蘆花和我老舊家燕子傍誰飛從今别却江南路化作啼鵑帶血歸

龍灣水站在金陵鄉

貢計館在秦淮舟子洲上宋時郡貢上計及士人預計偕者皆憩此館

公館在淳化鎮

普濟院舊在通江橋柳林中洪武間建後毀爲人居所侵煢獨時給衣糧而無處所近改建三山門外水次倉側

鎮市

淳化鎮在縣東四十五里鳳城鄉淳化五年立

石步鎮在長寧鄉即古羅落橋鎮劉裕斬皇甫敷陳霸先會徐度等即此

土橋鎮在縣東六十里與句容接界

靖安鎮在金陵鄉龍灣一名靜安岳忠武[illegible]此

敗金虜

宋汪藻宿靖安鎮詩　檣竿歷歷表中流　暝宿河堤古驛頭天遣江山渾着月人將榆柳共驚秋重來骨肉誰身在天限風塵到眼休得意枕中猶夢爾不知何處是窮愁

湖孰鎮　在丹陽鄉

大市　吳大帝立在建初寺前其寺亦名大市寺

南北市　宋武帝立南市在三橋籬門外亦名東

北市　北市在大夏門外梁有大市南北市令及丞

梁庾肩吾遊市詩　旗亭出御道遊目暫回車

苑市在廣莫門内　鹽市在朱雀門西

小市在淮水北凡十餘所時都城在淮水北丹

陽郡在淮水南凡二十四航路巷相達百貨輻

輳古稱富麗焉　紗市在城西北耆闍寺前

清化市即今北門橋　宮市後主使宮人屠沽

親爲市魁　陽泉市在神泉鄉之陽山去縣六

十里　棲霞市在長寧鄉攝山棲霞寺前去縣

四十五里　索墅市在清化鄉去縣五十

泉水市在泉水鄉亦名龍都去縣五十五

東流市有橋曰東流以水流自東故名之在崇義鄉去城四十里

花林市南至曹村五里屯至大江十二里齊梁諸墳多在其地在清風鄉去縣三十五里

龍灣市近靖安河在金陵鄉去縣一十五里

竹篠市在長寧鄉去縣二十里

西干市在長寧鄉去縣四十五里

辛橋市與張山接去縣五十里

石井市在高橋門外去縣二十五里

蛇盤市在輿賢鄉去縣二十五里

麒麟市在開寧鄉去縣三十里

五城市在崇禮鄉去縣二十五里　土橋市在丹陽鄉去縣六十里　湖孰市在丹陽鄉去縣六十里以上皆古市

長安市在大中橋西

三牌樓市在鼓樓北

南市在斗門橋東舊爲歌館酒樓卽宋安遠樓基

北市在樓在南乾道橋東南卽宋和豐樓基

笪橋市卽北市東南唐有新橋笪橋市最盛

北門橋市洪武街西南唐北門街處

晚市定淮門內同龍橋側居民至暮方集

鴿子市景定橋北舊名羊市

馬市三山街南山

衢巷

古御街在今內橋南直抵聚寶門宮苑記吳時自宮門南出直抵朱雀門七八里府寺相屬晉成帝因吳苑城築新宮正中曰宣陽門南對朱雀門相去五里餘名爲御道夾道開御溝植槐柳輿地志云自宮門至朱雀橋作夾路築牆覆

梁武作竹籬使男女異行晉庾闡揚都賦云橫朱雀之飛梁豁八達之通衢

朱雀街在朱雀航之北宮城記自宮門南出夾苑至朱雀門府寺相屬謝安所置王東亭曰江左地促不如中國故紆徐委曲若不可測蓋臺城在府城東北而御街迤邐而南屬之朱雀門勢誠紆廻深遠不可測矣

焚衣街在御街東齊東昏侯製四種冠五彩一月中二十餘出梁武帝廢之焚晉淫異衣

十二種於御街後人號其所爲焚衣街

南唐御街卽古御街以上古街

長安街在大中橋東直抵西長安門

大通街南北橫過長安街爲綽楔立四面曰四牌樓

大中街在大中橋西南直抵三山街

崇禮街在正陽門西直抵大中橋

三山街在大中橋西南

里仁街在大中橋西宋程明道張南軒書院故基

存義街在里仁街西宋上元學故基

時雍街存義街西卽縣舊治處

和寧街在時雍街西　中正街在和寧街西直北抵花牌樓　務功街圖志在善政坊舊名青溪坊　致和街在務功街西舊名青平橋街

廣藝街在縣治西舊名細柳坊一名武勝坊

大市街在縣治西本名石城坊一名敦化街

洪武街在北門橋東北洪武初開拓北城始闢此路故名　成賢街在國學前　太平街在太平門內俗呼御史廊　北新街在玄津橋西

習藝東街南通三山街一名馬巷　習藝

與習藝東街並列俗呼大板巷圖志舊名土[illegible]

十三丈街在習藝街西北

評事街南通三山街北抵笪橋圖志名皮作坊今通皮塲巷舊志作欽化坊

奇望街一名鍼功坊東接狀元境

夫子廟街在織錦二坊舊名國子監巷又名狀元坊一呼草巷今俗稱竹木行

周處街在織錦一坊東今俗名剪子巷

馬道街在周處街北

孔子巷在青溪側大仁寺前古長樂橋東輿地

志云孔子廟在樂遊苑東隔青溪本聖嗣侯所奉之廟東晉所立至齊遷於今處以舊地爲浮圖俗呼爲孔子寺亦名孔子巷

烏衣巷在秦淮南晉南渡王謝諸名族居此時謂其子弟爲烏衣諸郎建康實錄云紀瞻立宅於烏衣巷屋宇崇麗園池竹木有足賞翫焉宋書謝混風格高峻少所交納唯與族子文義賞會居在烏衣巷故謂之烏衣遊混詩云昔爲烏衣遊戚戚皆子姪其地今在城東南五里

禹錫詩朱雀橋邊野草花烏衣巷口夕陽斜舊王謝堂前燕飛入尋常百姓家

運巷與冶城接沈約自序云王父從官京師義熙十一年高祖賜館於都亭里之運巷今俗呼爲黄泥巷

主簿巷在明道書院右明道先生嘗爲縣簿政教在人至今呼爲主簿巷

聖火巷建康實錄在縣東南三里東晉王離妻李氏居之持洛陽舊火南渡色甚赤四方病者

以火煮藥爇艾皆愈兢傳妖惑不能禁李氏卒火經時滅人呼爲聖火巷

參佐巷在東府城西金陵故事云會稽王鎮東府時立驃騎亭通驃騎航巷在航之西

白楊巷在宋府城東南十八里謝幾卿免官居白楊之石井又何妥居白楊巷與青楊巷蕭齊齊名

青楊巷輿地紀云檀道濟居青楊巷宅是也

所居諺云楊州青是鬼營白日步及檀[illegible]

馬糞巷 南史王志家禁中里馬糞巷僧虔以來門風多寬恕志尤重厚兄弟子姪皆化之時人號馬糞諸王爲長者

侍其巷 慶元志舊爲侍其氏所居多閩人

國子監巷 在鎮淮橋北御街東南唐時有江淮鳩集墳典特置學官濱秦淮開國子監俗呼爲國子監巷 以上皆古巷

倉巷 北抵崇道橋舊通苑倉本名將軍倉巷

太倉巷 在運瀆南

三坊巷 卽武定橋街舊名

關王廟巷　盧妃巷在縣西北舊名美人巷
木龍巷一名泥馬巷在皮場巷北　竹竿巷在
笪橋東南　銀倉巷在評事街西　泰山巷在
斗門橋東北舊有東嶽廟　軍師巷在鎮淮橋
東北相傳諸葛恪居此　長樂巷在軍師巷東
北即舊長樂坊　德慶巷在武定橋東南一名
迎坊巷　官答巷在大通街東洪武中[illegible]
於此榜曰寰中客旅於此安居
金華坊慶元志在縣治東唐實錄云景雲[illegible]

寧令陸彥恭於縣東開金華坊東通青溪造金華橋度溪通潤州驛

翔鸞坊在武定橋東南南唐近事盧絳寓居翔鸞坊遘熱病夢一婦人持蔗一本唉絳歌菩薩蠻一曲送之而寤病即愈

康樂坊慶元志城東半山寺處名康樂坊按晉謝玄至靈運皆封康樂公是所居也

東錦繡坊在御街左　鍾山坊在宋行宮前夾道　石城坊在行宮前西夾道以上皆古坊

大功坊在縣南中山王徐達賜第　全節坊在治城晉卞忠烈公墓前舊名忠孝坊　英靈坊在十廟街前　建安坊在鼎新橋北俗呼下街口　裕民坊在建安坊東　敦化坊在内橋西　善政坊在大中橋西舊名九曲坊　善和坊在武定橋東

津梁

五馬渡在縣治西北二十里幕府山之前晉元帝與彭城諸王五人渡江處晉大安時童謡云

五馬浮渡江一馬化爲龍永嘉中元帝登位

五城渡晉王敦死王含錢鳳率餘黨自柵塘西置五城京都紀五城邊淮帶湖祖送多在此

桃葉渡在秦淮口接龍光河本王獻之妾名詩桃葉復桃葉渡江不用楫此渡處也明陳芹詩獻之當年龍桃葉桃葉渡江自迎接雲容離此美人衣花艷爭如老人顏王令風流舊有聲千年古渡襲佳名渡頭春水年年緑桃葉桃花傷客情

蕭家渡即邀笛步在上水閘王徽之嘗泊舟青溪側邀桓伊吹笛處以上古渡

江東渡在江東門外　新江關渡在新江口

龍江關渡即今下關　唐家渡對瓜步江

石頭津在石頭山西北　新安津即靖安渡

方山津在方山埭側

二十四航輿地志六朝自石頭東至運瀆二十四渡皆浮航杜牧詩青山隱隱水迢迢秋盡南草未凋二十四橋明月夜玉人何處教吹

朱雀航在長樂渡處直對宣陽門又南爲朱門非今之聚寶門也

驃騎航在東府城外　丹陽航在丹陽郡城後二航皆會稽王道子立已上皆古航

東門橋在樂遊苑　尹橋宋志云潮溝大港東出渡此橋　雞鳴橋即齊武帝遊鍾山至此雞鳴處　募士橋吴大帝募勇士處　菰首橋一名走馬橋在湘宮寺前東出渡溪有桃花園南曰大橋　大橋古跡編云東出句容大路度此

橋　中橋宋志在上閘俗傳中橋路陳書隋軍陷臺城晉王廣命斬張孔二妃牓於青溪中橋即此　此上七橋跨青溪

孝義橋即覺子橋　揚烈橋宋王僧孺觀鬭鴨處　高曄橋建康西尉在此宋志云建興寺北路東出渡此橋　檀橋在青溪上齊書劉瓛住檀橋瓦屋數椽學冠當時　南渡橋李白與崔客數人棹歌秦淮往石頭訪崔四侍御詩云舟共連袂行上南渡橋乃秦淮上橋今不存

處　日華橋在宋行宮東跨護龍河　月華橋在宋行宮西以上皆古橋

青龍橋在東長安門外洪武中建受銅井水西流入御溝　白虎橋在西長安門外一名大通橋　會同橋在大通橋西北臨會同館　烏蠻橋在大通街　栢川橋在烏蠻橋西以上五橋跨御河

鎮淮橋即南唐御街直抵聚寶門者乃吳南津橋今與江寧分界　武定橋在鎮淮橋東舊名

嘉瑞浮橋與長樂橋並峙宋淳熙中馬光祖自書橋邊　文德浮橋在府學前萬曆中建　通濟橋在通濟門外　中和橋在通濟橋東南　上方橋在中和橋東南以上六橋跨秦淮

斗門橋即古禪靈寺橋秦淮入運瀆之始

武衛橋近冶城即古西州橋　南乾道橋　北乾道橋並在斗門橋之北即古高蹕橋處

崇道橋今倉巷北出全節坊　鼎新橋在崇道橋東舊名小新橋因馬光祖新立改名

在鼎新橋東卽古欽化橋宋名太平橋【景定橋】在笪橋東舊名閃駕橋景定二年馬光祖改造更名以上八橋跨古運瀆

【淮青橋】在大中橋西秦淮與青溪相接處故名相傳國朝黄觀妻女死節處【淸平橋】西通内橋青溪之在南唐城内者惟此【竹橋】在玄津橋北一通大内一通古城濠上三橋跨青溪

【内橋】御街之北宫前橋也宋政和中蔡嶷重脩又名蔡公橋南渡後建行宫於此改名天津橋

不忘西京故以名之宋周彥夫詩聯鑣去作蔣山遊路轉天津邊御溝忽作故宮禾黍恨洛陽臺殿鎖千秋

昇平橋在內橋東北即宋東虹橋

天市橋在內橋西北即宋西虹橋

飛虹橋在盧妃巷以上四橋跨古宮城濠

大中橋舊名白下橋一名長春橋青溪此處舊有大橋中橋故撮名曰大中橋乃南唐東門橋當江浙諸郡之衝歛萬馬於秦淮給諸屯餽餉京都之要衝也

復成橋在大中橋北

玄津橋在復成橋北西華門之前　新浮橋在
國學成賢街南近易爲石橋　北門橋南唐北
門之橋古清化市橋宋名武勝橋　通賢橋在
北門橋東以上六橋跨古城濠
正陽橋在正陽門外平平如砥　三山橋在三
山門外　石城橋在石城門外　獅子橋在鼓
樓北　回龍橋在定淮門内或曰與清涼四望
山勢回顧故名　金川橋在金川門内　通江
橋在金川門外　臨山橋在龍江關外以上八

橋暨通濟橋跨都城濠

上橋在竹橋西北　珍珠橋跨珍珠河　蓮花橋在珍珠橋西 以上三橋跨珍珠河

銅橋在上方橋東　高橋在高橋門外

下方橋在高橋東南　滄波橋在滄波門外

彭城橋在彭城山　石步橋在長寧鄉古名羅落橋　錢公橋即章橋西近張山　復古橋在長樂鄉　葛橋在崇禮鄉方山東南齊書宋建安王景素及李安民破之於此　塹城橋在縣

東三十里即謝安賭墅之所　亭子橋在清川鄉徐鉉新路記云建高亭於路周跨重橋於川上即此　周郎橋在丹陽鄉吳周瑜渡秣陵破笮融下湖孰嘗經此故名　靈順橋在湖孰市　土橋在丹陽鄉　西流橋在宣義鄉　安濟橋在西流橋東北即東流橋　韓橋在縣東北三十里　楊堰橋　五城橋並在崇禮鄉　霸橋在縣東北八十里與句容分界　白水橋在縣東北二十里　秦淮橋在上方關北以上

諸橋皆在郊外

秦皇馳道　始皇三十六年東遊自江乘渡馳馬於此宋王安石詩穆王得八駿萬事不期修茫茫千載間復此好遠遊車輪與馬跡此地亦嘗兩想當治道時勞者尸如丘

吳帝馳道　吳都賦云朱闕雙峙馳道如砥

宋帝馳道　宋書大明五年孝武初立馳道自閶闔門至朱雀門爲南馳道自承明門至玄武湖爲北馳道宮苑記宋築馳道爲調馬之所

黄城大路在清風鄉黄城村梁太清二年侯景遣軍至江乘拒邵陵王綸趙伯超謂綸曰若從黄城大路必與賊遇不如徑指鍾山突據廣莫門城圍必解

湖頭路在玄武湖北

謝玄走馬路在崇禮鄉土山下至今不生草

竹里路在縣東北六十里有十里橋北濵大江父老云昔路行山澗西接東陽遶攝山之北由江乘連絡至建康宋武帝討桓公玄其路徑此

上元縣志卷之五

祠宇志

典守土者皆有常祀而上元獨無蓋以赤縣附京兆若不敢專而實以之重也其祠廟著六常祀典而外吳晉二帝江左開國之君惠烈忠烈先賢諸祠祀之宜矣位雖有近於虞初者載在往籍亦不敢遺若明道營判斯邑攝令事其有專祠所關大焉南朝崇佛寺極其靡麗今雖無復其多且盛而宏敞幽邃猶稱罕儷故附祠祀

之後昔人謂天下可家者唯金陵武林古賢宅山水之勝而以文物賞會其間風流照映江左以至荒陵廢塚埋没於寒煙衰草之中者皆無復辨識而令人過之指點其處徘徊咨嗟而不能去非以人勝哉又安可泯旃作祠宇志

祠廟

蔣廟在鍾山之西北漢蔣子文爲秣陵尉逐盜至鍾山下被傷而死生時嘗自謂已骨青死當爲神後果見乘白馬於道上謂人曰爲我[illegible]

我當福汝吳大帝因爲立廟改山曰蔣山後累封爲帝洪武中易額惠烈

三聖廟在縣治西北祀蒼帝史皇氏

禹王廟在保寧坊磨盤街口

吳大帝廟在清涼寺西即吳故宫宋景定中姚希得徙建天慶觀側與晉元帝廟接畛宋劉克莊詩露坐空山裏英靈嘆不迴久無祠祭主曾作帝王來壞壁蟲傷画殘爐鼠印灰今人渾忘却江左是誰開

晉元帝廟在卞忠烈廟西唐天祐二年建宋景德中重修尋廢嘉定五年黄度建廟石頭東景定中姚希得與吳大帝廟同修宋劉克莊詩元帝新祠西郭外野人吊古獨來遊陰陰画壁間冠劍寂寂絲窠上璪旒勢比龍盤猶在眼事隨鴻去不回頭斷碑廊下無人看欲去摩挲又少留

忠烈廟在治城西晉蘇峻亂尚書令卞公壸力疾戰死二子眕盱亦死之俱葬治城謚忠貞南

曆時郎墓側建忠貞亭宋慶曆中改曰忠孝紹興八年建廟請額曰忠烈自後屢有修崇詹菴胡銓制使姚希得俱有記元至正二年重修虞集為記　國初又建忠貞廟於欽天山忠烈廟如故又即廟側建歷代忠臣祠學士宋公濂題額祀南唐中書侍郎陳公喬宋通判楊公邦乂

御前統領姚侯興王侯琪

明李東陽謁卞廟詩

廟中遺像儼丹青下馬來看淚欲傾異代興亡今又古一門忠孝死猶生清談不救山河圮大

義終將日月爭獨有

聖朝隆祀典年年香火石頭城

軍師廟在鎮淮橋東北祠諸葛

白馬廟在崇福鄉宋顧琛爲朝請晩至方山下商船數十泊東岸見有朱衣介幘乘白馬執鞭者屛諸船曰顧吳郡將至後琛果爲吳郡乃卽所見處立廟

玄武廟在後湖中元嘉中有黑龍見乃立廟

武烈帝廟在治城西南唐書常州有陳果仁祠

越人寇常州神陰助柴克用大敗越人封武州
帝立廟於此
忠節廟在古城東三里與半山寺相望張浚都督江淮時鄜宏淵復宿州部將王琪戮力鏖戰手殺甚衆竟戰没事聞贈閬州觀察使命於案前立廟賜額忠節
徐將軍廟在城北獅子山洪武初建學士宋濂記
曹將軍廟在上元門外名成隨曹武惠王下江南保全民命至今祀之

伍相廟在長寧鄉景定志子胥解劍渡處曰胥浦西有伍相林竹篠灘有伍相白馬廟

濶江東廟在攝山頂相傳吳時賢令也

蜀三大神廟清源君梓橦君白崖君皆蜀中神制使姚希得自蜀來建三神廟於青溪之側就洞神宮額爲之

漢壽亭侯廟祀關羽宋慶元中建於城東南隅今有數處唯在燕子磯者尤據形勝之美

青溪姑廟輿地志青溪岸側有神祠謂之青溪

姑古詞青溪小姑曲　門白水側近橋梁小姑所居獨處無郎

嘉惠廟在城東南二十五里紹興元年賜額慶元志丞相沈該政和中作邑上元禱雨有應刻詩於祠

青溪先賢祠宋開慶元年馬光祖建祀周吳泰伯越范蠡漢嚴子陵諸葛孔明吳張子布周公瑾是子羽晉王休徵周子隱王茂弘陶士行卞望之謝安石謝幼度王逸少吳處默宋雷仲倫

寧劉子珪陶通明梁蕭德施唐顏清臣李太白孟東野南唐李致堯潘佑宋曹國華張復之李幼幾包希仁范堯夫程伯淳鄭介夫楊中立李泰發張德遠楊希稷虞彬父朱元晦張敬夫吳勝之眞希元山長周應合撰記

明道先生祠舊有祠在府學朱紫陽先生撰記[illegible]紹興中主簿趙師秀卽廳事西偏繪像祠之[illegible]定乙亥主簿危和在簿廨東偏得鈐轄廨之[illegible]改建明道祠中嚴繪像外護重門未幾[illegible]

僑寓之所　理宗初改明道書院後廢

國朝景泰初知縣姜德政於縣治東南隅建祠堂

南向塑像於中祀之國子祭酒吳節撰記

劉忠肅公祠在蔣山東公諱珙淳熙初爲建康

留守有惠政上元等五縣士民相與繪像立祠

李處全撰記

范忠宣公祠在舊轉運司宋嘉定八年眞德秀建

一拂祠在清涼寺公諱俠讀書清涼寺遂擢甲

科因詆新法被謫歸鄉日所存唯一拂耳舊有

祠在寺久廢今重建於寺側

眞文忠公祠寶佑間馬光祖重建於籌思堂配之

馬莊敏公祠在城隍廟東祀宋馬光祖

西齊王祠在東流不詳所自俗謂夫人能治目疾並祀焉

表忠祠在治城東祀靖難時死節諸臣文學博士方孝孺魏國公徐輝祖尚書禮部陳迪兵部齊泰鐵鉉吏部張紞刑部暴昭侯泰都御史景清侍郎吏部毛泰戸部郭任卓敬盧迥禮部

魁黄觀兵部陳植刑部胡子昭張昺副都御史
練子寧陳性善茅大芳僉都御史司中周濬太
常寺卿黄子澄少卿盧原質廖昇大理寺少卿
胡潤寺丞彭與民劉端王高鄒瑾脩撰王叔瑛
王良侍講樓璉衡府紀善周是脩給事中龔太
陳繼之韓永黄鉞左拾遺戴德彝駙馬梅殷耿
璿監察御史王彬高翔甘霖王度葉希賢謝昇
王珉董庸魏冕鄭智曾鳳韶主事戶部巨敬兵
部樊士信按察使四川李文敏浙江王良江西

副使程本立僉使陝西林嘉猷北平湯宗河南
叅政鄭居貞知府蘇州府姚善徽州府陳彥回
黄希範葉仲惠宗人府經歷宋徵國子監博士
黄彥清長史谷府劉璟遼府程通燕府葛誠漳
州府教授陳思賢副總兵瞿能都督廖鏞中府
都督同知陳質都督僉事耿瓛都指揮宋忠莊
得孫泰皂旗張張倫楚智北平都指揮朱鑑馬
宣彭聚彭二謝貴余瑱舉人劉政指揮宋瑄王
資揚州衞崇剛燕山護衞千户倪諒豹韜衞指

揮使俞通淵錦衣衛鎮撫余本千戶周揆元松江同知名逸甯州知州蔡運知縣蕭縣鄭恕沛縣顏伯瑋主簿唐子清典史黄謙睢陽教諭王省中書何申燕府伴讀余逢辰參軍斷事高巍東平州吏目鄭華定海人梁良用齊黄講士盧振衛鎮撫曾濬漳州生員曾廷瑞伍性原陳應宗呂賢林珏鄒君默守金川門牛景先燕山衛卒儲福臨海樵夫名逸萬曆四年建都御史宋儀望爲記知縣林大𪋫爲祭田祭器記凡爲田

四十一畝有奇祭器鐘鼓等有差

青溪忠節祠在青溪上　國朝禮部侍郎黄觀妻女死節之處今並祀之禮部尚書趙用賢作記

忠節祠新建在儒學内祀衡府紀善周是脩以盡節在學故事具表忠祠碑

廉直祠在富民坊西爲工部主事何遵建遵以清節著聞

武皇南巡力諍杖死嘉靖初贈尚寶寺卿

惠澤祠在觀音門外燕子磯上祀府尹汪宗

府丞雷稽古知縣林大黼

天臺先生生祠在北門橋即焦氏退園建立史奉楚侗耿先生像爲諸生會學之所

寺觀

建初寺在秦淮西南即吳祇園寺大帝赤烏四年爲天竺康僧建唐曰長慶寺南唐改爲奉先寺

延祚寺在治城後宋大始中都人捨宅建寺

湘宮寺舊在青溪橋北本宋明帝故宅爲寺費

極奢侈虛慝曰陛下起此寺皆百姓賣兒貼婦錢佛若有知當極慈悲帝怒曳去

開善寺　梁天監十三年以定林寺前岡獨龍阜葬誌公永定公主以湯沐貲造浮圖五級十四年即塔前建寺今靈谷寺是其地

梁昭明太子開善寺法會詩　兹地信閒寂清曠惟道場玉樹琉璃水羽帳鬱金床紫柱珊瑚地神幢明月璫牽蘿下石磴攀桂陟松梁澗斜日欲隱煙生樓半藏千祀終何邁百代歸我皇神功照不極

鏡湛無方法輪明暗箱室慧海渡慈航塵根人未洗希霑垂露光唐崔峒詩山殿秋雲裏香烟出翠微客尋朝磬食僧宿背夕陽歸下界千門見前朝萬事非着心兼從目[illegible]焚暮依依

蕭帝寺在城東南梁天監十三年建蕭子雲大書寺額李約得蕭字破產載歸東洛建小齋玩之名蕭齋

同泰寺實錄云大通元年造在後宮建大佛閣數重梁帝捨身之所梁昭明太子同泰寺僧正

講詩舒金起祇苑開延慕肅成年終飲從變弦望騶舒盈今闢火林飛淨上樓承明擬影連高塔法鼓亂巖更霄聲劫樹長月出地芝生已知法味樂復悅玄言清問因動飛轡暫使塵勞輕

大愛敬寺在鍾山梁武帝詩駕言追善友回輿尋勝緣面勢周大地縈帶極長川棱嶒疊嶂遠迤邐磴道懸觀目睠花林光風起香山飛鳥發差池出雲去聯綿落花八分綺色墮露散珠圓

永建寺在宣義鄉近雁門山天監二年置

光宅寺 梁武帝捨故宅爲寺雲光法師講[illegible]經天雨花之所 梁簡文帝遊光宅寺應令詩

遊入舊豐雲氣鬱菁葱紫陌垂青柳輕槐拂[illegible]風入泉光綺樹四柱藹陰空翠網隨烟碧丹花芙日紅方欣大雲溥慈波流淨宮 宋王安石詩

今知光宅寺牛首正當門臺殿金碧毀[illegible]松竹繁蕭蕭新犢臥冉冉暮鴉翻回首千年夢雨花何足言 又 僾然光宅准之瀆扶輿獨來坐中林千秋鍾梵巳變響十里桑竹空成陰昔人倦

堂有妙理高座翳造天光深紅葵紫莧復滿眼往事無迹難追尋凶齋安狐起宋興前光宅相仍一水邊蜂蛍蟻爭今不見故策遺趾尚依然

半山寺由東門至鍾山半道各七里宋王安石故宅捨爲寺中有謝太傅像本顧長康所畫古宋趙希縣云行都所見長康筆纖腐色剝幾不可觸而阿堵瞭焉有朱氏者刻石維揚後莫於此以上皆古寺

靈谷寺在蔣山東南宋元嘉中僧寶誌建道

寺梁改名開善宋改太平興國寺　李朝洪

初徙建於此更今名自山門入松徑五里乃至

寺其中路履之有聲鼓掌則聲若彈絲俗呼琵

琶街梵王中殿不施一木皆壘甓空洞而成其

殿廡規制彷彿大內有吳偉畫甚奇後有浮圖

即梁葬誌公幻身者因移於此石傍有古松偃

蹇云

高皇掛衣於上至今蟲蟻不生　明陳沂秋日游靈

谷寺詩　禪關空山裏鐘聲何處尋徑穿幽樹杳

門積古苔深丹殿揚朝彩雕廊下夕陰鍾陵有佳氣秋盡未蕭森

金大輿秋日遊靈谷寺詩　西風涼意早古殿起秋雲雁塔丹崖迥龍池碧樹分陰廊餘畫壁斷碣有苔文盡日無人跡呦呦見鹿羣

焦竑詩　春風花草共攀緣一別溪山二十年丹洞不緣尋往事籃輿何意到諸天松門慧路羣呦鹿雲滿空廊響暗泉回首周顒身已老濫巾仍向草堂前

雞鳴寺在雞鳴山洪武初爲普濟禪師廟二十

年即廟建寺山後有寶公塔有憑虛閣山[illegible][illegible]瞰而規制盤折高下若數里後瞰玄武湖前俯京城登臨勝處

明王履吉宿雞鳴寺詩

昔誦北山文今棲鍾阜雲秋林時夜嚮天樂忽空聞弟子胡麻薦頭陁羼席分那知江海客不亂衲衣羣

姚汝循憑虛閣詩

病葉紛紛下井梧憑闌驚見歲華徂揭來霸業唯秋草不改江山自画圖旅雁聯翩霜信至商風蕭瑟柳條枯為吟庾信江南句徙倚寒空日欲晡

接待寺濱大江洪武中建以寓過江游僧後寺蝕於江改建江東門外

白福寺在石灰山東梁武帝與誌公同遊此山建寺曰同行亦名聖遊嘉祐中易名寶林寺洪武中重建易今名法堂前有奇樹梅摯詩影借金田潤香隨壁月流遠疑梁帝植近想誌公遊

靜海寺在儀鳳門外洪熙元年賜額明蔡羽詩夜宿猶依白鷺洲朝遊忽到古城頭江聲不爲行人改山色常含往代愁葉下碧欄蕭寺晚鳥

嘶紅苑北門秋風流憁是周南客看海啣杯一

倚樓

祈澤寺在高橋門外劉宋時建梁卽寺置龍堂世爲祈禱之所

明顧璘宿祈澤寺詩月隱橫河出雲歸大壑幽清風將白露山寺作新秋

王韋詩何處可題詩東林亦在茲蓮生初挺菓松偃復榮枝狐冗穿陰屋龍泉咽古祠山僧指礀石云是大觀時

焦竑詩紺殿銜山古清川帶薄長樹身迷日月碑額見齊梁旛影風前靜曇花刼

外香龍堂況幽絶一酌世緣忘

鐵塔寺在治城後岡上劉宋時建名延祚前有二鐵塔宋乾興初建後更名正覺建炎三年以法堂西偏爲元懿太子攢宫今寺廢僅存一塔

清涼報恩寺在石頭山楊吳爲興教寺南唐名石城清涼寺洪武中易今名唐張祜詩山勢抱烟光重門突兀傍連簷金相閣半壁石龕廊碧樹叢高頂清池占下方徒悲宦遊意盡日老

房温庭筠詩黄花紅樹謝芳蹊宫殿參差

西詩閣曉寒藏雪嶺画堂秋水接藍溪松
吹從余鐸竹蹊寒苔上石梯妙迹奇名竟何
下方烟暝草淒淒宋蘇軾詩代北初辭没馬塵
江南來見臥雲人間譚不契前三語施佛空留
丈六身老去山林徒夢想兩餘鍾鼓更清新會
須一洗債茅堂未用深藏白髮巾明黄省曾詩
古剎石城裏迢遞丹磴攀殿懸秋靄樹江吐夕
陽山法食供遊餘林杯悦旅顏無勞支遁馬碧
草步人還宋口蕃詩依舊寒潮過石頭遶城霜

樹櫧皇州絕巘一雁雲中下正對三山水上浮

太白獨酌板橋浦玄暉初登烽火樓氛祲未消

鄉思悲郄看江漢轉悠悠

棲霞寺在攝山即明僧紹故宅也劉宋泰始中建隋造舍利塔於寺後唐改曰功德寺南唐曰妙因宋曰普雲仁宗賜金寶方牌又改嚴因崇報禪寺洪武中復曰棲霞與靈谷俱有賜田若干畝蠲其常稅焉

梁江總入攝山棲霞寺詩

[illegible]妙合當與[illegible]入地俱石瀨乍深淺烟岸

無鉄碑横古隧[illegible]木臥荒途行行備嘗歷步

麟威紆高僧迹[illegible]遠勝地心相符樵隱各有

丹青獨不渝遺風竹芳桂比德榆生薪寄言長

往客悽然傷鄙步[illegible]唐劉長卿尋明徵君故居詩

山人今不見山鳥自相從長嘯辭明主終身臥

北峯泉源通石徑澗戶掩塵容古墓依寒草前

朝寄老松風雲生斷壁萬壑遍疎鐘惆悵空歸

去猶疑林下逢[illegible]寺頻詩居與鳥巢鄰日將巢鳥

親多生從此性久集得無身樹老風終夜山寒

雪見春不知諸祖後傳印與何人周顒詩明家不用買山錢施作清池種白蓮松檜老移雲外地樓臺深鎖洞中天廉纖細雨香僧舍屏掛落泉懸結象恭伴師往青鞋多少薜蘿偏

衡陽寺在清風鄉舊名衡陽晉稱禪院五百寶城寺基唐天祐三年徐溫重建易今額慶元五年舊有齋巳年儒二上人爲題衡陽寺古跡詩云古跡重開一朗題劉翰尋僧寶嶂僧居鶴知前事爲問齊梁舊居往僧廢井荒池

短松低柏欲遮燈淳于道士眞高逹抛却林泉便上昇今無存矣

天寧寺在高橋門外宋治平中建明王韋詩問年看井幹結夏閑山門路夾雙峯起泉流百道喧葡萄纏廢棟蛺蝶舞荒園窈窕堪棲隱逢人未可言顧源詩白髮幾人酬雅志蹇驢秋老趁山行瓢香炭酌溪邊水田熟新嘗野外粳莫擬桃源誇往代且投蘭若寄浮生一丘已遂身前計萬事無論世後名

永慶寺在縣西北四里梁永慶公主建因以爲名明顧璘詩城郭晴光蕩客車古巖高寺切清虛鶯花不斷人天界龍象常依水竹居雲裏壺觴吞海色山中風物似秦餘靈蹤咫尺常難到莫怪歸遲月滿衢

弘濟寺在石灰山北臨大江洪武初建觀音閣正統初即閣建寺明顧璘弘濟寺江閣詩北山高無極江水下泓深飛閣嵌虛無宛挂垂蘿[illegible]危柱梟相拄櫺軒控千尋游目信絕奇[illegible]

弗任旁臨得平坂雲水際蕭森參差羅高木仄懸靈岑洪波動其前浩渺空人心勞歌不自慰濁酒時一斟天長去鳥沒日落清猿吟欲止神悚惕踟蹰下空林**許穀詩**近郭看江色臨崖坐佛宮舟航諸道接鐘鼓四天通野客非康樂山僧是懶融斜陽憑檻立魚眼映波紅

翼善寺在土山梁爲資福院正統中改今名

定林寺在方山舊名上定林寺在蔣山宋乾道中徙此**明盛時泰宿定林寺賦得僧獻月下門**乞

食歸來晚雲堂已閉關月明雞犬吠經罷木魚閒白版雙扉啓青藜一杖還挑燈石巖下趺坐小塵寰

草堂寺在鍾山鄉舊在蔣山宋改隆報寶乘寺正統中徙建復名草堂宋王安石詩桑楊已零落藻荇亦消沉園宅在人徑歲時傷我心強穿西埭路其望北山岑欲見道人悟跨鞍聊一尋明上章詩故結鍾峯麓今開江水濆門猶出駕僧尚誦移文猿鶴何年識烟霞別澗分山

招未得休遺昔賢閒

佛國寺在太平門外 明王韋詩 嶂開佳麗地對沉寥天幽室憐容膝塵勞喜息肩望窮鴻外歌向菊花前回首重城路鐘聲隔暮煙

延祥寺在湯山西一名聖湯院唐韓滉小女有瘡疾浴於湯而愈爲建此寺

慕府寺在石灰山詳山下 明王韋詩 將軍分幕府昔駐此山隈事往遺墟在年深古殿開石牀橫蔓草巖洞長莓苔遶砌黄蘆遍無因隻履來

本業寺在宣義鄉明顧源詩石壁瞻龍象香林踏虎蹤雲中開殿閣煙際織杉松日月三天逼乾坤一氣封此心隨物化長嘯倚諸峯

嘉善寺在太平門外鐵石岡有蒼雲巖最奇勝明顧璘嘉善寺石壁詩蒼石嘶蒼雲誰遺空山裹藤蘿覆細路披煙得奇詭巉巖負龍脊峪岈露鼇齒修竹照人清幽花傷泉紫擷古走危欲斷不可止金陵百名勝無地可勝此老禪貪癡秘匿胡乃尔天地終刧灰況我二三子

[illegible]端下拜託交自今始

龍潭寺在龍潭　明謝少南遊龍潭寺詩洞壑虛已自涼門前綠樹拂雲長尋僧半日心同作客經年鬢欲蒼古殿籠紗函藻翰共來遺有冠裳不嫌遲暮淹歸騎落月回看在屋梁

承恩寺在大中街北景泰中建　封崇寺在乾道橋西一名臥佛寺　鷲峯寺在上水門南成化中建　普利寺在十三坊　興善寺在太平門內　吉祥寺在縣西北六里許　普緣寺在

神策門内　崇化寺在神策門外　白塔寺在縣西北鐵塔寺後　金陵寺在馬鞍山正統中重建　清眞寺在縣北二十五里　慈仁寺在慈仁鄉

朝天宮在全節坊卽吳冶城晉西州城劉宋國學皆其地楊吳時建爲紫極宮宋改名祥符寺改天慶觀元名玄妙觀天曆中陞爲大元興永壽宮洪武十七年重建易今額凡大朝賀將禮百官前期於此習儀宮西偏有西山道

有東麓亭眺覽得城中之半 明嚴嵩詩 江郭晴煙翠且重山城紫閣坐高峯杯前木落蕭蕭天外鴻歸渺渺蹤御氣尚浮宮苑樹寒聲遙送石門鐘偶尋玄圃逢瑤草擬接丹霞訪赤松

黄甲東麓亭詩 雨過山城擁翠來偶隨飛鳥坐蒼苔晴雲細細當簷落流水涓涓抱檻迴盡日松杉忘暑氣十年老夢隔塵埃追歡謾是耽奇匹旋折新荷當酒杯

王廷相東麓亭宴集詩 城外春風滿放顛城裏尋春還可憐對山設席翠不

遠臨水調箏清且妍栟櫚絲裊煙長到地桃萼綴霞紅照天人生幾何頭已白莫惜芳樽太費錢

天妃宮在儀鳳門外

國朝黄姬水天妃宮看西域海棠詩

仙觀臺荒蔓草中海棠一樹太憎紅可憐亦是星槎物不學蒲萄入漢宮

洞神宮在淮青橋西宋景定中建見三神祠下

接待觀在江東門外

靈應觀在烏龍潭側

國朝何良俊九日與盛仲交靈應觀登高詩

屈子感三秋殷生傷九井挨

夙鮮歡沈憂日耿耿嘉此重九名商飈急蘼景覽眺得良儔羈思聊一騁爽籟肅幽宮古木羅高嶺坐愛虛亭敞俯對重潭靜況有筆研樂焚香薦佳茗傾城事出遊此意孰能領臨風奏長謡永貽靈仙境

盧龍觀在獅子山陽　明顧璘登盧龍觀詩九日尋仙觀黄花照素秋林霏寒意動雲葉晚陰稠地引三吳勝江廻萬古流從公歌蟋蟀不惜醉金甌

崇真觀在方山吴爲葛玄立名洞玄觀宋易今名

玄真觀在中和橋北明皇甫汸宿玄真觀詩暫謝直城中因棲羽士宫秋聲上苑别芳樹小山同玄覽何能遣幽思或未通衹餘懸解意可以息微躬

朝真觀在淳化鎮巡檢司後

大壯觀在坡山

第宅

是儀宅在臺城西吴志儀爲人儉約不治

甚卑陋時鄰家起大屋大帝望見問左右以家對大帝曰儀儉必非及問果無宅其見信如此

諸葛恪宅在玄風觀前臨青溪東即江令宅

陶璜宅在石頭塢其地名陶家渚

紀統宅在土山下父老傳駱監軍宅或曰吳駱統嘗爲濡須督疑其宅也

陸機宅在秦淮側金陵故事云秦淮有二陸讀書堂帶淮屏鍾山最幽邃陸機入洛懷舊居賦曰望東城之紆徐邈吾廬之延佇

王導宅在烏衣巷南臨驃騎航晉記江左初立琅邪諸王皆居烏衣巷後導子憂敦覆族使郭璞筮之曰吉无不利淮水竭王氏滅王氏族益繁衍衣冠之盛為江左第一

謝安宅在驃騎航側蔡宗旦金陵賦萮予立乎淮渚思驃騎之古航慕文靖其既遠宅亞廠已荒念憩茇猶勿翦歌詩人之甘棠

謝尚宅在城東南一里二百步永和四年造寺名莊嚴

謝萬宅在長樂橋東

紀瞻宅在驃騎航瞻居第最崇麗園池竹石[illegible]一時之勝元帝嘗幸其宅瞻老乞歸進爲驃[illegible]將軍卽其宅爲驃騎府府近浮航名驃騎航

謝玄宅在土山其地名康樂坊旁有謝玄走馬路

郗鑒宅在青溪上未詳

杜姥宅在冶城側晉成帝后杜氏母裴乃杜弘治之妻封廣德縣君時已老故時呼爲杜姥

宋明帝故宅在青溪中橋北後改爲湘宮寺

謝幾卿宅在白楊巷石井幾卿免官家居朝中交游者載酒從之客常滿座

建平王劉宏宅宋書王少而閑素篤好文籍太祖寵愛殊常立宅於雞籠山盡山水之美

齊武帝故宅在青溪東齊書帝生於建康青溪宅陳劉二后同夢龍據屋上因小字龍兒永明二年幸青溪宅

竟陵王子良宅在蔣山子良行宅詩訪宅北岡卜居西野外幼常悅禽魚畀性羨蓬蒿

劉瓛宅近檀橋瓦屋數間上皆穿漏學徒敬之不敢指斥呼爲青溪

周顒草堂在鍾山北顒隱居之所後出爲海鹽令捨宅爲草堂寺孔稚圭作北山移文以譏之宋王安石詩周顒宅作阿蘭若婁約身歸寧增坡今日隱侯身亦老偶尋陳迹到煙蘿

梁武帝故宅在同夏里後爲光宅寺

沈約宅南史約居處儉素立宅東田矚望郊阜常作郊居賦以自敘約憩郊園和約法師郭外

三十畝欲以貿朝饘繁蔬既締布密果亦星懸

劉勔宅在蔣廟東北名東山園

范雲宅臨秦淮何遜經范僕射宅詩旅葵應漫井荒藤巳上扉寂寂空郊暮無復車馬歸潋灩故池水蒼茫落日暉遺愛終何極行路獨沾衣

到溉宅在縣東臨秦淮

伏挺宅在古潮溝挺於宅中講論語聽者傾朝

謝靈運宅即康樂坊故居靈運還故園詩彌千仞壑摠轡萬尋巔流沫不足險石林豈

夫子吟恬素探懷授往編

江總宅在青溪金陵故事南朝鼎族多夾青溪江令宅尤占勝地至宋段約居之總歲暮還宅詩悒然想泉石驅駕出城臺戢竹春前筍驚花雪後梅青山殊可對黄卷復時開長繩豈繫日濁酒傾一杯唐許渾詩自沒南朝宅巳荒邑人猶賞舊風光芹根生葉石池淺桐樹落花丹井香帶暖山蜂巢畫閣欲陰溪燕入書堂閒愁此地更南望湖滿臺城春草長

冷朝陽宅在白下門外 唐韓翃送朝陽還宅詩
青絲纜引木蘭船名遂身歸拜慶年落日澄江
烏榜外秋風疎柳白門前橋通小市家林近山
帶平湖野寺連別後依依寒食裏共君攜手在
東田

王昌齡宅近青溪 唐常建詩 青溪深不測隱處
惟孤雲松際露微月清光猶爲君茅屋宿花影
藥院滋苔文予亦謝時去西山鸞鶴羣

徐鉉宅在攝山西園池甚盛宅有來賢亭

迪詩常侍江東第一流子孫今不泯先猷結亭意在來賢者誰慕淸風爲駐畱

張洎宅在秦淮北岸洎爲南唐叅政時賜第

李建勳宅在青溪北岸

王安石宅在半山元豐末安石請捨宅爲寺賜額報寧安石過故居詩沂桃開新屋扶輿遶故園事遺心獨寄路翳目空存野果寒林寂𧄔花午篳溫難總舊時事欲宿愧桑門

楊德逢宅在蔣山近後湖故自號湖陰丹陽陳

輔每清明上冢至蔣山過之清談終日歲以爲常後頻歲訪不遇題一絶於門云北山松粉未飄花白下風輕麥脚斜身似舊時王謝燕一年一度到君家楊見詩吟賞久之稱於荆公公覽曰此正戲君尋常百姓也同發一笑王安石詩茅簷長掃淨無苔花木成畦手自栽一水護田將綠遶兩山排闥送青來

蔡寬夫宅在青溪南宋貢院基是其地南溪紀談云蔡寬夫治地青溪南穴地爲池數尺見舊

瓦礫驚異又深數尺餘有釜鑊瓦錫甚多破碎交錯什壓於下竈下葦灰猶存又窮其傍大抵皆人居也然後知其下前代爲平地經亂離瓦礫積而至此深谷爲陵信不虛也

王鑑宅在東山

汪膠宅在笪橋

陳遇宅

高皇帝嘗三幸焉今莫詳所在事詳人物志

徐太傅宅在大功坊左帶秦淮右通古御街公

諱達開國元勳洪武初賜第於此

聖祖嘗幸其宅至今廳事客席不敢據正大門中

扉亦不輕啓宅內東南隅有家廟在焉歲時致

祭著太常祀典

倪宮保宅在崇禮街公諱岳號青溪舊有宅在

古鷺洲坊今宅有世翰堂以公父子相繼爲學

士故云

陵墓

吳大帝陵在鍾山陽今孫陵岡上有步夫人

墩側郎塚地 梁何遜詩 昔在零陵厭神器若無依逐兎爭先犍犄鹿兢因機呼翕闢霸道叱咤掩江畿豹變分奇畧虎視肅戎威長鞭馭巴漢驥馬絕淮淝交戰無內禦重門豈非扉成功舉已棄功德復而違水龍忽東騖青蓋乃西歸揭來已永久年代曖霏微苔石疑文字荊墳失是非山鶯空曙響隴月自秋輝銀海終無浪金鳧會不飛閒寂今如此望望沾人衣

晉元帝建平陵 明帝武平陵 成帝興平陵 哀帝

安平陵並在雞鳴山皆不起墳

穆帝永平陵在幕府山西

康帝崇平簡文帝高平孝武帝隆平安帝休平恭帝沖平五陵並在鍾山

宋武帝初寧陵在鍾山

顔延之鍾山下拜陵詩

周德恭明祀漢道尊光靈哀敬隆祖廟崇樹加園塋遠事休命始投迹階王庭陪側廻天顧朝宴流聖情早服身義重晩達生戒輕否來王澤竭泰往人悔形勑躬慙積素復與昌運幷恩

非漸積榮會在逢迎風御嚴清制朝駕守禁城
東紳入西寢伏軫出東垌衣冠終冥漠陵色[illegible]
蔥青松風遵路急山烟冒隴生皇心悪容物民
惠被歌聲萬紀載弦吹千歲記旒旌未殊帝世
遠已同淪化萌幼壯因孤介未暮謝幽貞發軌
喪夷易歸軫愼歆傾

文帝長寧陵與初寧近

明帝高寧陵在幕府山陽

陳高祖萬安陵在城東三十五里舊名陵里又

曰天子林古彭城驛側石獸尚存今呼石馬衝

文帝永慶陵在陵山南雁門山北

齊明宣陵明帝尊生母沈氏爲太后葬幕府山寶林寺西南俗呼國婆墳

齊明欽皇后陵在淳化鎮北南史明欽劉皇后葬江乘縣張山

齊文忠太子陵葬夾石

齊海陵王墓沈括筆談云慶曆中予在金陵農人以方石鎮田視之若有鐫刻取石洗濯乃

海陵王墓志謝朓撰并書字畫如鍾繇子[illegible]
餘年爲人借去不返

齊巴東公墓在棲霞寺側墓碑不可辨其額書
齊故中書令丞相巴東獻武公之碑

梁昭明太子陵在縣東北四十五里賈山前與
齊文惠太子陵相近舊志言燕雀湖太子葬處
在城東二里恐未真

梁安成王墓在清風鄉甘家巷有石麟二石柱
一神道碑二其一爲劉孝標作書梁故散騎司

空安成康王碑王名蕭秀

梁始興王墓南史梁始興王蕭憺墓在清風鄉黄城村有石麟四及神道碑書故梁侍中司徒驃騎將軍始興忠武王之碑

梁臨川王墓在北城鄉有石柱碑題曰梁故假黄鉞侍中大將軍楊州牧臨川靖王碑王名蕭宏

梁南康簡王墓在神泉鄉有石獸二高三丈闊去約數百步地名石獅子石柱一題開府儀同三司南康簡王碑王名蕭績

梁平忠侯墓在清風鄉花林村北有石麟二枚一題梁故侍中中撫軍將軍開府儀同三司吳平忠蕭公碑名景

梁建安侯墓在淳化鎮西有石柱二題曰梁故侍中左衛將軍建安敏侯墓名蕭正

宋元懿太子殯宮在鐵塔寺法堂

甄邯墓在後湖側南史宋張永嘗開玄武湖遇古塚得銅斗一有柄文帝詢之著作郎何承天曰此新室威斗王莽時三公卒皆賜之一在塚

外一在塚内斗爲天之喉舌故取象焉當時三公居江左者唯甄邯爲大司馬必其墓也及啓之果復得一斗云

甘寧墓在直瀆山下

山簡墓在樂遊苑内簡爲荊州刺史還葬覆舟山之陰

郭璞墓在後湖鄒暘詩周遭涵巨浸中空有崇岡義欲摧兇逆才非歉智囊堂前烟鎖草物物雨欺棠千古英雄恨遙知耿不忘

卞壼墓在治城二子眕盱祔葬義熈閒盜發其墓殭尸鬢須蒼白面如生兩手悉拳爪甲穿達手背安帝詔給錢十萬以脩塋域宋曾極詩握手顔公拳透爪歸兀先軫面如生晉陵伐掘今無主獨有忠魂占台城

溫嶠墓在建平陵北嶠初葬豫章晉思嶠功將爲造大墓於元明二帝陵之北陶侃表止移葬及嶠後妻何氏同子放之載喪還都詔葬於此

王導墓在幕府山西

顏含墓在靖安道傍曾孫延之銘其墓十四代孫眞卿重書立石

竺瑤墓在張陣湖側

劉瓛墓在青龍山　齊虞炎詩　下帷聞昔儒窺園信且逸聚學叢烟郊棲遁事環華戢景謝歸年稅駕空煕日庭露已沾衣松門向蕭瑟憫憫神念周依依惠言斎　謝眺詩　嘉樹因枝條琢玉良可寳若人陵曲臺垂帷茂淵道善誘宗學所鍾霽幽抱仁馬祖宛洛清徽夜何早歲晩以

結平原生秋草不有至言揚終滞西山老竟陵

王蕭子良詩漢陵淹館蕪晉殄洙風欽王都聲論空三河文義絕興禮邁前英談玄踰往哲明情日夜深徽音歲時滅垣井槐巳平烟雲從容裔爾欲牛山悲我悼鷩川逝

謝濤墓在土山夫人王氏祔

陸玩墓在雞籠山玩爲太尉卒給兵千人守塚者七十家子尚書令納亦葬此山

謝靈運墓在蔣山里張晉孫詩幾年夢草句難

成一日春風草自生來謁荒墳空展轉小塘幸

有謝公名

謝惠連墓在宣義鄉與本業寺相近

明僧紹墓在攝山

冥漠君墓宋彭城王義康脩東府城得古塚爲之改葬東岡使謝惠連爲文祭不知其世代名故稱爲冥漠君耳惠連文曰追惟夫子生自何代曜質幾年潛靈幾載爲壽爲夭寧顯寧晦銘湮滅姓字不傳號冥漠君永垂千年

栖世隆墓在倪塘世隆曉術數於倪塘創墓賓客遊履每往常坐一處及卒墓正其坐處

王僧辯墓在方山僧辯爲陳霸先所害父子七人束以葦席同瘞一穴宣帝天嘉中故吏衞卿許亨抗表請以家財造墓葬之

張懿公墓在金陵鄉石頭城東北公名詠墓碑題云大唐順天翼運功臣特進守太子太傅上柱國開國公張懿公碑

王安石墓在半山寺後舊志王安國安禮安上

墓並在建康范成大詩百歲誰人巧拙一丘底處虧成半世青茵法意當年雪竹詩情

葉祖洽墓在宣義鄉雁門山祖洽舉熙寧三年進士第一人官至大中大夫

王德墓舊志在鍾山今墓在觀音門外傅雱撰碑

王瑋墓在鍾山鄉瑋隴西人以戰功贈節度

盛新墓在武岡山

楊宗閔墓在鍾山鄉閔代州崞縣人建炎初金人犯建康衆以無備勸避去宗閔曰吾結髮

我今老矣惟有死爾城陷血戰而死贈太師謚忠介其子存收葬鍾山

李邈墓在青龍山邈臨江人知眞定府金人入寇城陷不屈而死贈昭化軍節度使

張孝祥墓在青果寺孝祥舉進士第一官至顯謨閣學士僑寓建康卒葬於此董道輔詩曉出白下門瘦馬踏秋色鍾山度蒼翠慰我遠遊客暮投青果寺花草獻幽寂長廊靜無人落日照西壁平生張于湖萬里去一夕翻然九州外汗

漫誇鯨脊乾坤能幾時安用較顏跖文章失津梁所念斯道厄夜闌耿不寐搔首聽蕭索懷人感西風翁仲守孤陌

王鑑墓在竹山

程偃孫墓在清涼寺後山偃孫本伊川五世孫寓居池州周應合為明道書院山長請於留守馬光祖取繼明道之後尋偃孫以疾卒遂葬焉

中山徐武寧王墓在鍾山陰卽古草堂寺址諱達追封中山王謚武寧有

御製神道碑

開平常忠武王墓在鍾山陰王諱遇春大學士

宋濂撰神道碑

岐陽李武靖王墓在鍾山陰王諱文忠春坊大

學士董倫撰神道碑

東甌湯襄武王墓在鍾山陰王諱和

信世子墓在鍾山陰世子名鼎東甌王長子卒

贈信世子　賜葬鍾山

靜誠陳先生墓在鍾山陰先生諱遇字中行號

靜誠仕元任溫州路學教授兵亂棄歸建康
太祖高皇帝渡江御史秦元之薦遇可寄大事方
之伊呂孔明
聖祖親爲致書乃就詔命爲翰林學士中書左丞
禮部尚書皆不受寵遇之隆無與比者及卒
賜葬鍾山後以子恭貴贈工部尚書

蘄國公康茂才墓在幕府山謚武義學士宋濂
撰神道碑

江國公吳良墓在鍾山陰謚襄烈翰林檢討，吳

伯宗撰神道碑

海國公吳禎墓良弟謚襄毅與襄烈墓並列鍾山陰禮部尚書劉崧撰神道碑

滕國公顧時墓在鍾山陰謚襄靖侍郎劉崧撰神道碑

許國公王志墓在鍾山陰謚襄簡學士劉三吾撰神道碑

知府高復墓復臨邑人知常州有善政在任卒勑葬上元縣境内

都御史丁璿墓在崇禮鄉

尚書王㦤墓在土山㦤任兵部尚書致政卒於家　命有司葬祭

戶部尚書梁材墓贈太子太保謚端肅賜葬時山

刑部尚書顧璘墓在彭城山璘卜得彭城樂丘

詩買山初費賣文錢預卜新丘古澗前舊日高人招隱地此生逆旅待終年烟霞寄傲深成僻去住忘情澹似禪白髮光陰知幾許紫泉丹壑且爲緣

上元縣志卷之五

上元縣志卷之六

古蹟志

志有古蹟摭遺也古有輶軒之使凡異代方言皆籍而奏之所以備遺忘埀觀省也金陵自吳越來上下二千餘年六代之豪華與夫賢人君子之遺跡蓋非竿牘所能盡其可以附見者既各以類從而萃其餘者合於此自古建國之君必有興作以備制度其始未嘗不質樸而後漸侈靡也其儉也以之興其奢也以之亾臨春結綺

之事豈非千古永鑒哉作古蹟志

城闕

楚金陵邑城在清涼寺西即石頭城處舊爲土塢吳因山加甓爲城隋蔣州城唐韓滉所築五城皆近其址梁武帝詩鬱盤地勢遠參差百雉壯翠壁絳霄際丹樓青霧上夕月出濠渚朝雲生疊嶂齊謝朓和蕭中庶直石頭詩九河亘積岨三嵕鬱旁眺皇州總地德回江款巖徼井幹赩蒼林雲甍蔽層嶠川霞旦上薄山光晚

翔集亂歸飛虹蜺紛引曜【唐】劉禹錫詩山圍故國週遭在潮打空城寂寞回淮水東邊舊時月夜深還過女牆來【明】朱應登供事石城門外有懷詩皇川一道引風烟佳麗天開自昔年富國儲胥分道入下江舟揖順流旋涼生六月連旬雨聲滿重城萬樹蟬落日酒旗猶在眼後庭歌曲已茫然

【漢丹陽郡城】吳苑記長樂橋東一里南臨大路即今武定橋東南城周一頃闕東南北三門晉

太康中築

古都城在覆舟山南吳大帝所築周二十里有奇黄龍元年自武昌徙都晉元帝過江不改其舊宋齊梁陳皆都之宋小世城六門設竹籬至齊高帝建元元年改立都墻其後增立為十二門正門曰宣陽又南五里一至淮水為大航所謂古籬門也

金城在金陵鄉吳所築晉咸寧中桓溫鎮金種柳後北伐還過之見柳已十圍悽然歎曰

猶如此人何以堪攀枝執條泫然流涕蔡宗曰金城賦曰遊金城以愴然問種柳之何在卽此城也

冶城本吳冶鑄之地晉元帝太興初以王導疾久因戴洋之言移治城於石頭以其地爲西園孝武太元中於城中立冶城寺安帝元興三年以寺爲苑廣起樓榭飛閣複道延屬宮城今朝天宮在焉

臺城在縣東北五里本吳後苑城卽宋建康宮

城宋齊梁陳皆因爲宮侯景之亂梁武帝餓死於此此城唐宋尚存唐史張雄傳云使別將趙揮據上元揮負其才欲治臺城爲府者是也

倉城 吳積貯之所近古苑城市

建業城 在治城東晉太康三年分淮水北爲建業治在宣陽門內 建業一作建鄴

西州城 卽古楊州城晉永嘉中遷於建康王敦始剏立州城卽此城也太元末會稽王道子領揚州居東府故號此城爲西州大明中以揚州

陽尹治建康實錄城所置西則冶城東則運瀆

在今西州橋東北謝安爲時人所愛重及鎮新城以病輿入西州門薨後所知羊曇輟樂彌年行不由西州路嘗自遊石頭大醉扶路唱樂不覺至州門左右曰此西州門曇悲感以馬策叩門詠曹子建詩云生存華屋處零落歸山丘因慟哭而去

東府城在青溪橋東南臨淮水晉安帝義熙十年徙揚州治於此名東府城會稽王道子居此

録尚書事時人謂之東府又曰東録其城東北角有土山曰靈秀乃道子嬖人趙牙所築宋嘗爲宰相府齊高帝封爲王爲齊宮陳天嘉中更徙城東三里西臨淮水陳亡廢

東宮城在臺城東門外宋元嘉中脩永安宮爲東宮城

琅邪城南徐州記江乘南岸蒲州津有琅邪城晉元帝築以處國人之隨渡江者齊武帝永明元年移琅邪於白下大起樓觀講武於此條二

融從武帝瑯琊城講武應詔詩 白日映丹羽霞文翠旆凌山炫組甲帶水被戈船 謝朓詩 春城麗白日阿閣跨層樓蒼江忽渺渺烟波復悠悠京洛多塵霧淮濟未安流豈不思撫劍惜哉無輕舟夫君良自勉歲暮勿淹留 梁徐敬業酬劉長史登城詩 甘泉警烽候上谷抵樓蘭此江稱豁險茲山復鬱盤表裏窮形勝襟帶盡幽巒修篁壯下屬危樓峻上干登陴起遐望回首見長安金溝朔灞滻甬道入鵷鸞鮮車騖華轂汗

馬躍銀鞍少年負壯氣耿介立衝冠懷紀燕山石思封函谷九[illegible]如灞上戲着取路傷觀寄言封矦者數奇良可歎

臨沂城在長寧鄉獨石山北臨大江今攝山之西白常村即其地

懷德城在北城鄉晉太興元年築

同夏城在長樂鄉地有同夏浦梁武帝所生處大同元年置縣因城焉

白下城在縣治西北即舊白石壘齊武帝以

地帶江負山移琅邪民居之唐武德初罷金陵縣築城於此後廢今靖安鎮北有城故基

檀城在清風鄉本謝玄別墅至宋屬檀道濟故名

蔣州城在玄風觀南杜佑通典隋平陳於石城置蔣州即金陵府城唐趙郡王孝恭平輔公祏於其城西置揚州大都督府上元縣城因以爲治後州徙廣陵城廢

湖孰城在丹陽鄉淮水北湖孰本古縣名漢置

丹陽郡城宋元嘉中徙越城流人於此宋南渡

後古城猶在

五城在縣東南二十五里栅塘西晉王含築

南唐城僞吴將徐温築比六朝宫城近南截青溪水於内外貫秦淮於城中西據石頭南接長干東限白下橋北抵玄武橋有上下水門以通淮水出入後李昇簒吴國號唐爲都城宋元城皆因之

石闕晉元帝欲於宫前立二闕衆議未定王指牛首山爲天闕不復立宋孝武大明七年

博望梁山立雙闕築石闕於端門外夾道置之其上隱起奇禽異獸之狀孝武帝詔陸倕爲銘冠絶當時賜以束帛朝野榮之

陸倕石闕銘大人造物龍德休否建此百常興茲雙起偉哉偃蹇壯矣崔巍旁映重疊上連翠微布教方顯洽日初禪懸書有附委篋知歸

秦淮柵即柵塘也吴時夾淮立柵梁天監中作兩重柵施行馬南唐亦設柵

青溪柵在古城東蘇峻亂燒去柵卞壼父子死

之隋平陳斬張麗華於柵下

侯景故壘在桐樹灣處卽古大航絡秦中北齊兵至建康陳霸先問計韋載曰可於淮南因侯景故壘築城以通轉輸乃遣載因大航築壘使杜稜守之

藥園壘在北郊之西晉劉裕築此以拒盧循

韓擒虎壘在石城西四里

賀若弼壘弼伐陳於蔣山龍尾築壘

宮殿

太初宮卽長沙王孫策故府吳赤烏十年改作周五百丈晉元帝渡江以爲建康宮及卽位稱爲建康宮江表傳載權詔曰建康宮乃朕從京來所作將軍府寺耳材柱率細小今未復西可徙武昌宮材瓦更繕治之有司奏武昌宮已二十八歲恐不堪用宜令所在更伐木治權曰大禹以卑宮爲美今軍事未已所在多賦損農武昌材自可用也左太沖吳都賦曰作離宮於建業闕闈閭之所營采夫差之遺法抗神龍之華殿施

縈楯而捷獵崇臨海之崔巍飾赤烏之韡曄東西軫轕南北崢嶸房櫳對櫎連閣相經閽闥譎詭異出奇名左稱彎碕右號臨硎彫欒鏤楶青瑣丹楹圖以雲氣畫以仙靈雖兹宅之夸麗曾不足以少寧

昭明宮甘露中造周五百丈與太初宮相望楞曰昭明晉避諱改顯明

南宮吳太子所居在[illegible]

永安宮晉孝武建[illegible]臺城東南

志吳東宮在城之南晉初東宮在城之西南其後改於宮城之東北宮苑記孝武太元二十一年新作東宮本東海王第安帝立以何皇后居之桓玄拆其材木入西宮以其地爲射宮至宋元嘉十五年築爲東宮陳太建九年移皇太子居之

親蠶宮在鍾山鄉闍婆寺前紗市宋大明三年立廢帝又以東府城爲未央宮石頭城爲長樂宮北邸爲建章宮南第爲長楊宮

世子宮　齊武帝爲世子時以石頭城爲宮

金華宮　在青溪東昭明太子孀妃蔡氏居之

安東宮　簡文帝建

安德宮　在宣陽門外陳宣帝爲文皇築

青溪宮　在青溪上南史齊武帝元嘉中生於建康之青溪宮唐羅隱題陳宮詩玉樹歌殘澤國春纍纍輜重憶亡陳垂衣端拱渾閒事忍把江山乞與人

南唐宮　即金陵府治天福二年建太廟社[illegible]

城曰宫城廳堂曰殿南唐書先主建號即府治爲宫唯加鴟尾又建德昌宫金帛貨泉皆在焉

宋行宫在天津橋北宫中有寢殿前有朝殿後有復古殿北有羅木堂西南有進食殿又有內東宫孝思殿大射小射二殿直筆天章二閣又有資善堂學士御輦等院

宋文天祥詩悵底秦淮一水長幾多客淚洒斜陽江流本是限南北地氣何曾減帝王臺沼漸荒基歷落鶯花猶在意淒涼青天畢竟有情否舊月東來失女墻

太極殿建康宮之正殿也晉初造以十二間象一歲之月至梁武帝改製十三間以象閏高八丈長二十七丈廣十丈並以錦石爲砌兩傍有太極東西堂更有二閣在堂殿之間方庭闊六十畝徐廣晉記曰謝安作新宮造太極殿缺一梁忽有梅木流至石頭城下因取爲梁殿成畫梅花於其上以表嘉瑞實錄云太元中起太極殿謝安欲使王獻之題榜因說魏韋仲將登書凌雲臺額獻之正色曰仲將魏之大臣寧

有此事使其若此有以知魏德之不長安遂不之逼晉中興書云孝武造太極殿郭璞筮云二百一十年爲奴所壞後梁武帝毀之捨身爲奴也文昌雜錄云東晉太極殿東西閣天子閒以聽政閣之名起於此

清暑殿在臺城内晉孝武帝造重樓複道通華林園爽塏奇麗無以爲比宋孝武大明五年鵾尾中生嘉禾一枝五莖遂改爲嘉禾殿

含章殿宋孝武帝造在宮中帝女壽陽宮主人

日臥殿簷下梅花落額上拂之不去人競效之爲梅花粧

玉燭殿 宋孝武帝造考證孝武壞武帝居室起玉燭殿與從臣觀之牀頭有土障壁上掛葛燈籠麻蠅拂侍中袁顗稱武帝儉德帝不答獨言曰田舍翁得此已過矣按南史晉諸帝多處內房朝所臨東西二堂而孝武末年清暑方建宋初受命無所改作所居惟稱西殿不制嘉名文帝因之亦有合殿之稱孝武承統追陋前規

造正光玉燭諸殿奇麗無比

靈和殿在臺城内益州刺史劉浚獻蜀柳武帝命植於靈和殿三年柳成枝條柔弱狀如絲縷帝與公卿宴賞歎曰楊柳風流可愛猶如張緒當年

紫極殿宋明帝作珠簾綺柱江左所未有考證齊高帝欲以其材起宣陽門王儉褚淵王僧虔連名表諫手詔酬納

披香殿在臺城内庚子山詩宜春苑中春已歸

按香殿裏作春衣指此

顯陽殿　昭陽殿　齊太后皇后所居

鳳華殿　壽昌殿　靈曜殿　皆齊內殿武帝時建

芳樂殿　玉壽殿　齊東昏建在臺城內齊史東昏大起芳樂玉壽諸殿以麝香塗壁刻畫粧飾窮極綺麗役者自夜達曉猶不副速

重雲殿　梁武帝造在華林園　梁庾肩吾和太

重雲殿受戒詩　連閣翻如畫圖雲更似眞僊銜殿影梅梁落梵塵苑桂恒罥雪天花不

萬年逢瑞應千生値法身天衣初拂石豆火欲
燃薪through善終無報輕毛庶有因

五朙殿在臺城内考證梁武帝時有四人來貌可七十入建康經年無人知者帝名入儀賢堂禮之惟昭明太子識之一見如故舊目爲四公子帝移四公子入五朙殿魏使崔敏來聘敏博贍帝選十人於此殿推論敏負墮歸而卒四人詭姓名難敏者側脊也

光華殿在臺城梁武帝大通中施與草堂寺取

珠貝直百萬以其地起重閣

求賢殿在臺城內陳建後主皇后沈氏居之后端靜好學後主薨自作哀冊文辭甚酸楚

林光殿在樂遊苑梁建

梁簡文帝上巳侍宴林光殿曲水詩芳年留帝賞應物動天襟挾苑連金陣分衢度羽林雕宮對廣掖層殿邇高岑風旗爭曳影亭皐共生陰林花初墮地池荷心

樓臺

落星樓在縣東古臨沂縣前吳大帝建詳落星山下

烽火樓在石頭山吳時舉烽火於此蘇峻之亂陶侃溫嶠直指石頭峻登烽火樓望見士衆之盛有懼色謂左右曰吾本知溫嶠能得衆也宋元嘉中魏太武至瓜步聲欲渡江文帝登烽火樓極望不悅謂江湛曰北伐之計同議者少今日貽大夫之憂在予過矣梁簡文帝詩登樓排樹出却堞帶江清陟峯試遠望鬱鬱盡郊京萬

邑王畿廣三條綺陌平亘原横地險孤峙派流生悠悠歸棹入渺渺去帆驚火烟浮岸起遥禽逐霧征

齊謝朓發石頭登樓詩徘徊戀京邑躑躅󰀀層阿陵高墀闕近眺迥風霜多荆吴阻山岫江海闊瀾波歸飛無羽翼其如離別何

入漢樓在石頭城晉義熙八年於石頭南起高樓加累入於雲霄連堞帶於積水故名

冶城樓在冶城西偏晉謝安王羲之同登冶城樓悠然遐想有高世之志

景陽樓 一名慶雲樓宋元嘉中建於華林園有紫雲出樓中迴薄久之故名慶雲宮苑記齊武帝置鍾景陽樓上令宮人聞鍾聲並起粧飾 宋文帝登樓詩 崇堂臨萬雉層樓跨九成瑤軒籠翠幌組幕翳雲屏階上曉露潔林下夕風清蔓藻嬛綠葉芳蘭媚紫莖極望周天險留察浹神京交渠紛綺錯列植發華英 劉義恭詩 丹墀設金屛瑶榭陳玉牀溫宮冬開燠清殿夏含霜弱蔓布遐馥輕葉振遠芳彌望錯無際肆睇周華

鸛象闕對馳道飛廉屬方塘邸寺送暉曜槐栖自成行通川溢輕艫長街盈方箱顧此爝火微胡顏厠天光

梁七僧孺侍宴景陽樓詩　金爍鋪可鏡柱棟儼臨雲冶觴均飲德服道驗朝聞誹論禹聞善升恥爲君小臣亦何者短翮屢追羣

柳惲詩　太液滄波起長楊高樹秋翠華承漢遠雕輦逐風流

穿鍼樓　在景陽樓東宋武帝七月七日使宮人穿鍼乞巧於樓故名

青漆樓齊世祖建興光樓上施青漆時因以爲名東昏侯云武帝不巧何不純用琉璃

朝日樓夕月樓在華林園梁武帝建階道遶樓九轉極其華麗

觀稼樓在城東二十五里梁武帝造

孫楚酒樓在城西舊志李白翫月孫楚酒樓達旦歌吹晚乘醉與酒客數人棹歌秦淮往石頭城訪崔四侍御相傳今莫愁湖東卽其處李白

詩 昨玩西城月青天垂玉鉤朝沽金陵酒歌吹

孫楚樓忽憶繡衣人乘船往石頭草裏烏紗巾倒披紫綺裘兩岸拍手笑疑是王子猷酒客十數公崩騰醉中流謔浪棹歌客喧呼傲王侯半道逢吳姬捲簾出揶揄我憶君到此不知狂與羞一日一相見三杯便回橈舍舟共聯袂行上南渡橋興發歌綠水秦客爲之謳雞鳴復相招清安邈雲霄贈我數百字字字凌風飆繫之衣帶上相憶每長謠

〔又〕金陵夜寂涼風發獨上樓望吳越白雲映水搖秋城白露垂珠滴

月下長吟久不歸古今相接眼中稀解道澄

浮如練令人却憶謝玄暉

百尺樓南唐宮中有百尺樓綺霞閣嘗召羣臣

觀之蕭儼曰恨樓下無井耳唐主問其故對曰

以此不及景陽樓唐主怒貶儼舒州

鍾山樓在府治東北對鍾山

忠勤樓在府治與鍾山樓並

嘉瑞樓在鎮淮橋北本名鎮淮樓因近嘉瑞橋

改名嘉瑞樓

玄風觀在宣陽門西

通天觀舊志在華林園宋元嘉中建宮苑記梁武帝於景陽山東嶺起通天觀金陵故事晉孝武講孝經於通天觀則此觀晉已有矣

玄武觀在玄武湖上又名玄武館宋文帝嘗閱武於此蔡景歷拜度支尚書日駕幸玄武觀宴百官恐景歷援舊式午後拜官不預特令早拜重之也 陳江揔玄武觀侍宴詩詰曉三春暮雨百花朝羣官疑渡漢天駟動行鑣旆轉苔[illegible]

闕塵飛歛馬橋翠觀迎斜照丹樓望落潮島巘
雲裏出樹影浪中搖歌吟奉天詠未必待聞韶

青雲觀在臺城內梁武帝時芝菌生青雲觀

齊雲觀在臺城內陳建後主採木湘州擬造正寢至牛渚磯盡沒既而漁人見栰於海上復起齊雲觀國人歌曰齊雲觀寇來無際畔

延祚閣在治城後岡上宋大始中建延祚寺寺有延祚閣 唐許渾金陵阻風登延祚閣詩極目皆陳迹披圖問遠公戈鋋三國後冠蓋六朝中

葛蔓交殘壘苔花沒廢宮水流簫鼓絕山在綺羅空極浦千艘聚高臺一徑通雲移吳岫雨帆轉楚江風登閣慙漂梗停舟憶斷蓬歸期與歸路松桂游門東

臨春閣結綺閣望仙閣在臺城內俱陳後主建後主自居臨春張麗華居結綺龔孔二貴嬪居望仙並靚粧臨檻飄若飛仙有女學士袁大捨獻春樂詞以諷之唐劉禹錫詩臺城六代[illegible]華結綺臨春事最奢萬戶千門成野草只緣一

曲後庭花

一青溪閣在青溪上尚書江總所居在宋爲段約之宅有亭曰割青取王安石詩割我鍾山一半青之句乾道五年因移放生池於青溪之曲即割青故基建閣焉黄度詩江家舊宅枕溪頭誰向溪灣着小樓無奈當年亡國恨潮生潮落幾時休

綺霞閣在南唐宫中與百尺樓近

涵虚閣在後湖東宫園内南唐時建

紬書閣在府治東北一曰紬書齋宋建馬光祖
延周應合居此修建康志
古射堂在石頭城東
積弩堂在石頭城
中皇堂南皇堂晉宋守都二堂俱屯兵處
樂賢堂在臺城內晉肅宗爲太子時建外有清
遊池引水帶堂左右
武帳堂詳武帳岡下
儀賢堂卽吳聽訟堂在宣陽門內梁策孝廉

才皆在此堂又卽此習元會儀改曰儀鸞
延四公處見五閒殿下

正陽堂在樂遊苑

宣猷堂晉置後在梁東宮內

澄心堂南唐後主建爲藏書會文之所金陵舊有澄心堂紙宋曾极詩楮生玉面務深藏木背橫陳翰墨場一幅絲牋何用許價高緣寫宋文章

玉麟堂在府治取留守玉麟符之義

芙蓉堂在宋安撫司王安石詩投老歸來一幅巾尚私榮祿備藩臣芙蓉堂下疏秋水且與龜魚作主人

錦繡堂在忠勤樓下理宗御書堂額

籌思堂在轉運司治內本籌思亭王荊國范忠宣皆有詩紹興二十年改建荊公詩昔人何計亦何思許國憂民適此時寓興中園爲遊憩託名華牓有新詩幾株碧柳蒼苔地一丈紅蕖綠水池坐聽楚謡知歲美想聊杯酒問花期忠

公詩亭爲籌思設公嘗稱此　　通造化奇

慮斂權衡境寂居忘倦心虛照自明詎同遊宴

樂休戚繫群生

鄭介公讀書堂在清涼寺側詳見一拂祠下公

名俠福清人

清如堂在清溪北馬光祖建取制詞一清如水

之語

晝錦堂在舊府治內紹興末王綸以建康人知

鄉郡故建此堂

本頁原闕，現據南京圖書館藏美國國會圖書館膠卷（明萬曆刻本）增補。

戲綵堂在舊轉運司直西山奉母就養因名

尚友堂在青溪先賢祠後

高齋在宋行宮內胡宿有記

昭文齋在鍾山王安石讀書定林菴米芾牓其齋曰昭文（安石詩）我是山中客何緣有此名當緣琴不鼓人不見虧成

吳客館丹陽記吳時建在蔡洲上以舍遠使陶侃嘗屯兵於此

招隱館在草堂寺側宋雷次宗名謝京邑築

本頁原闕，現據南京圖書館藏美國國會圖書館膠卷（明萬曆刻本）增補。

室於鍾山西謂之招隱館

商飈館在孫陵岡又呼爲九日臺

士林館在雞籠山竟陵王子良開西邸延才俊

梁武帝亦於臺城西立士林館延集學者

集雅館梁天監六年建

別館陳六門之外有別館爲諸王冠婚之所一名婚第

涼館在府治内宋呂升卿建元時敏記米芾書

化龍亭在幕府山側晉元帝與彭城諸王渡江

本頁原闕，現據南京圖書館藏美國國會圖書館膠卷（明萬曆刻本）增補。

之所讖云五馬渡江一馬化龍故名

東冶亭在城東八里汝南灣西臨淮水晉時祖餞處王安石詩云欲望鍾山岑因知冶城路謂此亭也

征虜亭在石頭塢太元中建征虜將軍謝安止此亭因名唐李白詩船下廣陵去月明征虜亭山花如繡頰江火似流螢

甘露亭陳大建[illegible]露降樂遊苑詔於苑內覆舟山立亭[illegible]

本頁原闕，現據南京圖書館藏美國國會圖書館膠卷（明萬曆刻本）增補。

白下亭驛亭也在舊東門外唐李白與當塗令從叔詩小子別金陵來時白下亭又詩驛亭三楊樹正當白下門吳烟暝長條漢水嚙古根向來送行處回首阻笑言別後如見之爲余一攀翻

忠孝亭在治城詳忠烈祠下天台周淌詩晉鼎[illegible]硊姦人窺覦謀國者如兒戲陷穽弗設延虎貔虓闞搏噬嬰者摧犀公奔潰不敢誰卞公力疾起督師謂事迫矣奚生爲以肉餧虎吁可悲公則死矣二子隨偉哉忠孝萃一時維公忠義

天所資向來謀國如著龜不用吾言至於斯爲社稷死則死之冶城之麓江之湄荒塚突兀餘豐碑半生讀史長歔欷拜公之墳涕霑頤死者可作吾誰歸嗟哉江左固多士往往所欠唯一死元規兒輩何足罪王公倡義石頭裏氣息奄奄有如泉下鬼蘇武之節不如是視公胡不類有此男子之死一言耳死而不亡公父子

翠微亭在清涼寺山巔 宋林逋詩 亭在江干

清涼更翠微秋階響松子雨壁上苔衣絕境

難得浮生不擬歸放情何計是西崦又斜暉
渺渺江天北雁飛石城秋色送僧歸長干古寺經行少爲到清涼看翠微

望湖亭在雞籠山上

水亭在臺城寺唐杜荀鶴詩江亭當故國秋景倍蕭騷夕照明殘壘寒潮漲古濠就田看鶴大隔水見僧高無限前朝事醒吟易覺勞

羅江亭南唐後主作亭匝植紅梅作豔曲歌之韓熙載和云桃李不須誇爛熳已輸了春風一

半時淮南已歸宋元志譌爲江羅亭相承誤

不受暑亭在清涼寺

清水亭在縣北三十里岳武穆敗虜於此

此君亭在舊華藏寺宋王安石詩一徑森然四座涼殘音餘韵去何長人憐直節生來瘦自許高材老更剛曾與蒿藜同雨露終隨松栢到霜煩君惜取根株在欲乞伶倫作鳳凰

半山亭在鍾山即宋王安石故宅安石嘗賦十五首

郡圃諸亭在建康府治內鎮青堂左右皆宋馬光祖建

青溪園亭按舊志溪西自百花洲入臨水小亭曰放船入門有四望亭榜曰天開圖畫環以四亭曰玲瓏池曰玻瓈頃曰金碧堆曰錦繡段其東有橋曰鏡中橋東爲青溪莊南有萬柳堤榜曰溪光山色北有亭臨水曰撑綠其徑前曰添竹後曰香遠尚文堂西扁曰香世界先賢之東有曰花神仙清如堂南綠波橋西有亭曰衆芳

曰愛青其東又曰劃青青溪閣之南清風關之北有橋曰望花隨柳其中有亭曰心樂其前曰一川風月自清風關東折而北亭出溪東二曰竹曰蒼雪其後則爲静菴菴後有石亭曰最高山後跨梁陟徑爲堂二前曰間暇後曰近民諸亭惟劃青爲舊餘皆馬光祖所建宋名青溪園爲小西湖今廢

䕶龍軒在鐵塔寺王荆公讀書處

川沐軒舊在江東撫廨舍周益公必大有記

偃秀軒在蔣山道中松間宋李忠定公綱詩有蔥秀色一軒中俯瞰梁朝萬樹松頂壓風雲疑偃蓋枝樛雨露落蟠龍四時鬱鬱寧彫葉千載亭亭不改容郤笑宗人生岱岳佞秦先得大夫封

周處臺在城東隅古鹿苑寺後晉書處仕晉爲東觀左丞曾讀書於此嘉祐中梅摯爲記言處改行以激當世

郭文舉書臺宋志天慶觀太乙殿卽郭之書臺

處金陵故事文舉為王導所重築臺於治城處之文舉嘗手探虎鯁導問其故對曰情由想生不想即無虎之殺人由吾有殺獸心也

九日臺在孫陵岡齊武帝建商飈館岡上每九月九日宴羣臣講武以應金氣之節宋王安石

詞九日無歎可得追飄然隨意歷山陂蔣陵西去風烟淡也有黄花三兩枝

昭明書臺在蔣山定林寺後山北高峯上昭明太子讀書於此一在湖孰遺趾尚存俗名梁臺

望耕臺在白上村宋文帝卽此觀親耕之禮

獨足臺在舊宮城陳將亡有一鳥獨足上臺以喙畫地書云獨足上高臺茂草化爲灰欲知我家處朱門傍水開及國亡歸宋至洛陽賜第於洛水傍

通天臺一在蔣山一在臺城内

望雲臺在縣北宋葉清臣卽三閣舊基建

樂遊苑在覆舟山南晉爲藥圃宋元嘉中以其苑墅

地爲北苑更造樓觀於山後改曰樂遊苑十一年禊飲於此會者賦詩顏延之爲序

范曄應詔詩

崇盛歸朝闕虚寂在川岑山梁協孔性黄屋非堯心軒駕時來蕭文囿降照臨流雲起行蓋晨風引鑾音原薄信平蔚臺淵備層深蘭沚濤夏氣修帳含秋陰遵渚攀蒙密隨山上嶇嶔睇目有極覽遊情無迎尋閑道雖已積年力互頹侵揆己謝丹黻感事懷長林

梁沈約樂遊苑

呂僧珍應詔詩

丹浦非樂戰負重切君臨我

秉至德忘己用堯心懸蓋區宇内魚鳥失飛沉

攢轂二崤岨揚旆九河陰超乘盡三蜀選士皆

百金戎車出細柳餞席樽上林命師誅後服授

律綏前禽函擐方解帶羌武稍被襟伐罪芒山

曲弔民伊水潯將陪告成禮行此未抽簪

上林苑在落星山之陽吳都賦云數軍實於桂林之苑即此

上林苑在雞籠山東歸善寺後大明中築孝武立名西苑梁改名上林有飲馬池西有望宮臺

博望苑在古城東七里齊文惠太子所立沈約郊居賦云睇東巘以流目心懔慘而不怡昔儲皇之舊宅實博望之餘基即此齊謝朓詩戚戚苦無悰攜手共行樂尋雲陟累榭隨山望菌閣遠樹曖芊芊生烟紛漠漠魚戲新荷動鳥散餘花落不對芳春酒還望青山郭

南苑在建興里一名建興苑宋明帝末年張永請假南苑帝云且假三百年期滿更請後帝幸此宋鮑照詩採勝及華月追節逐芳雲勝若

林疏麗日㠓山文清潭圓翠會花薄綠綺紋合

樽遽景斜折榮紊組芬

方山苑在方山側詳見方山下

婁湖苑齊武永明元年望氣言婁湖有天子氣築青溪舊宮作婁湖苑以壓之陳更加壯麗後地爲光宅寺

陳江總秋日侍宴婁湖苑詩

翠渚還鑾輅瑤池命羽觴千門響雲蹕四海動榮光玉軸昆池浪金舟太液張虹旗照島嶼鳳蓋繞林塘野靜重陰闊淮秋水氣涼霧開樓闕近日

迴烟波長洛宴涼斯在鎬飲詎能方朽劣叨榮

遇簪紱眷周行

青林苑在籬門亭北路西枕後湖

芳林苑齊宇記一名桃花園本齊高帝舊宅在青溪側後帝即位脩舊宅爲青溪宮爲芳林園後改名芳林苑永明五年禊飲於此王融曲水宴詩序云載懷平浦乃睠芳林梁天監中賜南平王爲第益增穿築蕭範爲記言藩邸之盛過於此

芳樂苑齊東昏侯卽臺城閱武堂爲芳樂苑山石皆塗以彩色跨池水立紫閣朱樓又於苑中立店肆以潘妃爲市令時百姓歌曰閱武堂前種楊柳至尊屠肉潘妃沽酒梁王僧孺芳樂苑侍宴詩廻輿避暑宮下輦迎風館散漫輕烟拂霏微高雲散蔓草互岩垂高枝起天半迴風稍驚水落花漸斜岸妙舞駐行雲清歌入層漢晬顏暢有懷德音良已槩

北苑在城北徐鉉徐鍇有北苑侍宴序云望蔣

嶠之嶔崟祝爲聖壽泛潮溝之清淺流作恩波

華林園在臺城内吴宫園也世説晉簡文帝在華林園謂左右曰會心處不必在遠翛然林水便有濠濮間趣覺鳥獸禽魚自來相親建康宫闕簿云宋元嘉築蔬圃二十二年更脩廣之築天泉池造景陽樓大壯觀花光殿汲射堋又立鳳光殿醴泉堂龔穎遷曆圖云齊高帝建元二年幸華林園褚彦回彈琵琶王僧虔彈琴沈季文作子夜吟王儉誦封禪書帝曰此盛德事吾

何以堪之〔梁裴子野華林園賦〕正殿則光華弘敞重臺則景陽秀出〔梁簡文帝華林園詩〕是節高秋晼沈寥天氣清郊門光景麗祈年雲霧生紅蕖間青瑣紫露濕丹楹葉疎行徑出泉灑遠山鳴綠衿茂浦成絳纈拂林征庶蒙入解益方使六塵輕脫聞時可去非忝舍重城〔齊謝朓詩〕江南佳麗地金陵帝王州逶迤帶綠水迢遞起朱樓飛甍夾馳道垂楊蔭御溝凝笳翼高蓋疊鼓送華輈獻納雲臺表功名良可收〔宋馬野亭〕

詩當時園上想歡娛不見當時見畫圖縹緲神仙來絳闕分明人世有蓬壺庭花唱斷風生砌蓮灩歸來月滿湖萬點華燈星似綴明朝簪珥在青蕪

西園一名別苑在治城晉元興中桓玄築別苑於治城輿地志王導疾作徙治城爲西園成帝幸司徒府遊觀西園即此

柳元景菜園宋書元景不營產業秦淮南有十畝菜園守園人賣菜得錢三萬送還宅元

怒曰菜以供家人啖耳乃爭百錢利邪以錢與園丁

東籬門園在東府籬門內南史何點世信佛居東籬園孔德璋爲築室豫章王嶷命駕造點點從後門遁去竟陵王子良聞之曰豫章尚且望塵不及吾當望岫息心後點在法輪寺子良就見之點角巾登席子良欣悅無已遺點嵇叔夜酒杯徐景山酒鎗園有卞忠貞塚點植花塚側舉酒必酹之今祠恐其地

玄圃在古城東北齊文惠太子性奢麗宮中多
雕飾過於王宮開拓玄圃多聚奇石妙極山水
内有明月觀婉轉廊徘徊橋内作淨明精舍梁
昭明太子與朝士名素者游其中番禺矦軌盛
稱此中宜奏伎樂太子不答唯詠左思招隱詩
云何必絲與竹山水有清音軌大慙　昭明太子
玄圃講詩　白藏氣已暮玄英序方及稍覺螿聲
凄轉聞鳴雁急穿池狀浩汗築峯形嶪岌旰雲
緣雨陰晚景乘軒入風來幔影轉霜流樹條濕

林際素羽翾漪間頳尾吸試欲遊寶山庶依佇根立名利白巾談筆札劉王給玆樂踰笙磬盜止消悄悒雖悟慧有三終寡聞知十齊王儉詩

秋日在房鴻雁來翔寥寥清景靄靄微霜草木搖落幽蘭獨芳眷言灊苑尚想濠梁既暢旨酒亦飽徽猷有來斯悅無遠不柔

東園在古城東東治亭側宋卽園建鍾山堂堂南有見墩亭北有草移亭齊沈約宿東園詩陳王鬬雞道安仁采樵路東郊豈異昔聊可閒余

步野徑既盤紆荒阡亦交互槿籬疎復密荊扉新山故樹須鳴風飈草根積霜露驚麐去不息征鳥時相顧茅棟嘯愁鴟平岡走寒兎夕陰帶層阜長烟引輕素飛光忽我遒寧止歲云暮若蒙西山藥頹齡倘能度

沈約郊園在鍾山下 約憩郊園和約法師詩郭外三十畝欲以貿朝饘繁蔬既綺布密果亦懸文詩寒瓜方臥隴秋菰亦滿陂紫茄紛爛熳緑芋鬱參差初菘尚堪把時韭日離離高

繁實何減萬年枝荒渠集野雁安用昆明池詠

眺和沈祭酒行園詩清淮左長薄荒徑隱蒿蓬可潮旦夕上寒渠左右通霜畦紛綺錯秋町鬱蒙茸環梨懸巳紫珠榴拆且紅君有棲心地伊我歡既同何用甘泉側玉樹望青葱

半山園宋志在報寧禪院東王荊公營居半山園有詩與蔡天啓備述其事所謂今年鍾山南隨分作園囿又次吳氏女子詩註云南朝九日臺在孫陵曲街傍去吾園數百步

養種園在宋東門外養種行宮花木中有熙春堂玉雪堂清華堂又有亭二曰懷洛曰芳潤

謝玄別墅見土山下

王騫墅南史梁王騫歷黃門郎司徒右長史有墅在鍾山八十餘頃與諸宅及故舊共佃之嘗謂人曰我不如鄭公業有田四百頃而食常不周以此爲媿武帝於鍾山西造大愛敬寺騫墅在寺側卽王導賜田也帝宣旨取之騫曰此不賣若敕取亦不敢言帝怒評價取之

潛隺鼓 越王雷門鼓傳至孫吳置臺城端門上有二隺來自會稽擊之聲聞洛陽後孫恩亂兵擊破有二隺沖天而去鼓自是不鳴人呼潛隺鼓

吳宮石 張乖崖集吳宮有石四一醉石一曬藥石一翫月臺一朝天壇宋慶元志云已不存矣

烏榜村 圖經初立西州城未有籬門立烏榜後名其地

新洲 南史宋武帝伐荻新洲見大蛇長數丈射

之明日復至洲間聞有杵臼聲往覘之有童子數人皆着青衣於蓁中搗藥問其故曰王爲劉寄奴射傷擣藥以傅之帝曰汝王神何不殺之曰寄奴王者不可殺帝叱之皆散去收藥而反今薛家洲是其地也屬金陵鄉去城四十里

射雉場 圖經云在城東二十里齊東昏置射雉場五百所皆以七寶裝飾

長命洲 在石頭城前梁武帝放生之所帝日市鵝鴨雞豚之屬放於此置戶十家以穀粟養之

以洲爲長命洲處畜者每等千數多爲狐狸之其掌戶亦竊而烹食各得其半輿地志云使李恕來聘帝正於此放生問恕曰北土亦[illegible]知此事乎恕曰魏國不殺亦不放帝無以應

到公石　慶元志云梁到溉第臨淮水齋前地有礓石長丈六尺武帝戲與賭之溉輸即迎置華林園宴殿前迎石日傾都縱觀謂到公石也

金華石　本金華宮中石高九寸引手可舉至趙宋猶存於府治

雞鳴埭在潮溝上齊武帝早遊鍾山射雉至此始聞雞鳴

銅螭署臺城刻漏署本洛陽故物宋平姚秦遷於此魏明帝爲太子時翫以玉手板刺螭口中不得出後人常見白蝘蜓在其中梁元帝移之江陵遂不復見

生人葠藥名南史阮孝緒母病必得此草乃入孝緒躬歷幽險累日不得忽一鹿導至其所

三品石臺城千福院在縣東北六里本梁一

舊後吳順義中置院前有醜石四各高丈餘云陳朝三品石也宋政和中取入汴京置延福宮荆公銘之

方盟壇　陳宣帝大建十年立壇婁湖側臨壇誓衆分遣大使以盟誓頒四方警備周人

決囚燈　後主聽死囚燃佛燈決之囚家賂左右竊益膏油輒得不死

木醴　建康實録云陳禎明二年覆舟山及松柏林冬月出木醴後主以爲甘露之瑞俗呼爲雀餳

昇元偈　南唐末築昇元閣基得碣云抱雞昇寶位走馬出金陵子建居南極安仁秉夜燈東陵驕小女騎虎渡河冰後皆驗

秦淮石　初係大中浚秦淮得志石有大宋乾德四年可識餘莫辨考之輔公祏起兵江東時僞號後宋改元年號實符之

雞冠石　本馬光祖園中石與客賞雞冠花刻於上字畫深入在洞神宫西乃舊宅也

上元縣志卷之六

上元縣志卷之七

職官志

古稱縣令民之師帥所以承流而宣化者也其責顧不重哉丞以下皆所以佐之也上元神州赤縣地廣人稠號爲難治涖茲土者循良之績固多而非其人者間亦有之乃舊志失於詳載故老闕於傳聞使懲惡之跡不盡表見惜哉今姑採其可見者列於篇若夫網羅放佚則以俟後之君子

漢

邛沉秣陵令

晉

袁環丹陽令顧昌魯勝並建康令諸葛恢臨沂令

王雅字茂遠東海剡人少知名累遷左衛將軍丹陽令丕著政聲性好接下敬慎奉公孝武帝深加禮遇雖在外職侍見甚數朝廷大事多參謀議帝每置酒宴集雅未至不先舉觴其見重如此

管旆建康令

宋

[illegible]字明遠以詩名嘗爲秣陵令

顧憲之字士思吳人元徽中爲建康令時有盜牛者與本主爭牛各稱己物前令莫能決憲之至覆其狀乃解牛任其所之牛徑還本宅盜者始伏辜發奸摘伏多如此類時人號曰神明至於權要請託長吏貪殘據法直繩無所阿縱性復清儉彊力爲政甚得民和故時飲酒者得醇旨號爲顧建康言清且美焉

陸徽字休猷吳郡人以尚書都官郎出補建康

令清平無私爲太祖所嘉遷司徒左西曹掾後爲始興太守

江秉之字玄叔濟陽考城人爲永世令以善政著名又爲建康令爲政嚴明部下肅然

劉秀之字道寶東莞莒人少孤貧有志操元嘉十六年遷建康令除尚書中兵郎重除建康令性纖密善糾擿微隱爲政有聲年六十八卒上甚痛惜之

張永　沈俊　王興之　勞彥遠並建康令　鄭襲　江

令臧燾臨沂令

齊

王摛秣陵令

王沉秣陵令清廉戒愼身恒居祿而家處貧之以儒飭吏民有犯法者剖析精詳不刑而服

劉玄明建康令清儉絶人日惟食蔬素性不喜飲酒嘗曰大禹聖人猶絶旨酒況吾人乎吏政爲天下第一

劉係宗建康令詳人物志

鍾岏　蕭懷　賀道方　蕭涎並建康令

孫廉建康令傅翽爲吳令問曰聞丈人發奸擿伏惠化如神何以致此答曰無他也惟勤而清清則憲綱自行勤則事無不理其爲政如此●

梁

何遠字義方郯縣人梁武初平建康以遠爲令性清介秋毫無所受妻子饑寒如下貧者民祠祀之

樂法才字元備淯陽人幼有美名遊建康造沈約約見而稱之天監中爲建康令不受俸秩比去任將至百金縣曹啓輸臺庫武帝佳其清

曰居職若斯可以爲百城表矣

褚球字仲寶陽翟人少孤貧篤志好學有才思仕齊爲溧陽縣令在縣清白公俸之外一無所資天監中復令建康彊直不畏權要吏民稱之

孟智臨沂令傅翽謝挺並建康令

江革字休映考城人幼而聰敏有才思天監中建安王偉尹丹陽以革爲記室除建康正頻遷

秣陵建康令爲治明肅豪彊憚之

劉治字明信魏昌人博學善屬文天監初拜臨

川王記室參軍秣陵令有善政及卒民思之不忘

孔奐字休文山陰人梁元帝承聖間補揚州治中從事史侯景新平每事草創憲章故事無復存者奐博物強識甄明故實問無不知儀注體式牋表書翰皆出其手齊軍至後湖又四方壅隔糧道不繼三軍取給惟在建康乃除奐爲貞威將軍建康令時累歲兵荒戸口流散勍敵至徵求無所陳霸先剋日決戰奐乃令多營

飯以荷葉裹之一宿之間得數萬裹軍人食訖因而決戰遂大破敵後累宰大郡皆以清惠著稱

徐摛秣陵令

陳司馬申字季和溫縣人梁邵陵王綸尹丹陽以爲主簿屬太清之難父母俱沒遂終身蔬食陳大建九年除秣陵令在職以清能見紀有白雀巢於縣庭

沈君高建康令

蕭引字升休蘭陵人陳後主時建康多盜乃以引爲令民懷附之殿內朋主吴璡及宦官李善度蔡脫兒等多所請屬引一切不許族子密時爲黄門郎諫曰李蔡之勢在位皆畏憚之亦宜少爲身計引曰吾立身自有本末安能爲李蔡改行就令不平不過解職耳竟爲璡等坐免

唐

王仲康上元令

卜吉光啓中爲上元令安和不擾公餘之暇閉戸讀書而政事亦辦在職數年民懷思之

陳彥恭景雲中任上元令

南唐

何寰上元知縣

宋

程顥字伯淳河南人舉進士授鄠縣主簿嘉祐間調上元嘗攝縣事於坐處書視民如傷且言一命之士茍存心愛物於人必有所濟茅山池有龍如蜥蜴而五色祥符中嘗取二龍入都中途失其一中使云飛空而逝民俗嚴奉不懈顥捕而脯之使人不惑見持竿黏雀者命折其竿鄉民遂不敢蓄飛鳥邑田近美爲富家貴室以

厚價薄其稅而買之小民苟一時之利久則不勝其弊顥畫法不擾而稅大均且塞隄以從民便每訟日不暇二百爲政者疲於省覽無暇及治務顥處之有方不閲月訟爲之簡水運經邑境州卒病者則留之爲營以處歲率數百人至者輒死顥察其由蓋計留然後請於府給劵乃得食比有司文具則困於饑已數日矣顥白有司給米貯營中至者即與之食自是生全[illegible]半其善政類如此

沈該孔文昇王子韶並知上元縣

梅摯知上元縣性淳厚不爲矯厲之行政績如其爲人後知江寧府

吳嗣復知上元縣在任勤敏守廉百姓愛之明道初爲館閣校勘

元繹字厚之江西臨川人江寧府推官攝上元縣事民有豪占人田者捕寘於法甲與乙被酒相毆甲歸臥夜爲盜斷足妻告乙執乙至而甲已死繹勑其妻曰歸葬而夫陰使人跡其後見

一僧迎笑私語絳取僧縶之詰妻得姦狀遂寘於法

徐端甫紹興二年蔣閱祖四年趙不化五年曾恢六年吴樞十年吴芭十三年許頌十三年胡廷直十六年馮和叔二十年黄霖二十三年許蒨二十六年滕瑾二十七年並知縣事

李闢之紹興三十二年知上元開闢疆敏才任有餘首言金陵鍾山慈仁三鄉實鄰大江田疇化爲水面乞除虚掛二稅從之時虜南侵帝沿

軍江壖百司庶府幬齋筦廩之屬無一不備以
辦理聞特蒙召見且奏孚剴切深中時弊
李允升隆興二年魏揖乾道二年方廷瑞五年
蘇囿九年趙公崇淳熙二年薛褒四年趙伯晟
六年冷世修九年鄭若容十二年王允蹈十五
年姜楷紹興二年程阜五年並知縣事
方楷景祐初釋褐歷三任以考課遷尉衞寺丞
知上元縣嘗親獲羣盜不干賞曰吾縣令為天
子盡職耳功何有哉其後乾道丙戌楷曾孫滋

以敷文閣待制居守金陵又三十年五世孫叔
恭復叨試邑
方叔恭慶元二年莫柯五年鄭緝嘉泰二年扈
卞開禧元年趙希蒼開禧元年史復祖三年戴
槩嘉定二年柳說四年洪圭七年司馬述十年
葉宰十二年並知縣事
趙時僑嘉定十五年知上元律己以嚴臨民以
公不厲而威令行不擾而催科辦撫字之
廢皆飭

趙崇健寶慶元年奚祝三年錢逢紹定三年[illegible]
淮端平元年豐雲路嘉熙元年戴宗昭二年[illegible]
孝參四年譚谷四年陳夢高淳祐二年趙若珖
五年王旦七年陶夢桂十年僉知縣事
曹之格淳祐十二年知上元留心政術奸蠹秋
毫必察有吏爲市庾欺租賦類一切以法從事
豪猾斂迹昧旦卽起坐廳事校治簿書有訟者
立與剖斷獄無繫囚境内頌其平
陳寅寶祐三年許錀六年僉知縣事

鍾蜚英景定元年知上元創建學宇均民賦稅馬光祖姚希得皆重之明年惟政鄉麥秀兩岐蜚英上其瑞理宗勅奬之

元

那懷阿都剌丑驢馬合馬沙也先不花並達魯花赤

謝祐劉禎劉德茂習璠鄧澍歐陽完澤都貢京

張昴王禮麴克明並尹

田賢尹上元留心民事夙夜弗怠庶務咸得理訟獄既清甿俗以安敏惠廉明著於一……

田伯顏　王樞　並尹

大明

尹昌期　鳳陽人洪武元年以人材任二年改戸部主事

伍宏　字伯宏吉安人六年任

楊宗誠　福州寧德人鄉貢十三年任

趙旻　山西蒲州人二十三年任

司馬東　西安人監生二十八年任

李褒　江西廬陵人進士永樂元年任

陳奐　字聚奎慈谿人永樂中知扶溝有善政擢督府都事以赤縣煩劇須幹理吏乃改上元奐

被知遇益奮勵朞月縣中大治有婦與外通而殺其夫者將殯矣奐於喪所擒婦詰問得實誅之人以爲神明改刑部主事

仁宗監國時素聞奐能及即位奐入奏事迎謂曰此上元陳知縣乎其受知若此

何均平陝西西安人進士八年任　黃思敬浙江歸安人進士永樂中任陞郎中　高廉永樂中任

李彬直隷晉州人鄉貢宣德元年任

姜德政江山人明達曉吏事景泰中知上元

循例獨勸課農桑諸所不便於民者皆爲蠲之有古良吏風又以農隙脩縣治重建明道祠人不知役郡有疑獄多委治之

張靈　景泰中任

符台　河南人天順四年任

王憲　字大章晉州人監生八年任

邊寧　山東歷城人鄉貢成化六年任

王定安　順天大興人進士成化中知上元平易爲理民思之陞員外郎

馬良　陝西人成化中爲上元丞量宏才敏節用

愛人出於真誠處事果決有難爲者必以身先之至巳之利害不計也由是有名擢本縣令

趙坤慈谿人進士成化二十三年任周密字邦慎直隸寶應人監生弘治二年任陞知州杜焞慈谿人鄉貢弘治中任袁陽字健甫直隸滿城人進士弘治中任袁顯字誠夫湖廣麻城人鄉貢正德二年任余節字鳳儀江西南昌人鄉貢入年任改都司斷事李壉山西潞州人鄉貢九年任陞府同知

白思齊字希之山西平定州人鄉貢正德十三年任始縣無志武宗南巡住蹕留都索縣志不得思齊於是屬生員管景創製之

周秀字公全山東歷城人鄉貢嘉靖元年任

魏弘仁字體元陝西涇陽人鄉貢四年任

陳璘字宗器浙江天台人進士七年任

石淵之浙江黃巖人鄉貢十三年任

程爌字文純江西南城人鄉貢嘉靖十六年知

上元廉幹有治才時供億頗繁公私困敝嚮加意減損民得不擾屢決疑獄毀淫祠爲社學自縣治達句容塗中雨輒没脛行者病焉嚮以贖金脩治之其善政爲諸邑最

劉敬宗浙江仁和人鄉貢二十二年任張宿浙江餘姚人鄉貢二十三年任景鑾字一和陜西映山人鄉貢二十五年任

袁鑑字賡昭廣東揭陽人嘉靖二十八年由貢授知上元居官守廉儉愛民如子日食惟

菜妻子衣垢敝之服，囊無餘資。審賦役，均平無私，吏民皆愛之不忍欺。

劉以貞，江西安福人，鄉貢，三十三年任。

房韞玉，字以輝，山西靈石人，鄉貢，嘉靖三十八年任。上元畸坊廂積弊年久，而上官多取辦於中，有司憚於更張，民不堪命。韞玉不避譏嫌，力申諸司，爲之節省，民得蘇息。生員趙善繼、耆民陸辛等率衆建惠澤祠於聚寶門外，祀諸上官凡有功德於民者，房與焉。

段有成字可達雲南昆明人鄉貢四十二年任

袁伯雅江西豐城人鄉貢隆慶元年任

王誥江西清江人鄉貢三年任

林大黼字朝介福建莆田人鄉貢萬曆元年授知上元為人聰明仁恕簿書積案一覽無餘吏胥即大猾者亦莫能窺其意指臨事聽斷如神革去坊廂長改編丁銀省浮費什之七八民感其德立生祠祀之詳淳化鎮生祠碑記

陳文字載道江西靖安人鄉貢五年任余十

江會稽人鄉貢八年任唐棟湖廣江陵人鄉十二年任沈榜湖廣臨湘人鄉貢十五年任

程三省字師曾四川富順人鄉貢萬曆十六年任縣舊志作於正德末年至是延邑人纂修種種與利除弊略具志中二十一年春擢戶部主事

孫夢熊字兆甫廣西藤縣人鄉貢二十一年任

葉士敦字子厚山西聞喜縣人鄉貢二十四年任事蹟見藝文志後

縣丞

宋葛郯字楚輔丹陽人以蔭授上元丞會金人犯江上元當敵衝調度百出郯不擾而辦留守張浚王綸皆重之後知建康府

大明秦觀浙江錢塘人永樂二年任王觀湖廣武昌人貢士宣德二年任張德景泰間任張濟　六

順間任王佐山東博平人監生成化間任[illegible]

道直隸曲陽人成化間任魯文陝西岐山人

化間任馬良見知縣

袁龍直隸合肥人成化中由監生任上元丞明道祠將廢龍捐俸修治居縣久民愛之如父母爲之謠曰袁撫民

方穀江西浮梁人監生弘治間任張瓚遼東前衛人監生正德間任王世昌山東萊縣人監生正德間任翟表字居正山東費縣人監生嘉靖四年任陳道生字惟本直隸宜興人監生十年任潘彥富湖廣監利人監生十六年任朱希顏字懋愚直隸嵩山人監生十九年任黎良字汝

善廣東博羅人吏員二十二年任宋德盛字守謙山東靈山衛人監生二十八年任張德字自明直隸宿松人監生三十一年任楊亨陝西人監生三十四年任方釜字時湘直隸歙縣人監生三十七年任程民孚字允德直隸歙縣人監生四十年任吳時中湖廣隨州人監生四十三年任馬廷臣字直卿直隸元城人監生四十五年任陳儒相山東濟寧州人監生隆慶三年任毛效廉字子靜山東陽信人監生五年任莫

字羲之湖廣江陵人歲貢萬曆元年任曹忠山東萊蕪人歲貢二年任范燧江西南城人恩貢四年任金赤湖廣江陵人恩貢七年任段袞字汝補直隸寧國人恩貢八年任

劉元泰字孟逵四川内江人萬曆十四年以官生丞縣潔己愛民才亦精敏委署縣事深知房科叢弊胥貽小民害制諸征斂辨正供外冗費絕少時清軍伍裁去冗書一十六人吏胥畏伏無所容姦民恐其陞去競詣上官保留之其得民

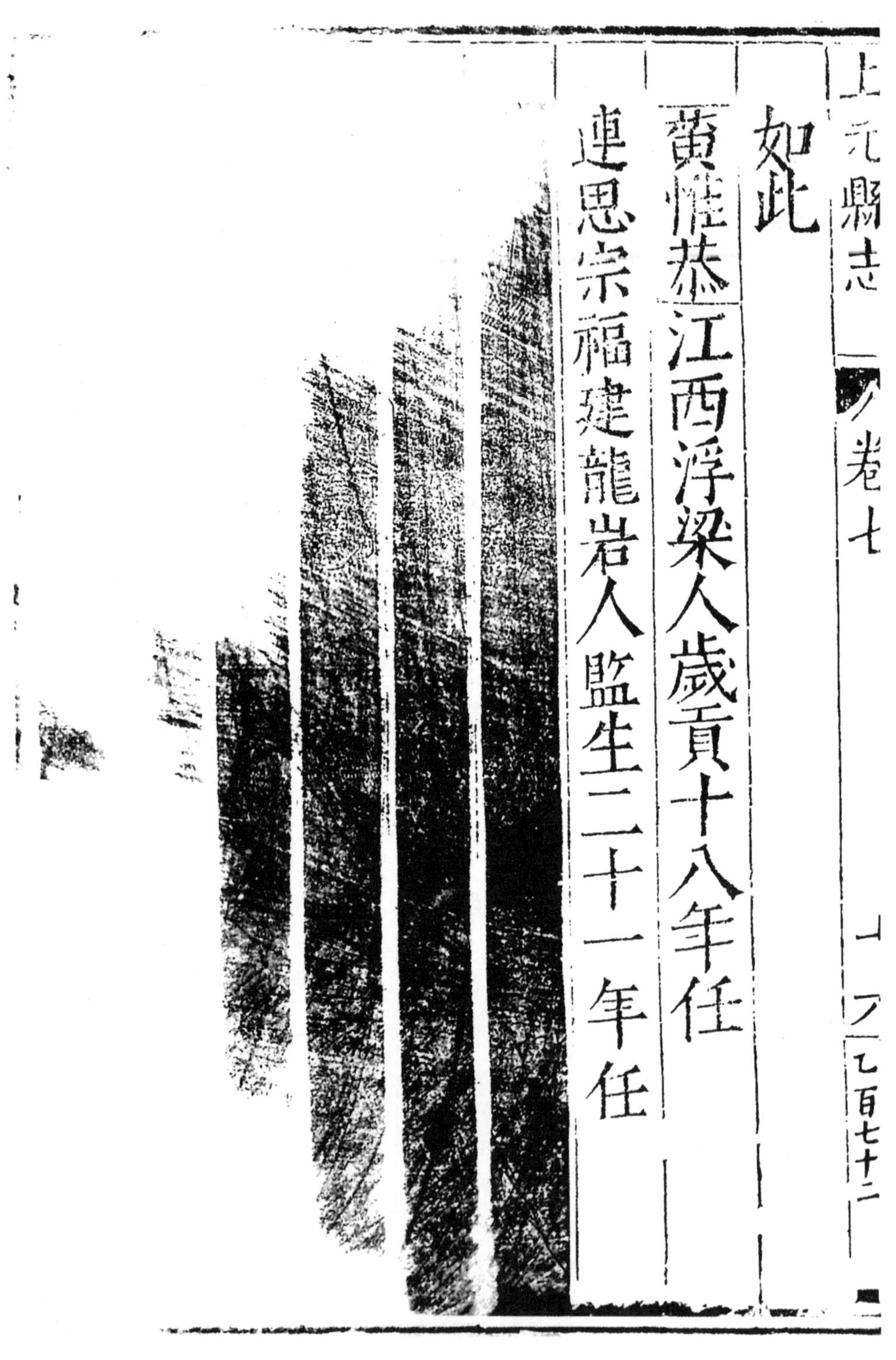

如此

黄惟恭江西浮梁人歲貢十八年任

連思宗福建龍岩人監生二十一年任

主簿

漢 蔣子文廣陵人嘗自謂己骨青死當爲神漢末爲秣陵尉逐盜至鍾山下被傷而死後人見子文於道侍從如平生以爲神而祠之代著靈異

南唐 張泊南譙人元宗時爲句容尉改上元遷監察御史

宋 危和臨川人開禧初爲上元主簿大闢祠宇以祀程顥眞德秀爲之記

大明 黃厥鵬湖廣興寧人由薦舉宣德間任 常延

直隸平山人鄉貢正統間任王愼景泰間任時
安河南光山人天順間任郝隆天順間任呂璋
廣西桂林衛人貢士成化間任宋寧順天武靖
人監生成化間任李綱山東曲阜人監生弘治
間任王玉陝西鄜州人監生弘治間任周和江
西樂平人吏員正德間任復補江寧戴鑑江西
德化人吏員正德間任侯大用山西靈丘人吏
員正德間任吳縉正德間任安磐字德堅陝西
瀷州人監生嘉靖七年任程志字尚德河

城人監生十年任鹿堂直隸潁州人監生十三年任暢忠字時臣山西河津人監生十六年任李琦璋字公甫四川合江人監生十八年任王嘉謩字子實山西高平人監生二十五年任廖陰字養夫福建龍崖人監生二十六年任蕭頎廣東新會人監生二十七年任劉鑰字子建四川龍州人監生二十八年任張昂字賓夫直隸昌黎人監生三十一年任程滋直隸歙縣人監生三十四年任陳沛字汝霖廣東德慶州人監

生三十六年任彭夢祥字德兆山東費縣人監
生三十九年任李思韶直隸河間人監生四十
三年任盧學詩直隸南容人監生隆慶元年任
熊祺四川中江人知印五年任杜漸字子晉陝
西鎮安人歲貢六年任周詩江西玉山人吏員
萬曆二年任任試浙江會稽人吏員四年任鍾
大濩貴州人歲貢五年任劉舜孝湖廣桂陽州
人歲貢八年任徐廷勲字國錫直隸建德人吏
員十年任稷楊江西鉛山人歲貢十三年任

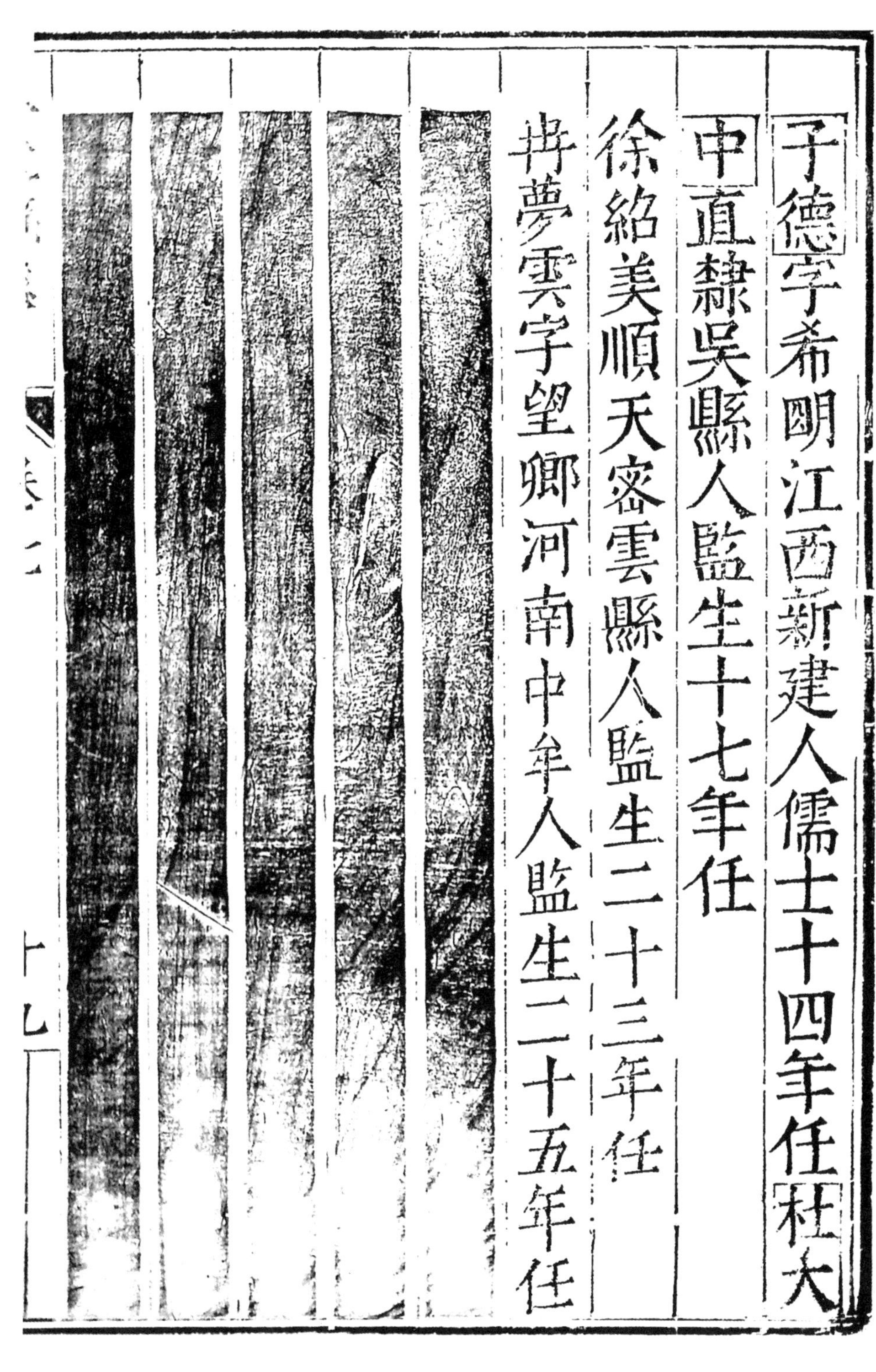

子德字希晹江西新建人儒士十四年任杜大中直隸吳縣人監生十七年任

徐紹美順天密雲縣人監生二十三年任

冉夢雲字望卿河南中牟人監生二十五年任

典史

陳瓊　正德十六年任　周璘　浙江鄞縣人吏員嘉靖十六年任　周敬中　福建莆田人吏員二十二年任　杜漸　江西南昌人吏員三十一年任　胡廷貴　浙江餘姚人吏員三十五年任　凌伱　浙江歸安人吏員四十一年任　鄭馥　福建莆田人吏員四十三年任　楊守仁　雲南建水人吏員隆慶二年任　李珂　直隸潛安人吏員六年任　周梓　江南昌人吏員萬曆五年任　朱梯　浙江富陽人

員七年任宋重起山東寧海州人吏員十三年任

任盛思忠浙江於潛人吏員十六年任

唐世官廣西全州人由吏員二十一年任

程天啓江西餘干縣人由吏員二十三年任

論曰郡邑設官非以役民乃民之役也元元之衆望之者殷矣賢者常思

朝廷設官牧民之意蒼生翹首望恩之情時時惻然於衷而不忍負故顯有令名幽有申命自餘

或秦越視之巳非父母斯民意矣乃至剝其脂膏加之荼毒其心抑何忍乎此無他故矣下之贏橐中裝爲富厚資上之亦不過留心簿書期會甫闒送迎獵聲華而希薦牘止耳此其視職如傳舍而吏胥因緣爲姦莫之或知民之朘月削愁苦無聊有以也然而民怨天譴不爽厥報司牧者又何擇焉

封爵附

漢 劉敢與下二劉皆江都易王非子並以元朔元年封時孝武聽諸侯王分王子弟於是廢[illegible]國封敢丹陽侯六年薨謚哀無後國除 劉纏[illegible]陵侯十五年薨謚終無後國除 劉胥行一單作[illegible]胥湖孰侯十六年薨謚頃子聖元鼎五年嗣後免國除

吳 孫胤權再從弟追録其父功封丹陽侯無子弟晞嗣後爵除

晉

孫楷吳臨城侯降晉以車騎將軍封丹陽

戴淵廣陵人以功封秣陵侯後爲王敦所害謚

簡

宋

孫韶丹陽侯

張闓見人物志

王俊瑯琊臨沂人任太子舍人封永世侯

唐

顧真卿丹陽縣子

上元縣志卷之七

上元縣志卷之八

科貢志

古用人之途多矣自鄉舉里選之制不行而漢之四科猶爲近古其得人之盛近代罕儷唐以詞賦宋以經義所謂擷春華而忘秋實者世之日趨於文有以哉人才之不古若無足怪已

國初選士猶不拘一途自科目既定而他途遂空此重彼輕勢固然也然豪傑之士亦往往出於其間是固不可不錄若夫表表者已具載人物

志中玆特取姓名次而列之備參考焉

漢茂才一人孝廉一人 張磐有傳 陶謙有傳

晉茂才一人孝廉一人明經一人 紀瞻有傳

薛兼有傳 張闓有傳

宋茂才一人 劉璡

齊茂才二人 周捨有傳 伏挺

梁茂才二人 張松 王規

唐進士一人 冷朝陽

宋進士四十九人

洪湛太平興國五年知州事葉祖洽熙寧三年狀元朱紹遠元祐三年虞曾孫朱明遠紹聖元年虞曾孫刁湛以下二人並崇寧五年太常博士刁湜　俞迎政和二年陳鶚四年范同五年叅知政事刁渭八年鍾大方宣和三年何若六年刁繹湛子洪興湛子員外郎直史館吳稟建炎二年趙震　王綸紹興五年有傳刁約湛子直史館魏元善十二年李瑆十五年鮑慎履十八年葛掞二十四年陳自脩二十七年國華隆

興元年李機乾道二年朱用泰五年何掞淳熙
八年戴錡紹熙元年孔蓋四年李大同　李岩
汪瀛慶元五年卞伯光嘉泰二年胡景愈
成濂　王晉嘉定四年鄭南　朱應龍七年
陳塤十年禮部第一人楊成大十三年沈先庚
許思齊十五年元宋興紹定五年胡景隆
元年吳琪七年洪心會十年吳慶龍　張雲龍
開慶元年趙定景定二年

元進士一人　趙旦

大明薦舉

張銘善洪武元年吏部尚書三年詔諭雲南周時中三年由湖廣行省平章陞吏部侍郎調銘江知府鄭琳四年吏部主事山東行省都事王興宗七年有傳朱先九年由吏員授吏部主事王昶十三年吏部考功主事陞湖廣按察使

進士

丁璿永樂二年有傳楊清十年會魁主事蕭文十三年徐榮以下二人並十六年莊約庶吉事

郎中任祖壽十九年尹弼二十一年布政使胡
玉　梅森宣德八年叅議陶元素正統元年有
傳倪謙四年有傳任孜十三年知府吴璘景泰
二年僉事朱華僉事潘潚知府浦鏞五年知府
徐毅會亞魁僉事潘傑郎中金紳有傳凌文天
順元年叅議鄒和知州沈鍾四年有傳倪岳八
年有傳周源員外郎孫義鹽運副使王浩成化
二年御史唐寬知州沈浩主事吴珵五年有傳
李昊有傳丁鏞有傳金源八年十知州沈鐘鍾弟

主事王欽十四年知府伊秉有傳王進知縣陳紋推官沈庠十七年提學副使陳言二十年倪阜二十三年有傳蔣浤有傳鄭允宣弘治六年叅議李儀知府吴大有九年璘之子叅政高節左叅政李熈有傳顧璘有傳金麒壽紳子凌雲翰十五年有傳沈環十八年郎中復姓朱希達之子黄琮長史景暘正德三年有傳顧璞九年有傳童楷文之孫教授趙兊十六年内江籍叅政陳府嘉靖二年榮之子御史金清八年冕之

子叅政謝少南十一年布政伊敏生伯熊之子
叅政許穀十四年有傳皮豹三十八年侯
雲南廣南衛籍伊在庭四十四年敏生子
哲貴州普安衛籍蕭崇業雲南臨安籍

貢士

于源洪武二十九年張欽三十二年　下同時

泰　任安　方矩　何潤　王良　遲讓永樂

元年曹廣　嚴璐　謝濟　丁璿見進士王舉

三年姜壽六年顧敬九年虞祥　楊清見進士

王本　童文見進士莊約見進士謝鑑十二年

任祖壽見進士朱鎔　徐榮十五年見進士尹

弼見進士張文昌十八年王俊　胡玉見進士

陸彥　王政二十一年翟英　梅森見進士黄

榮宣德元年周永　吳善　雷和　王琮四年
王麟有傳沈慶　顧仲賢七年訓導孫本十年
陶元素見進士張信正統三年教諭金潤有傳
倪謙見進士王濬九年經魁提學僉事金鎬通
判謝溢　任敌見進士朱瑛　潘鏞見進士相
廸十二年知府徐毅景泰元年見進士吳璘見
進士俞誠　凌文見進士簡澄　胡正訓導王
琮教諭羅瑄按察經歷錢賓　浦鏞見進士吳
理四年姚恒　鄒和　鄧震　方璟知州沈

知州葛賁　金紳有傳徐禮知州強英教諭高

敬知縣林洪教授施靖翰林待詔費鏞訓導潘

傑亞魁見進士沈鍾七年見進士鮑壎知縣周

源見進士王浩見進士唐寬天順三年張華六

年知州徐震　李昊見進士陳紋見進士沈浩

順天鄉試見進士孫義順天鄉試見進士倪岳

順天鄉試有傳伊乘成化元年見進士沈鐙四

年見進士丁鏞見進士金源見進士姚源　沈

庠順天鄉試見進士吳珵順天鄉試見進士吳

謙　王欽見進士王進七年見進士王朴十年
陳榮知縣姚𣙷知府沈希達十三年復姓朱通
判施堯臣靖子通判陳言見進士蔣浤十六年
見進士潘珩有傳金麒壽見進士徐雲震弟倪
阜順天鄉試見進士夏聰十九年顧潤二十二
年教授鄭允宣見進士郭蒙　凌雲翰弘治二
年亞魁見進士陳英教授陳玠知縣施懋知縣
吳大有五年書魁見進士李熙見進士李儀見
進士丁容璿之孫知縣陳謐知縣李閏國子

士顧璘八年見進士高節見進士景暘十一年見進士顧欽潤子知州金鏡知縣陳綸教授金鼎十四年推官李璨長史黄琮十七年張翊沈環見進士陳詢教諭羅仁教諭強毅英之子推官伊伯熊正德二年秉之子府同知陸堊知州童楷五年亞魁見進士李葵璨之子顧璘八年見進士沈觀庠孫知縣陳府榮子見進士章秀十一年知縣蔣繼蕃十四年王堂濟之孫鄭淮嘉靖元年見進士金清見進士張偉　伊敏

生四年夏敞知縣許穀見進士謝少南七年見進士金淳　金瀚十年廖文光十六年郎中有傳盛時春二十二年太僕寺丞向鑾貴州前衛籍知州皮豹二十八年知府見進士楊璧三十一年通判段文億三十四年雲南昆明籍教諭鄭延年雲南楊林所籍通判王惠三十七年廣西桂林中衛籍教諭雷學皋雲南臨安衛籍知州伊在庭四十年見進士徐世隆隆慶四年雲南後衛籍黃鶴鳴萬曆四年錢濬七年見進士許天敘穀之孫陳舜仁見進

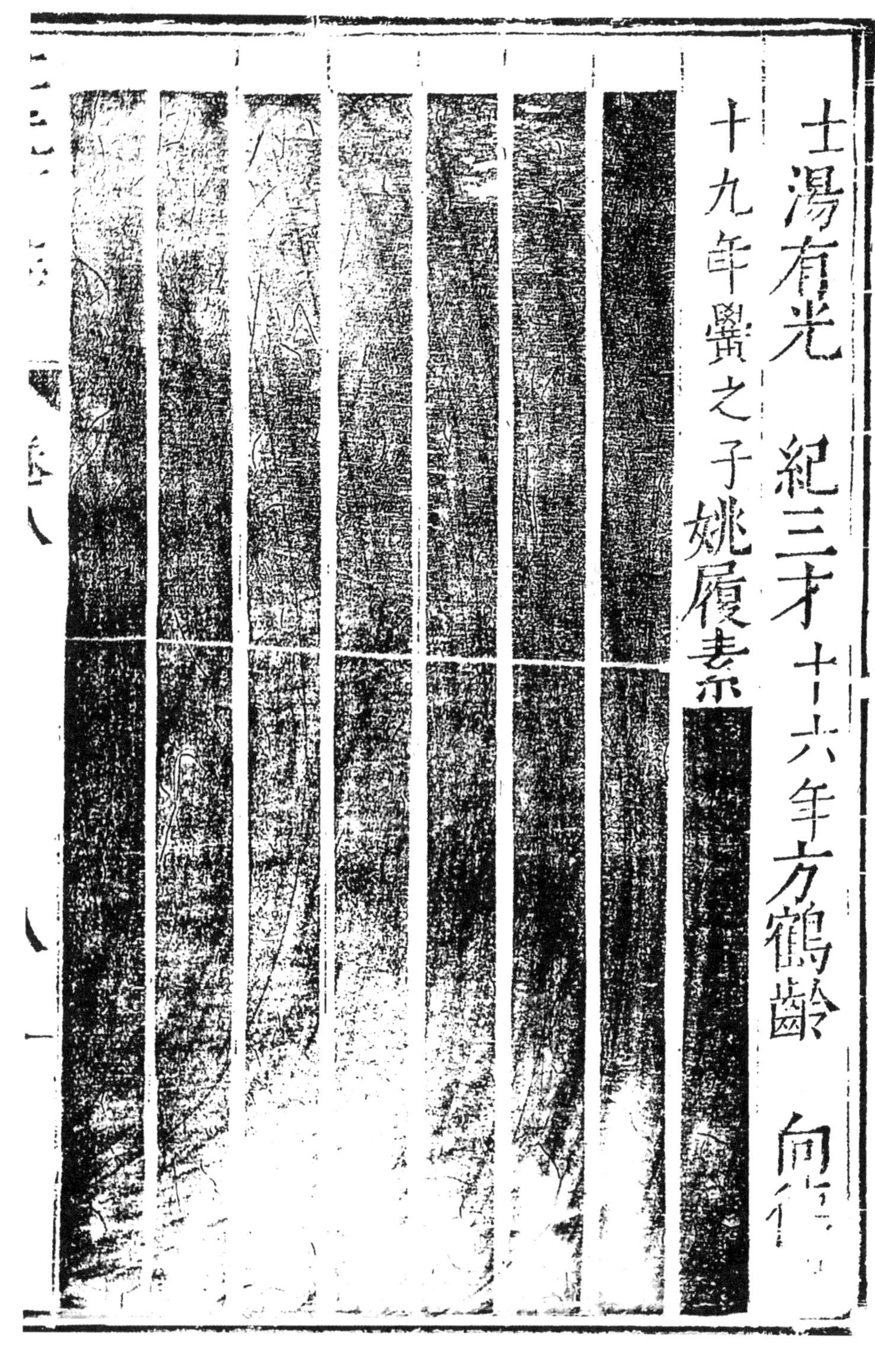

士湯有光　紀三才　十六年方鶴齡　向信

十九年嚳之子姚履素

歲貢姓名年分多逸據可考者列之

丁鏞天順間見進士李春成化間縣丞沈庠見進士強毅弘治間見貢士管景嘉靖三年布政司檢校伊伯羔十八年訓導李登四十五年知縣楊稷教授李藻隆慶四年教授伊直生伯羔子上元籍吳縣人五年楊希淳　王職萬曆元年王允學　盛時泰二年丁鯤五年蔣孟倫六年通判吳仲誥十一年教諭李汝奇十六年[illegible]賜科十七年金殿　金丹十八年闕近臣

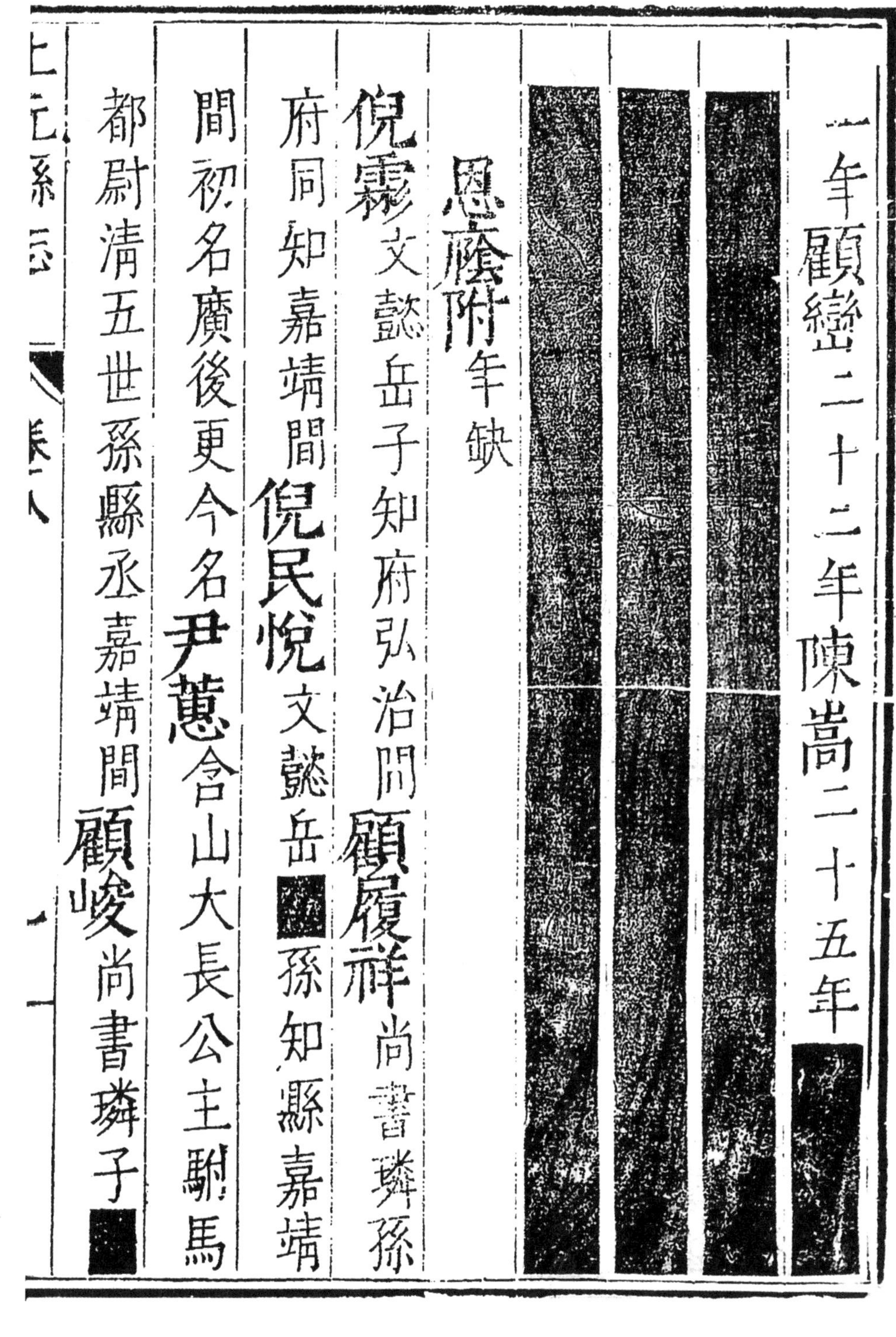

一年顧鑾二十二年陳嵩二十五年■

恩蔭附年缺

倪霦文懿岳子知府弘治間顧履祥尚書璘孫府同知嘉靖間倪民悅文懿岳■孫知縣嘉靖間初名廣後更今名尹蕙含山大長公主駙馬都尉清五世孫縣丞嘉靖間顧峻尚書璘子■

萬曆間尹希孔都尉清六世孫州判萬曆間今歷陞見任知州

論曰國家以科目取士其待之者重矣必登茲選然後可以涉清華而躋顯要自非然者即有曾史之行由夷之廉蘇張管晏之才辯安所復施固宜入彀之士進則策勳揚名退則修身[illegible]俗以不負

朝廷側席之意而往往有大謬不然者何哉以士當平居父兄師友之所訓勉皆視此爲顯榮具而上之人求之亦不以實故也雖然使其人因此愛重顧惜克自振勵以不媿科名自期則其樹立當必有可觀者即阜夔稷契又奚必舍此而他求哉

上元縣志卷之九

人物志一

金陵自秦漢以前僻在南服人文未耀見於載籍者略矣斯固無可述者自六朝建國茲土羣賢華止風流相扇一時江左人士靡不翕然興起標奇見異文章功業照映簡册矣唐宋而下代不乏人迨我

太祖高皇帝定鼎於斯興賢育才之化被於天下而上元寔首善地二百年來高賢大良肩摩踵

接霧集雲輿固可媲美岐豐比隆鄒魯矣其視六朝可同日道哉是不可無傳也茲採古今人物之尤著者列於篇使後之君子得覽觀焉

漢

張磐字子石丹陽人也以清白稱度尚為荊州刺史見胡蘭餘黨南走蒼梧懼為已責乃僞上言蒼梧賊入荊州界時磐刺交阯徵下廷尉辭狀未正會赦見原磐固不肯出獄必欲得尚面對曲直廷尉以狀上詔書徵尚到廷尉辭窮受罪乃已磐後為廬江太守潯陽令嘗餉一大匣柏

其小兒年七歲就取一枚磐奪不付外卒以兩枚與之磐奪兒柑鞭卒曰何故行賂於吾子其廉介如此

陶謙字恭祖丹陽人少好學爲諸生性剛直有大節舉茂才察孝廉拜尚書郎除舒令在官清白與郡守張磐構隙卒無以糾舉祠靈星有羸錢五百欲以汗之乃委官去復除盧令遷幽州刺史徵拜議郎叅車騎張溫軍事西討韓遂邊章謙輕溫及軍罷還百僚高會溫屬謙行酒謙

衆辱溫溫投之於邊或說溫曰陶恭祖本以材略見重於公一朝以醉酒過失不蒙容貸四方人士安所歸望不如釋憾除恨克復初分於以遠聞德美溫然其言乃追還謙以爲謝天子禮畢必來見時溫於宮門見謙謙仰曰謙自謝朝廷豈爲公耶溫曰恭祖癡病尚未除耶遂爲置酒待之如初會徐州黄巾起以謙爲刺史討黄巾大破走之境内晏然時董卓雖誅而李傕郭汜作亂四方斷絶謙每遣使間行奉貢西京

遷爲徐州牧加安東將軍封溧陽侯後與曹操

搆難屢爲所破會病卒

芮祉字宣嗣丹陽人從孫堅征伐有功堅薦爲

九江太守轉吴郡所在有聲

吴陶璜丹陽秣陵人也父基吴交州刺史璜仕吴

歷顯位孫皓時交阯太守孫諝貪暴爲百姓患

會察戰鄧荀至擅調孔雀三千頭遣送秣陵郡

中既苦遠役遂爲亂殺諝及荀附於晉武帝晉

遣兵守之吴以璜爲將從薛珝拒戰不利珝欲

還璜夜以兵數百襲晉兵獲其寶物船載而歸珝乃謝之璜從海道出其不意徑陷交阯吳因用璜爲交州刺史璜有謀策周窮好施能得人心皓以璜爲使持節都督交州諸軍事前將軍交州牧在南三十年威恩著於殊俗及卒舉州號哭如喪慈親子威領交州刺史在職甚得百姓心威弟淑子綏後並爲交州自基至綏四世爲交州者五人璜弟濬吳鎮南大將軍荊州牧濬弟抗太子中庶子濬子湮字恭之湮弟[illegible]

恭豫並有名湮至臨海太守黄門侍郎猷宣城内史王導右軍長史湮子馥于湖令抗子回自有傳

晉紀瞻字思遠丹陽秣陵人也少以方直知名舉秀才尚書郎太安中棄官歸家與顧榮共誅陳敏名拜尚書郎與榮同赴洛至徐州聞亂日甚乃與榮各解船棄車牛奔還揚州元帝爲安東將軍引爲軍諮祭酒轉鎮東長史親幸其宅與之同乘而歸及長安不守與王導俱入勸進元

帝不許使殿中將軍韓績徹去御座瞻叱績曰帝座上應星宿敢有動者斬元帝爲之改容及踐位拜侍中轉尚書上疏諫諍多所匡益嘗獨引瞻於廣室慨然憂天下曰社稷之臣無復十人如何因屈指曰君便其一瞻辭讓帝曰方欲與君善語復云何崇謙讓邪瞻才兼文武忠亮雅正以久病請去官不聽王敦之逆帝使謂瞻曰卿雖病但爲朕臥護六軍所益多矣尋卒瞻性靜默少交游好讀書或手自抄寫立宅於

衣巷館宇崇麗園池竹木有足賞玩焉

薛兼字令史丹陽人清素有器宇少與同郡紀瞻廣陵閔鴻吳郡顧榮會稽賀循齊名號爲五儁初入洛司空張華見而奇之曰皆南金也元帝爲安東將軍以爲軍諮祭酒稍遷丞相長史甚勤王事以上佐祿優每自約損取周而已後領太子少傅兼大父綜父瑩與兼三世傅東宮談者美之明帝卽位加散騎常侍以東宮時師傅特加尊禮及卒詔曰太常安鄉侯兼履德沖

素盡忠恪巳方賴德訓弘濟政道不幸殂隕痛於厥心今贈左光祿大夫開府儀同三司及葬屬王敦作逆朝廷多故不得議謚遣使者祭以太牢

王諒字幼成丹陽人少有幹略永興三年爲交州刺史初以王機爲刺史靳昌太守梁碩發兵拒機自領交阯太守迎前刺史脩則子湛行州事諒既到境湛退還九眞廣州刺史陶侃遣人誘湛來詣諒所諒執之碩時在坐曰湛故州

之子有罪可遣不足殺也諒不聽卽斬之碩怒而出諒使客刺之弗克碩遂率衆圍諒於龍編陶侃遣軍救之未至而諒敗碩逼諒奪其節諒固執不與斷諒右臂諒正色曰死且不畏臂斷何有十餘日憤恚而卒

樂道融丹陽人少有大志好學不倦與朋友信每約已而務周急有國士之風爲王敦參軍敦將反使告甘卓卓以爲不可遲留不赴敦遣道融名之道融雖爲敦佐忿其逆節因說卓曰王

敦悖恩肆逆舉兵伐主國家待君至厚今若同之豈不負義生爲逆臣死爲愚鬼君當僞許應命而馳襲武昌敦衆聞之必不戰自散大勳可就矣卓大然之乃與巴東監軍柳純等露檄陳敦過逆率所統致討又遣齎表詣臺卓年老多疑待諸方同進軍至豬口敦聞大懼使卓兄子印求和令卓旋軍主簿鄧騫與道融諫曰將軍起義兵而中廢爲敗軍之將竊爲將軍不取且士卒各求其利一旦西還欲其無叛恐不可得

卓不從道融晝夜涕泣諫說憂憤而死未幾卓果爲其下所殺

陶回瓚從子司空王導引爲司馬蘇峻之役回與孔坦言於導請早出兵守江口峻將至回復謂庾亮曰峻知石頭有重戍不敢直下必向小丹陽南道步來伏兵要之可一戰而擒亮不從峻果由小丹陽經秣陵迷失道夜行無復部分亮聞之深悔不從回之言尋王師敗績回還邑收合義軍得千餘人與陶侃溫嶠等并力攻峻

又別破韓晃以功封康樂伯累遷吳興太守時人饑穀貴回輒便開倉及割府郡軍資數萬斛米以救乏絕由是一境獲全既而下詔幷勅會稽吳郡依回賑恤二郡賴之回性雅正不憚彊禦丹陽尹桓景佞事王導甚爲導所昵會熒惑守南斗經旬導語回曰南斗揚州分熒惑守之吾當遜位以厭此譴回答曰公以明德作相輔弼聖主當親忠貞遠邪佞而與桓景造膝熒[illegible]何由退舍導深愧之卒謚曰威

南北朝

劉係宗丹陽人少精書畫爲宋竟陵王延子景粹侍書景齊高帝廢蒼梧王使寫處分勅令及四方書疏主書十人書吏二十人配之事皆稱旨高帝卽位除建康令永明初爲右軍將軍淮陵太守兼中書通事舍人宿衛兵東討遣係宗隨軍慰勞遍至遭賊郡縣百姓被驅逼者悉無所問上欲修白下城難於動役係宗啓謫役在東人丁隨唐寓之爲逆者從之後車駕出講武履行白下城曰劉係宗爲國家得此一城係宗

久在朝省閑於職事武帝嘗云學士輩不堪經國唯大讀書耳經國一劉係宗足矣沈約王融數百人於事何用其重吏事如此建武二年卒於官

紀少瑜字幼瑒丹陽秣陵人本姓吳養於紀氏因而命族早孤有志節嘗慕王安期之爲人年十三能屬文賦京華樂王僧孺見而賞之曰此子才藻新拔方有高名嘗夢陸倕以一束青鏤管筆授之云我餘此筆猶可用卿自擇其善者

其文因此頓進年十九遊太學博士東海鮑皦雅相欽悅時皦有疾請少瑜代講少瑜既妙玄言善談吐辯捷如流大同七年爲東宮學士邵陵王在郢啓求學士武帝以少瑜充行少瑜善容貌工藁草吏部尚書到溉嘗曰此人有大才而無貴仕將拔之會溉去職後除武陵王記室參軍卒

陶子鏘字海育秣陵人父延尚書比部郎兄尚宋末爲倖臣所怨被繫子鏘公私緣訴流血稽

額行路嗟傷逢謝超宗下車相訪回詣建康令勞彥遠曰豈忍見人昆季如此而不留心勞感之兄乃得釋母終居喪盡禮與范雲鄰雲每聞其哭聲必動容改色欲相申薦會雲卒初子鏘母嗜蕈母沒後常以供奠梁武初至此年冬嘗蕈不得子鏘痛恨慟哭而卒久之乃甦遂長斷蕈味

陶季直秣陵人也祖愍祖甚愛異之愍祖嘗以四函銀列置於前令諸孫各取季直時甫四

獨不取人問其故答曰若有賜當先父伯不應
度及諸孫是故不取祖益奇之五歲喪母哀若
成人初母未病於外染衣卒後家人始贖季直
抱之號痛聞者莫不酸感及長好學淡於榮利
劉秉與袁粲以蕭道成權勢日盛將圖之秉素
重季直欲與之定策季直以袁劉儒者必致顛
殞固辭不赴俄而秉等敗齊初爲尚書比部郎
累遷中書侍郎兼廷尉梁臺建遷給事黄門侍
郎嘗稱仕至二千石始願畢矣無爲務人間之

事乃辭疾還鄉里天監初就家拜太中大夫梁武曰梁有天下遂不見此人十年卒於家時年七十五季直素清苦絶倫又屏居十餘載家徒四壁立子孫無以殯斂聞者莫不傷其志焉作京都記傳於世

陶弘景字通明秣陵人也幼有異操年十歲得葛洪神仙傳晝夜研尋便有養生之志謂人曰仰青天覩白日不覺爲遠矣及長身長七尺奇神儀明秀讀書萬餘卷善琴棊工草隸未

冠齊高帝作相引爲諸王侍讀除奉朝請雖在
朱門閉影不交外物唯以披閱爲務朝儀故事
多取決焉永平十年脫朝服挂神武門上表辭
祿詔許之賜以束帛及發公卿祖之於征虜亭
供張甚盛咸云宋齊以來未有斯事朝野榮之
於是止於句容之句曲山自號華陽隱居永元
初更築三層樓弘景處其上弟子居其中賓客
至其下與物遂絶唯一家僮得侍其旁性好著
述尤明陰陽五行風角星筭山川地里方圖產

物醫術本草著帝代年曆又嘗造渾天象梁武帝入建康議禪代弘景援圖讖數處皆成梁字令弟子進之武帝既早與之遊及卽位後恩禮逾篤書問不絕帝每得其書燒香虔受國家每有大事無不諮詢時人謂之山中宰相天監四年移居積金東澗善辟穀導引之法年逾八十而有壯容簡文臨南徐州欽其風素召與談論甚敬異之大通二年卒時年八十有五顏色變屈伸如恒詔贈中散大夫謚曰貞白先生

丁咸序秣陵人耽儒學進脩士業授衡陽判官太守賢之

張松建康人兄悌坐罪當死松及弟景各欲代其死縣以讞上武帝以爲孝義特降其死

沈恪丹陽人永定初爲宣猛將軍陳霸先謀篡使中書舍人劉師知引恪勒兵入宮衛送梁主如別宮恪排闥見霸先叩頭謝曰恪身經事蕭氏今日不忍見此決不奉命霸先嘉其意不復逼

南唐 朱存金陵人也嘗讀吳大帝而下六朝書具詳歷代興亡成敗之迹作覽古詩二百章章四句沿初洎末爛然綦布讀者嘉其用心之勤云

宋 陳承昭昇州人爲南唐高安令有政聲歷保義軍節度使初太祖從周世宗南伐承昭爲都應援使太祖遇於淮上擊敗之追至山陽北擒承昭以獻周世宗釋之授右監門尉上將軍以承昭知水利督治惠民五丈二河以通漕運[illegible]利之四年春大發丁壯數萬以承昭董修[illegible]

河堤又令督諸軍鑿池於朱明門外以習水戰從征太原承昭請壅汾水灌城城危甚會班師功不克就乾德五年遷右龍武軍統軍卒贈太子太師

陸昭符昇州人開寶中江南以昭符爲進奏使來乞緩師後爲常州刺史有善政一日方視事忽雷電繞廳事中官吏震恐昭符叱之雷電頓止及舉案惟得大鐵索重數百斤人尤駭之昭符神色自若命收之庫以俟後人

盧郢昇州人好學有材藝膂力過人善吹鐵笛江南後主時試賦擢第一嘗代徐鉉爲文命筆於吏口授而書之鉉以文進後主曰語勢似非卿作鉉以實對郢由是知名後來歸累官南泉守多著治績

刁衎字元賓上元人初爲南唐秘書郎從李煜來歸授太常太祝出知桐廬縣太平興國七年應詔言事請禁淫刑帝悅之累遷殿中丞婺光廬湖州以純淡夷雅知名子湛湜洄

約俱登進士

盧鑑字正臣昇州人以右班殿直爲鄜延路走馬承受公事李繼遷寇邊與總管王榮敗走之又與鈐轄張崇貴擊賊焚其積聚擢閤門祗候爲本路兵馬都監復出蕩族帳獲羊牛萬計李繼遷聲言石隕帳前有文曰天誡爾勿爲中國患鑑時爲承受入奏事眞宗問之鑑曰此詐爲之以欺朝廷也宜益爲備至是繼遷陷靈武眞宗思其言特遷右侍禁知儀州州有封勝關最

險要繼遷欲襲取之聲言將由此大入諜者以
告有詔徙老弱芻粟於內地鑑曰此姦謀也且
示虜弱搖民心卒不徙已而賊亦不至再遷供
奉官知利州會饑以便宜發倉賑民秩滿民請
留詔留一年後累遷西上閤門使卒

周啓明字昭回昇州人景德中舉賢良方正科
既詔會東封泰山遂報罷於是歸弟子百餘人
不復有仕進意里人稱爲處士轉運使陳堯佐
表其行義於朝賜粟帛仁宗即位除試助教上

加廩給久之特遷秘書郎改太常丞卒啓門爲
學藏書數千卷手自傳寫而口誦之
洪湛昇州上元人幼好學五歲能詩舉進士通
判壽許州知容彬舒州眞宗時凡五使西北議
邊要有文集十卷子鼎中進士官至度支員外
郎直史館
吳思道金陵人以詩爲蘇軾劉安世諸人鑒賞
官至團練使宣和末亟挂冠去責授武節大夫
致仕詩思益超拔後寓新安野服蕭然如雲水

人其高逸如此

邵必丹陽人博學有雅望慶曆六年差爲編脩唐書官必言史出衆手非是辭之

張頡字仲舉昇州人第進士調江陵推官歲饑遣使安撫頡條獻十事活數萬人累官廣西轉運使時建廣原高順州將城之頡謂無益朝廷從其議坐事罷歸未幾進直龍圖閣知桂州入覲首言卿鄉者論順州不可守信然時有獻言者謂淮南黎人陳被蒞五洞酋領異時盛弓[illegible]

爲中國患今請出兵効力宜有以撫納之今宜處其事頡使一介往呼之出補以牙校喜而去詔問何賞之薄對曰荒徼蠻蜑無他覬得是足矣尋罷兵海外訖無事

范同建康人政和中進士冊中宏詞科爲吏部員外郎紹興中累官翰林學士拜參知政事兼脩實錄

胡銓字邦衡其先金陵人後避地居廬陵因家焉建炎二年高宗策士維揚擢第一有娼其進

者降第五授文林郎累遷編脩官七年秦檜決策與金人講和王倫誘致虜使以詔諭江南爲名銓上書乞斬檜倫與孫近三人羈留虜使興兵伐之書奏除名謫新州檜死量移孝宗即位首復官歷端明殿學士卒年七十九命其子口授遺表有死爲厲鬼殺賊之語表聞贈通議大夫謚忠簡

王綸字德言建康人幼穎悟十歲能屬文登紹興第授崑山主簿嘗言孔門弟子與後世[illegible]

有功斯文者皆得從祀先聖廟爲監察御史與秦檜論事忤其意罷之後爲中書舍人高宗躬親政事收攬威柄名諸賢於散地詔命塡委多綸所草論奏守臣裕民事乞毋拘五條從之兼侍講高宗喜讀春秋左氏傳綸進講輒合累遷同知樞密院事金將渝盟邊報沓至宰相沈該未敢以聞綸率叅知政事陳康伯同知樞密院事陳誠之共白其事乞備禦朝論欲遣大臣爲使窺敵且堅盟好綸請行乃以爲稱謝使曹勛副

之至金館禮甚隆一日急名使人虜主御便殿
惟一執政在焉連發數問綸條對虜主不能屈
九月還朝綸舊疾作力丐外除資政殿大學士
知福州高宗解所御犀帶賜之明年知建康府
兼行宫留守敵犯境綸每以守禦利害聞多
從之卒贈左光禄大夫謚章敏

陳克字子高金陵人不事科舉博學專以資爲
詩吕祉帥建康辟置爲屬

朱舜庸建康人也好古博雅鄉黨推敬太守

之爲府學正皆尊禮之嘗編金陵事積二十年自里巷口傳至仙佛之書無不研綜春容大帙餘數萬言慶元中節度使吴公琚來任留守得其編乃爲之訂証銓次刻梓以傳目曰續建康志

元

顧童子建康人年始十六母吴滐疾困篤不食者數日童子籲天引刀剖腹取肝雜粥藥以進母即甦翼日童子病又一日竟死母以壽終

大明

王興宗上元人洪武七年由儒士授懷慶知

府移蘇州器宇宏廓吏卒有過諭之使愧赧既改又獎勸之人皆感德不敢犯法十年名還授河南布政使

閤祓其先宋元九世同居　國初王師渡江祓糗糧以迎乃官祓武寧主簿正統間祓孫鏞[illegible]出粟賑饑　旌爲義民

張福祿天性至孝竭力事親母李氏病衣不解帶者數月病轉劇遂刲股作羹以進其母病愈洪武二十七年旌表

李時勉名懋以字行其先金陵人徙安福永樂二年進士少有大志七歲小學四書皆成誦甫成童每自勵曰顏曾希聖四勿三省長益肆力學問冬寒衾裹足納桶中刻苦盡讀諸經史爲庶吉士進翰林侍讀上書言事未幾搆讒下獄踰年釋之復其官

獻陵初即位上疏留中不知所指云何上怒縛至便殿命力士捶十八瓜折其肋幾死明日改監察御史又明日下詔獄宣德元年十月

上恨時勉言戇觸
仁考怒令縛來面鞫必殺之已又令王指揮縛時
勉斬西市王指揮出端西門先輩使者已縛之
從東門入得見
上
上顧憐時勉忠臣能直言立脫桎梏復其官
正統中累遷國子祭酒訓勵諸生而周恤其困
之恩義備至王振惡其守正因搆陷之荷校國
學門諸生石大用上章願以身代號哭奔走闕
下請赦之者數千人以故得解乞致仕去卒

走潸泣送觀者塞途商賈爲罷市又明年門[illegible]狩北面頓首號慟上疏言選將練兵迎車駕復讐雪恥數事景泰元年卒諡文毅成化中贈禮部侍郎改諡忠文

丁璿字仲衡自幼嗜學篤於踐履永樂初登進士第改庶吉士擢工部主事謫潞河十年絕意外慕御史張政過其居適邏者來報云閘公失氊今獲盜者需公認之璿曰吾家未嘗失氊辭不往政問故璿曰時禁盜者死寧亡吾氊不忍

其死也張歎曰公仁人也因薦爲監察御史巡徐州擒賊首張晉祥衛輝盜起刼略居民復承命往捕縛其渠魁餘釋令復業英廟嘉其能陞右僉都御史時麓川蠻叛官民戰失利名瘖馳驛往視之至則條上用兵便宜十餘事仍勅巡撫雲南尋以征麓川功陞右副都御史兼巡貴州卒

馮天孫家貧母有疾嘗刲股作糜啗母有司實奏聞永樂間旌表門閭

王一居讀書樂善擢太常贊禮郎宣德初有事南郊朝廷嘉其禮度詳雅歷遷少卿正統中没於王事贈太常卿

徐遠字文穆平生爲善動以古人作法嘗有友人寄一竹篋內藏白金雜奇品其夜文穆家失火友人已甘於煨燼往探之文穆已物無所救獨抱此篋移置安地性耽書史所著有居學齋集

王麟宣德己酉鄉貢授儀真教諭轉國子監正

擢四川督學僉事改山東天順初進階奉議大夫致仕杜門不出卒年八十有三

陶元素字希文幼有異質好讀書正統間舉進士以親老乞歸養教授諸生不復仕天順己卯成化辛卯歷聘浙江河南鄉試號稱得人家貧甚自守益堅未嘗干人以私人以是益重之縉紳自六卿以下皆往造其門卒年七十有四所著有松雲集萬竹山房稿史雋華山雜著若干卷

倪謙字克讓生有異質雙目烱然如電[illegible][illegible]乳性極穎敏正統戊午領鄉薦明年登進士及第第三人拜翰林編脩己巳奉使朝鮮風采稟然時有所作即牓揮灑略不經意莫不縮頸吐舌驚以為神至今國中梓行其文景泰間入直文華殿應制賦詩中人立簾以進天順初累遷至學士簡侍

獻廟於東宮己卯主考順天鄉試黜權憲之子遂誣搆以罪謫戍開平四年

憲廟踐祚詔復舊職遣與其子岳同日奉命入史
局纂修
英廟實錄時以爲榮進禮部右侍郎轉南京禮部
尚書乞致仕卒贈太子少保謚文僖謙平生德
量寛洪與人交誠信無僞喜奬拔後進不遺故
舊耆學至老不倦子孫衣冠之盛爲南都第一
云

金潤字伯玉年十二能賦詩正統間鄉貢授兵
部司務才敏有識有言赤斤蒙古所產可資[illegible]

用欲取之潤曰豈可使狄人知此遂寢已
剌入寇
上欲親征潤白於尚書鄺埜言曰細事未可重煩
車駕又請於王翱胡濙力上疏不報及土木之
變京師戒嚴潤言於司馬于謙請堅壁清野以
待之于深以為然是後軍國大計多所與聞陞
南安知府以子貴遂乞致仕時論高之潤於書
無不讀精通音律善畫山水壽九十賦詩一章
而逝所著有靜虛稿南山十秀集心神探微若

千卷

王濬字文通中正統九年鄉試經魁十一年任山東敖山衛學教授敖山濱海學初建教法未備首以十事聞於　朝蒙頒行天下爲武衛學式尋擢北雍博士以文學見稱天順改元陞廣西提學僉事未幾丁外艱服闋以母老遂致仕有嘉遯子集若干卷

金紳字縉紳潤之子景泰甲戌進士選庶吉士授刑科給事中天順初彈大臣不職稱　旨成

化中進都給事中首率同列論都指揮門達
弄威柄及廷議力言都御史王竑剛毅直諒可
屬大事又嘗疏陳時政八事悉見採納尋陞南京
大理寺左少卿刑部右侍郎成化戊戌江西大
旱特　詔往視得便宜行事至則停力役罷征
稅裁冗費捕盜安民曲盡方畧境賴以寧歷三
年始還年四十九卒於官紳性狷介嚴毅門無
雜賓鄉里富室無一識者所著有雪心稿青瑣
獻納稿若干卷子麒壽有文學孝行舉進士未

仕而卒

龐景華幼失父事母吳色養備至母病危刲股肉以進又嘗病痢刲股如初嘗糞覺其味苦喜謂妻曰母必安矣鄰家火起籲天曰吾母老幸臨此室以安養之風遂反人以為孝感所致天順己卯有司以聞奉

旨旌其門曰孝行永復其家母沒廬於墓側者三年

謝芳字景昌景泰丁丑進士授南京兵部主事歷郎中出知永州府有孝行

衮文字從周由進士授戶部主事歷郎中以下
幹老成保陞湖廣參議時湖賊呂聰聚萬人出
掠文捕戮悉平蘄黃二郡大饑撫按屬賑救
活萬餘人平生謙厚不事外飾以文學董於
沈鍾字仲律天順庚辰進士歸省父病侍疾踰
年父卒居廬三年未嘗言笑授南京禮部主事
擢山西提學僉事丁內艱服闋改湖廣尋進副
使後子為楚府儀賓遂乞致仕日賦詩平生于
首文字之外世事無所問卒年八十有三所著

有思古齋文集三十卷休翁詩集若干卷行於世

倪岳字舜咨文僖公長子文僖代祀北岳夫人姚夢緋袍神人入室生岳因以爲名瓌偉秀異目光炯炯望之如神天順元年進士入翰林爲編脩進侍讀直講經筵每進講

上前敷古義傅時政言意剴切吐音洪亮

上喜進學士侍東宮講讀士考京闈擢禮部右侍郎遇大禮儀文制度多所擬定如　徽號

大喪禘祫及　奉慈殿制皆前代所未有者乃 □□
祠正神號禁齋醮止胡僧請卻西戎貢獅諸
皆出手筆累知貢舉損益舊法遂不可易弘治
丙辰改南吏部尚書加太子少保尋改兵部參
贊機務庚辰轉吏部尚書進賢退不肖不恤恩
怨人不敢干以私除目每下翕然稱快每率諸
曹會奏如講學脩德敬天法祖節宗室汰冗員
闢異端前後數十事皆切治道迨病猶手書薦
稿竟不及家事卒年五十有八贈少保謚文毅

平生嚴重剛毅表裏洞達即之温然可親性至孝友篤念故舊雖奕世貴顯囊無遺貲在翰林時即留心世務經史之外凡生民休戚財計嬴歉邊務利害罔不諳習每大廷集議衆相視不敢發公獨以片語析之無不帖服所著有清谿漫稿若干卷

吳瑆字元玉幼聰穎不凡天性至孝親病躬進湯藥及卒居喪哀毀踰禮墓側産芝人謂孝感所致登成化己丑進士任南京工部主事

郎中嘗有吏李員犯罪當革役欲鬻子贖罪珵愍之曲爲區處使得還役且令父子得完聚其德惠及人類如此爲文典則尤長於詩畫有石居遺稿若干卷藏於家

李昊字致遠成化己丑進士授翰林檢討改南京禮科給事中丁内艱服闋補工科陞浙江左參議昊在言路因黑眚之異力陳時事當罷行者在浙江值絡與水灾輒寛民逋負嘉興百戸陳輔以衆刼府庫昊提兵擒之後調長蘆鹽運

司同知改廣西太平府知府遂請老歸

丁鏞字鳳儀成化己丑進士任南京刑部主事至郎中守興化嘗斷疑獄人以爲神性嗜文學耽詩尤愛佳山水多宿山寺著有石崖集若干卷

李春字志仁生有美質弱冠入府學累試不第應貢入太學選建安丞爲人侃侃無軟媚態不善戲謔及任修廢革弊廉理糧政遂著能聲鄰邑有疑獄不能決上官知其能令往治之遂得

理莅任六閱月而卒

伊秉字德載甫弱冠資性頴異聞四明楊文懿公遂於易學不遠千里往從之游文懿公極愛之由成化戊戌進士累官四川僉事分巡郡縣每視學畢即審獄中寃滯一方稱爲神明拯饑荒捕盜賊民咸賴之年未五十以親老乞歸養終竟不起家居二十年未嘗出謁府縣終日閉戶遠絶世俗至老好學不倦

蔣浤字惟深自幼英敏書過目能不忘年十五

郎有才名成化丁未進士授南京吏部主事累官江西左叅議平生朴實雖生長京師衣冠言動儼如鄉人孝友出於天性内外婚戚稱之者無間言

潘珩字重玉父傑工部都水司郎中珩少有文名領成化庚子鄉薦弘治己卯除九江府同知改南康又改袁州其在南昌脩白鹿書院置田五頃師生至今賴之歲饑發粟賑貸全活者殆萬人其在袁州革清戎之弊士民交稱之

倪阜字舜薰文僖公仲子文毅公弟也成化丁未進士入翰林爲庶吉士授工部主事進郎中命催督江南額辦事竣聞文毅公計馳歸治喪請於朝護送歸葬金陵還任歷陞四川右布政使東人不舍其去有垂泣者行次岳州病卒囊槖蕭然至無以爲殮其清操如此

姚讓字文敏家世饒於貲而讓承世業勤生節用富累不貲性樂施予凡貧不能葬其親死無棺殮及轉徙流離無所依者叩門告之無不立

爲周濟未嘗有難色橋梁道路廢弊者聞見所及即爲脩葺街巷無井者往告之即計磚瓦費爲之景泰閒南雍志成出工食版木之費而梓之至於自奉布衣蔬食如寒素士子弟衣服飲食及家人婚喪之用俱有常經未嘗妄費惟不喜僧道一錢無所施也晚更慕向儒術朴實近裏人多傳頌焉

姚瑛字廷器篤志孝友父嘗客遊於浙得疾以劇聞瑛亟程往侍湯藥未浹旬疾愈人謂孝誠

所感弟玘爲教官致仕而貧珉資給之終身姊歿以二甥爲託撫教之迄於成立親舊有婚喪不能舉者借助之無吝色京兆行鄉飲以爲大賓焉

强毅字致遠自幼不好弄母薛遘癰且劇毅親爲洗滌中夜忘寢父英異之弱冠補弟子員每見器於督學諸公年五十貢上春官入冑監繼登順天甲子鄉薦久之乃就選部授紹興府推官時府有疑獄十數毅至剖決咸允人稱爲神

明性戇直臺院司臬有反駁或論議稍不合輒與爭辯甚至拂衣而出郡有豪猾撓法者或勸御之毅不從且詈之以是見讓於當路遂歸在官餘兩載去後民多思之年八十三卒

李熙字師文弘治丙辰進士任將樂知縣拜南道監察御史事多執法鄉里有不悅者熙曰朝廷與鄉里孰重邪逆瑾擅政以言事械繫於京被重刑落職歸又以劾二府貪吏瑾復行南京廷杖三十幾死南京禁衛久不用刑爲熙[illegible]

卒習杖數日熙在府獄人爲之憂恐嘉靖初
詔起爲饒州知府遷浙江按察使卒於官
顧璘字華玉弘治丙辰進士授廣平知縣陞南
京驗封司主事歷稽勳郎中出爲開封知府璘
融朗豁達精於吏理能激昂任事鎮守中官廖
堂乃逆瑾黨予奪自恣璘摧抑捍蔽每折其萌
芽不令得肆瑾誅廖罷去而錢寧用事王宏者
尤僥譎慓疾繼廖出鎮氣焰讋人一時有司或
屈節自咨璘故不爲禮有所徵需一不答積忤

宏宏方恃寧爲撥矯　詔逮錦衣獄吏問狀璘據理執諠抗言條對寧無巳遣邏卒陰撥郡中無所得乃文致他比以竟其獄獄成謫全州知州累起浙江左布政使嘉靖壬辰爲右副都御史巡撫湖廣璘輅車省循雖偏疆下郡莫不臨涖故事巡歷所在必以藩臬守臣自隨璘悉謝遣軺車簡易供次才足周用民按堵不知爲勞所至勸農振業平蠲復稅而擿伏省徼軌迹夷易民用安集陞刑部右侍郎尋改吏部會

顯陵肇工改工左領山陵事璘既長於料簡而程省費儲調發有制視他所營率損費十五而功實倍之進尚書改南京刑部卒璘以文章負海内重望與何李諸公交相推轂又與劉司空麟徐迪功禎卿號江東三才爲文不事險刻而鑄詞發藻必古人爲師詩矩矱唐人而劉芟陳爛時出奇峭樂府歌詞不失漢魏風格云

秦雲翰字伯遠文子舉弘治壬戌進士知德化縣有惠政民苦衛卒侵擾雲翰按其黠惡寘之

法遂以帖然有貧而鬻妻養母者爲贖以歸而制產贍之調吉水邑巨訟囂號爲難治於是嚴示勸懲訓以禮讓民感化訟爲之衰陞金州未抵任遂歸

景暘字伯時年數歲隨其父官廣州劉大夏見其文異之曰此子方爲國器正德戊辰舉進士第二人除翰林編脩時逆瑾亂政挾勢凌轢朝士見者重跡屛氣暘獨弗阿每當進講必越行齋沐覲有感悟在館職九年遷國子司業以

當進侍讀梁儲曰成均 工子師範非君不可暘
曰朝廷官人敢自擇邪六館諸生人人以爲得
師二年改左中允管南京國子司業事南方士
習兢便利有請囑者一切謝絕士習稍正辛巳
以母憂去位甲申起復方就道溗疾旬餘而卒
暘清介過甚居官如布衣時坦夷温直望之知
其爲有養者性篤於義有姊早寡奉與母居爲
嫁娶其子女使得所友人張貢見暘文欲與婚
未聘也貢尋卒暘哭曰曩吾心已許之忍負亡

友乎名其子妻之卒年方四十九識者共惋惜之

顧璵字英玉璘從弟也少馳文譽籍有伯氏風舉正德甲戌進士累官南京兵部武選郎中故舊一切謝絕時

武宗住蹕留都喬大司馬以璵通敏有識選侍左右

上注目久之曰此甚爽俐可着充護衛官遂護[illegible]還改武選會有　旨查冗員請囑不行明[illegible]

知許州許冠帶邑多豪猾�治頗尚惠文而時
時有所縱舍歷陞河南副使風裁益峻與部使
者論事有不可輒封還移文同官駭愕璵曰
朝廷置外臺爲耳目枉法媚人吾不爲竟以是
罷歸璵高自負許恥諧於俗居官常俸外秋毫
無取比歸家益窘昕夕不繼處之宴如也兄璘
息園初闢門多載酒之客名之飲不就兄嘗餉
以田亦辭不受嘗曰貪賄請囑與武斷鄉曲雖
略有聞皆非知恥畏義者所忍爲卒有寒松齋

稿若干卷藏於家

史忠字廷直自號癡翁能詩又能爲新聲樂府性豪俠不羇不喜權貴人有不合輒引去或徑以言折之不顧遇所善則留連忘懷無貴賤皆與歡洽家有樓近冶城扁曰臥癡中列圖史敦彝位置雅潔有酒餚引客談笑呼盧其中不醉不已醉則按拍歌新詞音吐清亮旁若無人有時出遊不告家人所往女笄當嫁壻貧不能具禮翁詭攜觀燈同妻送至壻家取笑而別年八

八十預命殮引已隨而行謂之生殯其達生玩世如此善作畫不拘家數縱意作山水樹石清潤紛錯天機渾成大率以韻勝得其片紙者皆珍藏之

李景星字應德幼肫肫有至性爲諸生輒與廪食屢舉不第平生篤信經訓家庭脩孝弟之行二親喪三日不一飲食葬祭悉用朱氏禮友於二兄生極孔懷之愛歿能字其孤閭里歸其篤行督學蕭公嘗表異之與人交能急人之難不

計小忽貢入太學卒

管景字子山幼穎異選爲博士弟子員屢舉不第嘉靖中應貢入太學庚子就選授江西廣信府檢校監司閱其才檄署永豐又檄署上饒適横峯寇民弗靖監司曰此非管檢校不可乃檄解縣事以往則宣布威德作勸善懲惡箴以示之盜乃悔過多散去於是反殺賊魁以獻餘悉不問民乃安於是爭塑其像而祀於家以功

布政司檢校罷歸先是正德末年

上駐蹕南京取邑志邑故無志縣尹白公思齊求撰未浹旬志成上之後大京兆葉公以府無志亦屬爲之志成藏於府萬曆初京兆汪公宗伊重脩之同景爲府志者有徐霖劉雨雨字潤之文最高古名重於諸公志中雨筆削爲多霖別有傳

謝承舉字子象生有異質八歲即能詩有紫塞風高雁叫霜之句爭相傳誦長益博覽羣籍詞筆豪宕如奔流掣電時作驚人語書法米南宮

蘇長公為舉子業亦自作奇語不徇時格累不合於有司乃遂棄去自放於山水文酒間每與客縱談藝文詞鋒飈發傾其座人飲酒樂甚有所賦述引筆疾書輒盡數紙暇則出遊諸寺談空習靜翛然塵表與任德友善德字仲脩為郡文學最知名文亦過古博學能詩時稱任謝子少南舉進士傳其家學

徐霖字子仁少為諸生有名然倜儻不羈坐事削籍乃殫力於藻翰正書師歐陽率更行

趙松雪張外史署書徑尺者師　本朝詹孟舉皆有家法又師周伯琦爲小篆李相國喬大宰亟稱之以爲二李不能過名播海外日本安南重購以歸旁及繪事皆臻妙品因是饒裕乃開快園結賓客又能自度曲爲新聲伎樂滿前無日不暢如也

武皇南狩召見之兩幸其居予之官固辭年幾八十以壽終

許穀字仲貽父隚字彥明蕭散有遠韻好與諸

名勝登遊觴詠爲樂所至有作皆可傳誦人稱攝泉先生穀生有貴徵舉嘉靖乙酉鄉薦乙未會試第一人歷司封郎轉文選時行取官候選日久舊例後任者至多反前所舉者而低昂之穀曰此不肖之心也亟白堂翁考選堂翁曰大覲伊邇須　覲後行之穀曰覲官叢至萬一有蜚語則行取者難爲去留矣堂翁韙其言竟以二日畢考選事僉謂其公而厚云任滿當遷門乙南行便養遂陞南京太常寺少卿改江西[illegible]

僉事謹守功令而名臣後裔又每詢録左右文行無不當於人心陞南尚寶司卿以大察致仕家居三十餘年縉紳先生至留都無不過存者每投轄欵之然竟不謁謝或疑其簡曰林下當如是也日與故舊親戚酣飲賦詩歌詠太平自樂也平生坦蕩和煦不設城府人比之劉寬卓茂焉年八十三卒所著有省中武林外臺一臺歸田諸稿行於世

楊希淳字道南母未誕之夕夢笙籟滿耳閭里

走眎須臾有羽蓋霓幢擁一仙官入室遂生焉幼岐嶷勵志讀書日誦千百言爲古文辭下筆立就弱冠補諸生試輒高等聲名籍甚聞荆川先生名往從之游先生大奇異之由是名益起三吳豪儁皆倒屣願交焉歸而弟子從之者衆與同郡李維明輩相切劘動以聖賢自期待不肯苟同於俗累試於有司不第天臺耿先生督學南來聞其名首試以學莫先於立志論大稱賞因相與講明聖學由陽明先生上[illegible]

一日忽大悟曰道在是矣由是與人論學圓明透徹直指心要人無不得其解者故以方嚴稱至是益和粹人以方程伯淳云居久之以補貢至京師時方題覆貢不得補少宗伯萬理菴雅重之歎曰余忝貳春卿當為國求賢今賢者已至吾前而不能用負媿多矣於是禮部移文定為明年貢焉歸踰年忽病自知逝期為書别知交談笑而卒年僅四十二嘗自為墓志謂人死當從人乞銘我固無求者死後乃有求邪其曠達

本頁原闕，現據南京圖書館藏美國國會圖書館膠卷（明萬曆刻本）增補。

如此平生涉世無迹處事如庖丁解牛批郤導窾而不經肯綮與人交從容款洽玄言眇論終日不盡時出諧語雋永有味令人心醉意消而返爲詩文輒出人意表晚年發揮理道精深透露皆儒先所未嘗及臨終盡焚其稿少司寇吳自新搜其遺者僅若干首刻而傳之

盛時泰字仲交天才敏捷自幼好讀書爲古詩文下筆輒數千百言聲名大振求之者殆無虛日每有作即濡毫伸紙一揮而成無留思文成

本頁原闕，現據南京圖書館藏美國國會圖書館膠卷（明萬曆刻本）增補。

亦不加點定雖刻燭擊鉢未足言速正平子建

更覺非奇也然爲諸生竟累試不第嘗游吳王

元美與相見大奇之贈之詩云能令陸平原不

敢賦三都一時海内文士無不知有盛仲交者

性好佳山水興到輒往不關家人知平生未嘗

問生計喜賓客四方客至者嘗滿座日與飲酒

賦詩間舉古玩書畫贈遺之不惜也其脫落不

羈皆如此類後以貢至京師歸未及仕遊大城

山偶疾卒於途善隸書畫山水木石效倪雲林

筆法有集若干卷藏於家有子一人敏畊肖其

博雅

姚淛字元白性穎異美風儀弱冠入太學力學嗜古游神翰墨居在秦淮上闢市隱園日與名勝賞會其中戶屨常滿天性孝事母色養母嘗苦脾病醫不能療則刲股作羹以進自是病漸安更壽而康嘗拾遺金一囊候其主不至盡出以周貧乏謁選京師授官鴻臚仍與諸名勝結社相倡和未幾　南輒謝去不交當世事

賦詩翛然自得畜古玩精鑒識詩宗大曆
黄趙寫梅亦稱逸品子之裔字玄胤文雅稱世
美云
廖文光字士龍其先藍山人父經四川廣安州
同知有清白聲文光以選貢入南雍遂家上元
丁酉中鄉試亞魁屢上春官不第授江西清江
令政尚廉明時分宜執政賞眞其横僕於法人
咸危之甘直指薦之竟轉廣信同知郡有商行
至僻處被盜刺幾死忽若神呼之曷告於廖青

天商隨投告竟獲盜抵罪民益信服去有遺思晉戶部員外郎奉檄督維揚稅餘羨六千金盡登府庫爲邊餉[illegible]備晉工部都水郎罷家居二十餘年日與故交觴詠生平慷慨仗義溫然可親年幾八十卒所著有萬曆䟽天賦玄夷集若干卷子希元隆慶辛未進士今爲貴州憲副

趙善繼其先祥符人洪武初徙實京師隸上元生平倜儻負氣重義好直言嘉靖中季坊[illegible][illegible]役甚傾家殞命者相繼善繼惻惻任恤日[illegible][illegible]

與同輩救父兄門庭之難奔走陳説已而疾苦漸達於諸司會給舍郭具奏得　請下所司悉爲蠲滁民獲更生多善繼甫創拮据之功事詳賦役志暨盧壁李曉碑記中年六十卒異姓來哭者數十百人從祀於羣公惠澤祠

楊佐年十五母病劇持刀剖腹取肝雜粥藥以進後三日死母病果愈家居近辟雍時程松溪爲祭酒聞之駭異殯之日令太學生數百人皆往送之

上元縣志卷之十

人物志二

金陵古帝王之都也自孫吳建國豪傑景從典午南渡中原人士避亂江左因遂家焉如王謝子弟衣冠文物蟬聯不已豈可謂非鍾山川之秀而生者哉他可知已我

太祖開基取天下豪右聚之京師分隸諸司各衛而所居者實縣境也今賢哲之生殆倍於邑人此而不載則他無所載矣藥爲節懿行弗彰佚

賢士大夫之名弗著自昔而恥之於是取古流寓諸賢及今官府之籍在上元地者亦列之人物使不至湮没而無傳云

吳

張昭字子布彭城人漢末辟亂渡江孫策命爲長史文武之事一以委昭昭每得北方士大夫書疏專歸美昭策聞之歡笑曰昔管仲相齊一則仲父二則仲父而桓公爲伯者宗今子布賢我能用之其功名獨不在我乎策臨亡以權屬昭昭率羣僚立而輔之魏使者邢貞拜權爲

王入門不下車昭謂貞曰夫禮無不敬法無不行而君敢自尊大豈以江南寡弱無方寸之刃乎貞遽下車吳王於武昌臨釣臺飲酒大醉使人以水灑羣臣曰今日惟醉墮臺中乃當止耳昭正色而出吳主使人呼昭還謂曰爲公作樂耳公何爲怒乎昭對曰昔紂爲糟丘酒池長夜之飲當時亦以爲樂不以爲惡吳主默然有慙色遂罷酒吳主既稱尊號拜輔吳將軍班亞三司改封婁侯食邑萬戶昭每朝見義形於色曾

以直言逆旨中不進見後蜀使來稱蜀德美而羣臣莫拒權歎曰使張公在坐彼不折則廢安復自誇乎明日遣中使勞問後權以公孫淵稱藩遣張彌許晏至遼東拜淵爲燕王昭固諫不可言不用稱疾不朝權恨之土塞其門昭又於內以土封之淵果殺彌晏權數慰謝昭昭辭疾篤權燒其門欲以恐之昭更閉戶權使人滅火住門良久昭諸子共扶昭起權載以還宮深自克責昭不得已然後朝會權嘗曰孤與張公

不敢妄也舉邦憚之年八十一卒遺令幅巾素[illegible]歛以時服權素服臨吊謚曰文

諸葛瑾字子瑜瑯琊陽都人漢末避亂江東曲阿弘咨見而異之薦於孫權權賓待之後爲長史轉中司馬權遣瑾使漢通好與其弟亮俱公會退無私面與權談說諫諭未嘗切諤微見風彩麤陳指歸如有未合則舍而及他徐復託事造端以物類相求於是權意往往而釋嘗曰顏氏之德使人加親豈謂此邪從襲關羽封宣城

侯以綏南將軍代呂蒙領南郡太守漢昭烈東伐吳吳主求和時或言瑾別遣親人與昭烈相聞權曰孤與子瑜有死生不易之誓子瑜之不負孤猶孤之不負子瑜也後遷左將軍督公安假節封宛陵侯瑾爲人有容貌思度於時服其弘雅權亦重之子恪才後有盛名瑾每歎非保家之子卒遺命素棺以時服斂

是儀字子羽北海營陵人初爲縣吏後仕郡亂江東吳主權徵儀專典機密吳主遷

太子登嗣鎮武昌使儀輔太子太子敬之事先諮詢然後行呂壹誣白故江夏太守刁嘉謗訕國政吳主怒收嘉繫獄儀獨云無聞吳主遂舍之嘉亦得免後拜尚書僕射南魯二宮初立儀以本職領魯王傅儀嫌二宮相切近乃上疏言二宮宜有降殺書三四上爲傅盡忠動輒規諫事上勤與人恭不治產業不受施惠爲屋舍財足自容服不精細食不重膳拯贍貧困家無餘蓄吳主聞之幸儀舍求視蔬飯親嘗之對之歎

息儀時時有所進達未嘗言人之短事國數十年未嘗有過呂壹歷白將相大臣或一人以罪聞者數四獨無以白儀吳主歎曰使人盡如是儀當安用科法為

石偉字公操南郡人少好學脩節介然有不可奪之志舉茂才賢良方正皆不就孫休即位特徵累遷光祿勳後主朝政昏亂以老耄痼疾乞身拜光祿大夫晉太康二年詔曰吳故光祿大夫石偉秉志清白皓首不渝雖處危亂廉

紀年已過邁不堪遠涉其以偉爲議郎加二千石以終厥世偉遂陽狂爲旨不受晉爵卒年八十三

晉 周處字子隱義興人膂力絶人不脩細行州里患之自知爲人所惡慨然有改勵之志謂父老曰今時稔歲豐何苦不樂父老曰三害未除何樂之有南山白額虎長橋下蛟幷子爲三害處曰吾能除之乃入山射殺虎沒水搏殺蛟遂厲志好學心存義烈克已期年州府交辟仕吳爲

東觀左丞築臺城東隅爲退食讀書處吳平入洛累遷爲御史中丞凡所糾劾不避寵戚朝臣惡其強直及氐人齊萬年反因其舉之乃使從夏侯駿西征時賊衆七萬駿逼處以五千兵之遂力戰而没

陸機字士衡吴郡人祖遜吴丞相父抗吴大司馬機少有異才文章冠世服膺儒術非禮不動抗卒領父兵爲牙門將居金陵年二十而吴滅閉門勤學積有十年太康末與弟雲俱入洛造太常張華華素重其名如舊相識曰伐吴之役利獲二陸成都王穎假機後將軍河北大都督率諸軍二十餘萬討長沙王乂戰敗宦人孟玖譖之穎怒收機遂遇害臨刑歎曰華亭鶴唳可復聞乎機天才秀逸辭藻宏麗張華嘗謂之曰

人之爲文常恨才少而子更患其多弟雲嘗與書曰君苗見兄文輒欲燒其筆研其爲人所推服如此雲字士龍六歲能屬文與兄機齊名雖文章不及機而持論過之號曰二陸爲成都王穎右司馬與機同遇害

賀循字彥先會稽山陰人其先慶普漢世傳禮世所謂慶氏學族高祖純博學有重名漢安帝時爲侍中避帝父諱改賀氏曾大父以下俱仕吳循操尚高厲童齔不羣言行進止必以禮

陸機上疏薦之名補太子舍人轉侍御史辭疾去職石冰亂揚州循與王矩顧祕周玘等討平之即謝兵士杜門不豫功賞陳敏之亂詐稱詔書以循爲丹陽内史循託疾辭之敏不敢逼敏平徵辟皆不就元帝遷鎮東將軍引以爲軍司敦逼不得已乃轝疾至建業元帝親幸其舟側諮政道循羸疾不堪拜謁乃就加朝服賜第一區車馬床帳衣褥等物循一無所受建武初改拜太常時朝廷新建凡有疑滯皆諮之循輒依

禮經以對爲當世儒宗其後以循清貧賜六尺床薦席褥幷錢二十萬循不得已留之初不服用及踐位以循行太子太傅固讓不許疾漸篤車駕親幸執手流涕太子問疾者三往還皆拜儒者以爲榮太興二年卒

王導字茂弘瑯琊臨沂人光禄大夫覽之孫也少有風鑒識量清遠元帝爲瑯琊王與導素相親善及徙鎮建康居月餘士人莫有至者會三月上巳王親觀禊乘肩轝具威儀導及諸名[illegible]

皆騎從紀瞻顧榮賀循竊覘之咸驚懼乃相率
拜於道左導勸引之以結人心乃使導躬造循
榮二人皆應命而至由是吳會風靡百姓歸心
焉及洛京傾覆士女避亂江左者什六七導勸
帝收其賢人君子與之圖事導爲政務在清靜
朝野傾心號爲仲父帝從容謂導曰卿吾之蕭
何也晉國既建以導爲丞相軍諮祭酒桓彝初
過江見朝廷微弱謂周顗曰我以中州多故來
此欲求全活寡弱如此將何以濟往見導極談

世事還謂顗曰向見管夷吾無復憂矣及帝登尊號引導升御牀共坐導固辭至於三四曰若太陽下同萬物蒼生何由仰照乃止及劉隗用事導漸見疏遠任眞推分澹如也敦之反隗請悉誅王氏導率羣從昆弟子姪每旦詣臺待罪元帝以導忠節有素赦不問明帝即位導受遺詔輔政敦平進封始興郡公進位太保明帝崩復與庾亮等同受遺詔輔幼主是爲成帝及蘇峻作亂宗廟宮室並爲灰燼溫嶠議遷都導曰

建康古之金陵舊爲帝里又孫仲謀劉玄德言王者之宅古之帝王不以豐儉移都苟弘衛文大帛之冠則無往不可若不績其麻則樂土爲墟議遂寢導簡素寡欲倉無儲穀衣不重帛帝知之給布萬匹又嘗幸其府縱酒作樂其見敬如此咸和五年卒成帝舉哀於朝堂喪事賵襚之禮一依漢博陸侯及安平獻王故事自導渡江子孫遂家建業衣冠文物一時爲盛導子六子悅恬洽協劭薈皆知名洽別有傳

下壼字望之濟陰人也弱冠有名譽累轉御史中丞領尚書令明帝不豫與王導等俱受顧命成帝即位司徒王導以疾不至壼正色於朝曰王公豈社稷之臣邪大行在殯嗣皇未立寧是人臣辭疾之時導聞之乃輿疾而至是時導稱疾不朝而私送車騎將軍郗鑒壼奏導虧法從私無大臣之節御史中丞鍾雅阿縱不舉劾並請免官事雖寢不行舉朝震肅後蘇峻舉兵壼率諸軍距戰敗績壼時發背創猶未合力疾[illegible]

戰遂死之二子眕盱隨之亦赴敵死夫人裴氏撫二子尸哭曰父爲忠臣汝爲孝子夫何恨乎葬冶城旁至今廟祀不絶

諸葛恢字道明瑯琊陽都人祖誕魏司空以起義被殺父靚奔吴爲大司馬恢弱冠知名值天下大亂避地江左名亞王導庾亮導嘗謂曰明府當爲黑頭公及導拜司空恢在坐導指冠謂曰君當復著此於時頴川荀闓陳留蔡謨並字道明與恢俱有名譽號曰中興三明人爲之語

曰京都三朙各有名蔡氏儒雅荀葛清元帝承制調爲會稽太守臨行帝爲置酒謂曰今之會稽昔之關中足食足兵在於良守以君有莅任之方是以相屈太興初以政績第一詔增秩中二千石後拜中書令明帝時以恢爲侍中加奉車都尉討王含有功進封建安伯

王嶠字開山太原晉陽人司徒渾之族永嘉末攜二弟避亂渡江時元帝鎮建鄴教曰王祜三息始至名德之胄並有操行宜蒙飭敘遷太子

中舍人以疾不拜王敦請爲參軍爵九原縣公敦在石頭欲禁私伐蔡州荻嶠曰中原有菽庶人採之百姓不足君孰與足若禁人樵伐未知其可敦不悦敦將殺周顗戴淵嶠於坐諫曰濟濟多士文王以寧安可戮諸名士以自全生敦大怒欲斬嶠賴謝鯤以免敦猶銜之出爲領軍長史敦平後除中書侍郎遷廬陵太守卒

顔含字弘都臨沂人少有操行以孝友聞元帝時過江累遷光祿勳乞遜位成帝美其素行就

加光祿大夫賜牀帳被褥勑大官四時致膳固辭不受於時論者以王導帝之師傅名位隆重百僚宜為降禮太常馮懷以問於含含曰王公雖重理無偏敬降禮之言或是諸君事宜鄙人老矣不識時務既而告人曰吾聞伐國不問仁人向馮祖思問佞於我我豈有邪德乎郭璞嘗遇含欲為之筮含曰年在天位在人脩己而天不與者命也守道而人不知者性也自有性無勞蓍龜或問江左羣士優劣答曰周伯仁之

正邪伯道之淸卞望之之節餘則吾不知也攻
仕二十餘年年九十三卒自含渡江九世皆并
建康曾孫延之有名於宋

張闓字敬緒丹陽人吳輔吳將軍昭之曾孫也
少孤有志操太常薛兼言闓才幹貞固當今之
良器元帝引爲安東叅軍甚加禮遇累遷侍中
出補晉陵內史在郡甚有威惠所部四縣並以
旱失田闓乃築曲阿新豐塘溉田八百餘頃每
歲豐稔葛洪爲其頌以擅興造免官後公卿爲

之言曰張闓興陂溉田可謂益國而反被黜使
臣下難復爲善帝感悟以闓爲大司農帝晏駕
爲大匠卿營建平陵事畢遷尚書蘇峻之役闓
與王導俱入宮侍衛峻使闓持節權督東軍王
導潛與闓謀密宣太后詔於三吳令速起義軍
陶侃等至假闓節行征虜將軍與陶回共督丹
陽義軍闓到晉陵盡運四部穀以給郗鑒
蔡謨王舒等招集義兵討峻峻平以尚書
騎常侍賜爵宜陽伯遷廷尉以疾解職

光祿大夫卒

謝鯤字幼輿陳國人少知名通簡有高識不脩威儀好老易能歌善鼓琴渡江居建業明帝嘗謂鯤曰論者以君方庾亮自謂何如對曰端委廟堂使百僚準則臣不如亮一丘一壑自謂過之

衛玠字叔寶河東人總角乘羊車入市見者皆以爲玉人觀者傾都謝鯤雅重玠相見欣然言論彌日玠常以人有不及可以情恕非意相干

可以理遣故終身不見喜愠之色因天下大亂遂扶老母將家南行至豫章以王敦非純臣不可久留來向建業京師人士聞其姿容觀者如堵卒年二十七時人謂之看殺

郭璞字景純河間聞喜人好經術博學有高才而訥於言論詞賦爲中興之冠好古文奇字妙於陰陽筭歷雖京房管輅不能過也王導引參已軍事帝與導令璞筮皆有奇應帝深重之璞因天人休咎之徵輒上疏論時政遷尚書郎敦

言便宜多所匡益明帝在東宮與溫嶠庾亮有布衣之好璞亦以才學見重埒於嶠亮後王敦起璞爲記室參軍敦之謀逆也嶠亮使璞筮之璞對不決嶠亮復令占己之吉凶璞曰大吉嶠等退相謂曰璞對不了是不敢有言或天奪敦魄今吾等與國家共舉大事而璞云大吉是爲舉事必有成也於是勸帝討敦敦將舉兵使璞筮璞曰無成敦固疑璞之勸嶠亮又聞卦凶乃問璞曰卿更筮吾壽幾何答曰思向卦明公起

事禍必不久若往武昌壽不可測敦大怒曰卿壽幾何曰命盡今日日中敦怒遂斬之年四十九

郭文字文舉河内軹人少愛山水尚嘉遯嘗遊名山入吳興餘杭大辟山中居焉時猛獸爲暴文獨宿十餘年竟無患曾爲猛獸去骨鯁王導爲相使迎至京師於西園築臺置之朝士咸共往觀文頽然箕踞旁若無人溫嶠嘗問之曰先生安獨無情乎文曰情由憶生不憶則無心尸

治城七年一旦忽求還山導不聽乃逃歸臨安及蘇峻之亂而臨安獨全人以爲先見

王洽字敬和導中子少與荀羨俱有美稱弱冠歷散騎中書郎吳郡内史徵拜領軍尋加中書令固讓表疏十上穆帝詔曰敬和清裁貴令昔爲中書郎吾時尚小數呼見意甚親之今所以用爲令既機任須才且欲時時相見共講文章待以友臣之義𥁞表固讓甚違本望其催洽令拜竟不受

王羲之字逸少司徒導從子也[illegible]氣不類常流年十三嘗謁周顗顗察而異之[illegible]重阮裕有重名為王敦主簿敦嘗謂羲之是吾家佳子弟當不減阮主簿裕亦目羲之與王承王悅為王氏三少時太尉郗鑒使門生求女壻於導導令就東廂徧觀子弟門生歸白曰王氏諸少並佳然聞信至咸自矜持惟一人在東床坦腹臥獨若不聞鑒曰此正佳壻邪訪之乃羲之也以女妻之起家秘書郎後為右軍將軍會稽內

史謝安總中書安好聲律朞功之慘不廢絲竹士大夫效之遂以成俗嘗與羲之登冶城悠然遐想有高世之志羲之謂曰夏禹勤王手足胼胝文王旰食日不暇給今四郊多壘宜思自効而虛談廢務浮文妨要恐非當世所宜安不能用尤長於隸書爲古今之冠人謂羲之人品甚高爲書名所掩云

王彪之字叔武丞相導之姪初除著作郎屢遷吏部尚書桓溫欲北伐詔不許溫輒下武昌人

情震懼或勸殷浩引身告退彪之謂浩曰彼抗表問罪卿爲其首事任如此猜釁已搆欲作匹夫豈有全地邪且當靜以待之令相王與手書示以款誠陳以成敗當必旋旆若不順命卽遣中詔如復不奉當以正義相裁無故悤悤先自猖獗浩曰决大事正自難聞卿此謀意始得了溫奉旨果不進長安人雷弱兒梁安等詐云殺苻堅以降請兵應接時殷浩鎭壽陽便進據洛營復山陵屬彪之疾歸上簡文牋陳弱兒等容

有詐僞浩未應輕進尋弱兒果詐姚襄叛浩大敗退守譙城簡文笑謂彪之曰果如君言自頃以來君謀無遺策陳張復何以過之温將廢海西公百僚震慄莫知所爲彪之旣知温不臣迹已著理不可奪乃謂温曰公阿衡皇家便當倚傷先代耳命取霍光傳禮度儀制定於須臾曾無懼容温歎曰作元凱不當如是邪簡文崩羣臣疑惑未敢立嗣或云當須大司馬處分彪之正色曰君崩太子代立大司馬何容得異若先

稟諮必反爲所責於是朝議乃定及孝武即位太皇太后以帝沖幼加在諒闇令溫依周公居攝故事彪之曰此異常大事大司馬必當固讓使萬機停滯稽廢山陵未敢奉令謹封還事遂不行溫遇疾諷朝廷求九錫袁宏爲文以示彪之彪之視訖謂宏曰卿固大才安可以此示人聞彼病日增亦當不復支久自可更小遲迴宏從之溫亦尋死遷尚書令與安共掌朝政安每日朝之大事衆不能決者諮王公無不得判大

元二年卒

謝安字安石陳郡陽夏人少有重名朝命敦辟皆不就人爲語曰安石不起當如蒼生何年四十餘始應大司馬溫命爲司馬溫深重之徵拜侍中吏部尚書中護軍簡文崩溫入赴山陵止新亭大陳兵衛延見朝士或言將害王謝遂移晉室坦之甚懼見溫流汗沾衣倒執手板安從容就席坐定謂溫曰安聞諸侯有道守在四鄰明公何須壁後置人邪溫曰正自不能不爾遂

笑語移日時孝武帝富於春秋政不自己溫威振內外人情噂𠴲互生同異安盡忠匡翼終能輯穆及溫病篤諷朝廷加九錫使袁宏具草安見輒改之由是歷旬不就會溫薨錫命遂寢尋爲尚書僕射詔總關中軍事苻堅率衆號百萬入寇次於淮淝京師震恐加安征討大都督玄入問計安夷然無懼色答曰已別有旨既而寂然玄不敢復言乃令張玄重請安遂命駕出山墅親朋畢集方與玄圍棋賭別墅安棋常劣

玄是日玄懼便爲敵手而又不勝安遂遊陟至
夜乃還指授將帥各當其任玄等既破堅有驛
書至安方對客圍棋看書竟便攝放牀上了無
喜色棋如故客問之徐答云小兒輩遂已破賊
既罷還内過戶限心喜甚不覺屐齒折其矯情
鎭物如此會稽王道子專權安出鎭廣陵築新
室而居之安雖受朝寄然東山之志始末不渝
每形於言色及鎭新城盡室而行雅志未就尋
卒贈太傅謚文靖安避亂渡江遂家建業衣冠

人物與王導等時稱江左王謝

王坦之字文度其先太原人祖承避亂渡江父述爲尚書令坦之弱冠與郗超齊名時人爲之語曰盛德絶倫郗嘉賓江東獨步王文度簡文帝臨崩詔大司馬溫依周公居攝故事坦之自持詔入於帝前毀之帝曰天下儻來之運卿何所嫌坦之曰天下宣元之天下陛下何得專之帝乃使坦之改詔溫薨坦之與謝安共輔幼主盡忠帝室遷中書令俄出鎮廣陵臨終與謝

桓沖書言不及私惟憂國家朝野痛惜之

王獻之字子敬羲之最幼子少有盛名而高邁不羈常與兄徽之操之俱詣謝安二兄多言俗事獻之寒溫而已既出客問安王氏兄弟優劣安曰小者佳客問其故安曰吉人之辭寡獻之工草隸善丹青七八歲時學書羲之密從後掣其筆不得歎曰此兒後當復有大名爲謝安長史卒

謝玄字幼度太傅安之姪也少穎悟爲安所器

重及長有經國才略屢辟不起後桓溫辟與王詢爲掾並禮重之苻堅彊盛邊境數被侵寇時求文武良將可以鎮禦北方者安乃以玄應舉中書郎郗超雖素與玄不善聞而歎之曰安違衆舉親明也玄必不負舉才也時咸以爲不然超曰吾嘗與玄共在桓公府見其使才雖履屐間亦得其任所以知之及苻堅自率兵次於項城衆號百萬玄先遣劉牢之領五千人直指洛澗斬梁成堅列陣臨淝水軍不得渡乃使謂苻

融曰君遠涉吾境而臨水爲陣是不欲速戰也使諸軍稍卻令將士得周旋僕與君緩轡而觀之不亦樂乎堅衆皆曰宜阻淝水勢必萬全堅曰但令半渡我以鐵騎蹙之融亦以爲然遂揮使卻陣衆因亂不能止於是玄等以精鋭八千涉淝水大戰堅中流矢臨陣斬苻融敵衆奔潰自相蹈藉投水死者不可勝計淝水爲之不流餘衆棄甲宵遁聞風聲鶴唳皆以爲王師已至草行露宿重以饑凍死者什七八獲堅乘輿器

物軍資山積牛馬驢驘駱駝十餘萬於是命玄乘纍經畧舊都三魏皆降加玄都督七州軍事封康樂縣公病卒追贈車騎將軍開府儀同三司謚曰獻武

王珣字元琳洽之子弱冠與陳郡謝玄爲桓溫掾俱爲溫所重嘗謂之曰謝掾年四十必擁旄仗節王掾當作黑頭公皆未易才也時溫經畧中夏竟無寧歲軍中機務並委珣焉文武數人悉識其面孝武雅好典籍珣與殷仲堪

王恭郗恢等並以才學文章見昵委珣端右珣夢人以大筆如椽與之既覺語人云此當有大手筆事俄而孝武崩哀冊謚議皆珣所草官至散騎常侍

范甯字武子南陽順陽人少篤學多所通覽時浮虛相扇儒雅日替甯著論以王弼何晏之罪深於桀紂累遷中書侍郎孝武帝雅好文學甚被親愛朝廷疑議輒諮訪之甯指斥朝士直言無諱出爲豫章太守在郡大設庠序又起學臺

功用彌廣江州刺史王凝之上言以此抵罪既免官家於丹陽猶勤經學終身不輟初甯以春秋穀梁氏未有善釋遂沈思積年爲之集解其義精審爲世所重

吳隱之字處默濮陽甄城人美姿容善談論博涉文史以儒雅標名年十餘丁父憂每號泣行人爲之流涕事母孝謹及執喪哀毀過禮家貧無人鳴鼓每至哭臨之時恒有雙鶴警叫及練之夕復有羣雁俱集時以爲孝感所致

初爲廣州刺史未至州二十里地名石門有水曰貪泉飲者懷無厭之欲隱之至泉所酌而飲之賦詩曰古人云此水一歃懷千金試使夷齊飲終當不易心及在州清操愈厲罷官之日裝無餘資所居內外茅屋六間籬垣仄陋妻子不免饑寒初隱之爲奉朝請謝石請爲南將軍主簿隱之將嫁女石知其貧素乃令移廚帳助其經營使者至方見婢牽犬賣之此外蕭然無辦其清介如此

南北朝

王曇首太保弘少弟也幼有操尚兄弟分財唯取圖書而已與從弟球俱詣宋高祖時謝晦在坐高祖曰此君並膏粱盛德乃能屈志戎旅曇首答曰既從神武之師自使懦夫有立志晦曰仁者果有勇為文帝鎮西長史高祖謂文帝曰王曇首沈毅有器度宰相才也汝可每事諮之及文帝被迎入奉大統議者皆致疑曇首與到彥之固勸並言天人符應上乃下率府州文武嚴兵自衛及即位謂曇首曰非宋昌

無以致此以爲侍中尋領右軍將軍徐羡之謝晦等誅曇首與有力焉文帝欲封之因拊牀曰此坐非卿兄弟無復今日封詔成出示曇首固讓不受七年卒文帝爲之慟中書舍人周起侍側曰王家欲衰賢者先殞文帝曰直是我家衰耳追贈左光禄大夫

謝弘微晉太保安之族孫從叔峻無後以弘微爲嗣幼時精神端審時然後言叔父混名知人曰此兒深中夙敏方成佳器襲峻爵建昌侯弘

徽家素貧儉而所繼豐泰唯受圖書數千卷國吏數人而已遺財祿秩一不關預混聞而驚歎混風格高峻少所交納唯與族子靈運瞻曜弘徽並以文義賞會常共宴處居在烏衣巷故謂之烏衣之遊其外雖復高流時譽莫敢造門瞻等才辭辯富弘微每以約言服之混特所敬貴號曰徽子義熙八年混以劉毅黨獲罪其妻晉陵公主詔與謝氏離絶公主以家事委之弘混仍世宰輔一門兩封田業十餘處僮僕千

唯有二女年數歲弘微經紀生業事若在公一錢尺帛出入皆有記籍宋高祖既即位以混得罪前代東鄉君節義可嘉聽還謝氏自混亡至是九載而室宇脩整倉廩充盈門徒僕使不異平日田疇墾闢有加於舊東鄉君歎曰僕射平生重此子可謂知人僕射為不亡矣累官尚書吏部郎叅預機密加侍中東鄉君薨資財鉅萬弘微一無所取自以私祿營葬混女夫殷叡素好樗蒱聞弘微不取財物乃濫奪以歸戲責內

人皆伏弘微之讓一無所爭

雷次宗字仲倫豫章南昌人少慕棲逸不受徵辟元嘉十五年徵至建康館於鷄籠山聚徒教授置生徒百餘人時四學並建文帝累幸次宗館資給甚厚又除給事中不就久之還廬山後又徵詣建康爲築室於鍾山西巖下謂之招隱館使爲太子諸王講喪服經次宗不入公門乃使自華林東門入延賢堂就業二十五年卒於鍾山

王僧綽曇首子幼有大成之度衆以國器許之好學有理思練朝典宋元嘉中徙尚書吏部郎叅掌大選究識流品諳悉人物拔才舉能咸得其分遷侍中任以機密僧綽沉深有局度不以才能高人文帝末年頗以後事為念以其年少方欲大相付託朝政大小皆與叅焉文帝欲廢元凶劭名僧綽謀之僧綽勸令速斷言甚切至帝猶豫不決及劭弑逆料檢巾廂及江湛家書疏得僧綽所啓饗士并廢諸王事乃收害焉時

年三十一

王僧虔　僧綽弟世爲宗彰昆仲有時名太保弘每與兄弟集會任諸子孫相戲僧達下地跳作虎子僧虔年數歲獨正坐採蠟燭珠爲鳳凰弘曰此兒終當爲長者弱冠善隷書宋文帝見其書素扇歎曰非唯跡逾子敬方當器雅過之兄僧綽爲元凶所害親賓咸勸僧虔逃僧虔涕泣曰吾兄奉國以忠貞撫我以慈愛今日之事苦不見及耳若同歸九泉猶羽化也出爲武陵太

守兄子儉於中途得病僧虔爲廢寢食客慰諭之僧虔曰昔馬援處兒姪之間一情不異鄧攸於弟子更逾所生吾實懷其心誠未異古亡兄之胤不宜忽諸若此兒不救便當回舟謝職無復遊宦之興矣累官尚書令齊高帝革命遷持節都督湘州諸軍征南將軍湘州刺史侍中如故清簡無欲不營財產百姓安之兄子儉爲朝宰起長梁齋制度小過僧虔視之不悅竟不入戶儉卽毀之永明三年卒

袁淑字陽源陽夏人少有風氣年數歲伯父湛謂人曰此非凡兒元嘉中累遷尚書吏部郎太子左衛率元凶劭將爲逆其夜淑在直呼淑及蕭斌等告以明旦將行大事望相與戮力淑斌並曰自古無此願加善思劭怒斌懼曰謹奉令淑叱之曰卿便謂殿下眞有是邪殿下幼時嘗患風或是疾動耳劭愈怒因問曰事當剋否淑曰居不疑之地何患不剋但既剋之後爲天下所不容大禍亦旋至耳淑出還省繞牀至四

乃寢勍將出已與蕭斌同載呼淑甚急淑眠不起劭停車奉化門催之相續徐起至車後劭使登車辭不上劭殺之武帝即位贈侍中大尉謚曰忠獻兄子顗齊前廢帝時爲吏部尚書出爲雍州刺史明帝定大事顗舉兵討之衆潰而死

柳世隆字彥緒河東解人元景弟子也幼挺然自立及長好讀書涉獵文史元景賞異於諸子言於宋孝武得名見帝謂元景曰此兒將來復是三公一人累官尚書左僕射世隆少立功

名曉專以談義自業善彈琴世稱柳公雙鎻爲士品第一兼曉術數於倪塘創墓與賓客踐履每往長坐一處及葬正其坐處

謝靈運玄之孫少好學博覽羣書文章之美爲江左第一襲封康樂伯出爲永嘉太守郡有名山水靈運素所愛好出守既不得志遂肆意遊遨理人聽訟不復關懷所至輒爲詩詠以致其意在郡一周稱疾去職居會稽每有詩一首至都下貴賤莫不競寫宿昔間士庶皆徧靈運

書皆兼獨絶每文竟手自寫之文帝稱爲二寶

謝惠連方明子靈運族弟也幼有奇才十歲能屬文不爲父方明所知靈運去官還會稽時方明爲守靈運造焉遇惠連大相稱賞靈運性無所推重獨重惠連與爲刎頸交每有篇章對惠連輒得佳語嘗於永嘉西堂思詩竟日不就忽夢見惠連即得池塘生春草大以爲工常云此語有神助非吾語也

謝朓字玄暉少好學有美名文章清麗善草隷

長五言詩沈約常云二百年來無此詩也眺好獎人才會稽孔闓粗有才筆未爲時知孔珪嘗令草讓表以示眺眺嗟吟良久手自折簡寫之謂珪曰士子聲名未立應共獎成無惜齒牙餘論其好善如此

謝莊字希逸弘微子七歲能屬文宋文帝見而異之曰藍田生玉豈虛也哉時南平王獻赤鸚鵡普詔羣臣爲賦袁淑文冠當時作賦畢示及見莊賦歎曰江東無我卿當獨秀我若無

亦一時之傑也遂隱其賦

袁粲初名愍孫顗從弟幼慕荀奉倩爲人改名粲字景倩明帝時累官尚書僕射領吏部加中書令又領丹陽尹粲負才尚氣愛好虛遠雖位任隆重不以事務經懷獨步園林詩酒自適家居負郭每策杖逍遙當其意得悠然忘返郡南一家頗有竹石粲率爾步往亦不通主人直造竹所嘯咏自得主人出語笑欵然俄而車騎羽儀至門方知是袁尹明帝崩與褚彥回劉勔並

受顧命齊高帝方革命綦不欲事二姓謀矯太后令率宿衛兵攻之於朝堂事泄高帝遣戴僧靜向石頭綦衆奔散綦還坐列燭自照謂其子最曰本知一木不能止大廈之崩但以名義至此耳僧靜挺身暗往奮刀直前欲斬之子最覺有異抱父乞先死兵士人人莫不隕涕綦曰我不失忠臣汝不失孝子僧靜乃并斬之顗子昂齊永明中爲吳興太守梁武帝起兵州郡望風皆降昂獨拒境帝手書喻之建康城平昂[illegible][illegible]

慟哭帝使豫州刺史李元履巡撫東土敕元履曰袁昂道素之門世有忠節天下須共容之勿以兵威凌辱元履至宣旨昂亦不請降開門徹蔽而已及至帝亦不問其過後爲尚書令

王儉字仲寶僧綽子幼有神彩專心篤學手不釋卷齊高帝爲太尉引爲右長史恩禮隆密專見任用儉少有宰相之志物議咸相推許時大典將行儉爲佐命禮儀詔策皆出其手齊臺建遷右僕射領吏部時年二十八制度草創儉識

舊事問無不答高帝歎曰詩云維嶽降神生甫及申今天亦爲我生儉也永明二年領丹陽尹三年領國子祭酒四年兼領吏部儉長禮學諳究朝儀每博議引證先儒罕有其例八佐丞郎無能異者令史諮事賓客滿席儉應接銓序旁無留滯十日一還學監試諸生巾卷在庭劒衛令史儀容甚盛作解散髻斜插幘簪朝野慕之相與倣效儉常謂人曰江左風流宰相唯有安蓋自比也武帝深委仗之士流選用奏無不

可儉屢啓求解選不許七年卒

謝朏字敬冲弘微孫幼聰慧十餘歲能屬文父莊遊土山賦詩使朏命篇朏攬筆便就莊因撫朏背曰眞吾家千金宋孝武遊姑孰勅莊攜朏從使爲洞井贊於坐奏之孝武曰雖小奇童也蕭道成輔政選朏爲長史勅與褚炫江斅劉俁俱入侍號爲天子四友道成方圖禪代思佐命之臣以朏有重名深所欽屬論魏晉故事言石苞不早勸晉文死方慟哭方之馮異非知幾也

朏答曰晉文世事魏氏將必終身北面假使魏
早依唐虞故事亦當三讓彌高道成不悅及齊
受禪朏爲侍中當日在直百僚倍位侍中當解
璽朏佯不知曰有何公事傳詔云解璽受齊王
朏曰齊自應有侍中乃引枕臥傳詔懼乃使稱
疾朏曰我無疾何所道遂朝服步出東掖門乃
得車還宅是日遂以王儉爲侍中解璽既而大
子賾言於高帝請誅朏高帝曰殺之則遂成其
名正應容之度外耳遂廢於家後復出居郡

武四年徵爲侍中中書令抗表不應召梁武踐祚徵之亦不屈遣使敦譬明年六月朏輕舟出詣闕自陳既至詔以爲侍中司徒尚書令朏辭足疾不堪拜謁乃角巾肩輿詣雲龍門謝詔見於華林園明旦武帝幸朏宅醼語盡歡朏固陳本志不許因請自還迎母乃許之臨發復臨幸賦詩餞别士人迎送相望於道建康勅材官起府於舊宅武帝臨軒遣謁者於府拜授焉

明僧紹字休烈平原人明經有儒術宋元嘉中

再舉秀才永光中鎮北府辟功曹並不就隱長
廣郡嶗山聚徒立學魏剋淮南乃渡江齊高帝
爲太傅徵爲記室參軍不至住攝山聞沙門釋
僧遠夙德往候於定林寺帝欲出寺見之僧遠
問曰天子若來居士若爲相對僧紹曰山藪之
人政當鑿坯以遯若辭不獲命便當依戴公故
事既而遯還攝山建棲霞寺而居之帝甚以[illegible]
恨昔戴顒高臥牖下以山人之服加其身[illegible]
後高帝仍賜竹根如意筍籜冠

謝瀹字義潔朏之弟少簡靜有韻度王彧見而異之言於宋孝武孝武名見於稠人廣衆中舉動閑詳應對合旨孝武甚悅爲吳興太守有美績後爲吏部尚書蕭鸞廢鬱林領兵入殿左右驚走報瀹瀹與客圍棋畢局乃還齋臥不問外事鸞又廢海陵自立瀹遂屬疾不視事後燕會功臣尚書令王晏等興席瀹獨不起曰陛下受命應天從民王晏妄叨天功以爲己力明帝大笑解之

劉瓛字子珪小字阿稱沛郡相人丹陽尹惔之六世孫篤志好學博通訓義兄弟三人共處蓬室一間爲風所倒無以葺之怡然自樂習業不廢聚徒教授常數十人丹陽尹袁粲聞而請之指廳事前古柳謂瓛曰人謂此是劉尹時樹每想高風今復見卿可謂不衰矣齊高帝踐祚召入華林園談語甚悅欲用爲中書郎使何戢喻旨瓛笑曰平生無榮進意後以母老闕養再爲郡丞當時都下士子貴游莫不下席受業當世

推爲大儒住在檀橋瓦屋數間上皆穿漏學徒敬慕不敢指斥呼爲青溪焉瓛有至性祖母病疽經年手持膏藥漬指爲爛母孔氏甚嚴明謂親戚曰阿稱便是今世曾子居母憂廬墓不出足爲之屈杖不能起此山常有鴝鵒鳥三年不敢來服釋還家乃至梁武少時嘗從受業天監初詔爲立碑謚貞簡先生弟璡字子璥嘗與友人同舟友畱目岸上女子璡舉席自隔不復同坐瓛夜隔壁呼璡不時應問之曰束帶未竟耳

周顒其先汝南人，於鍾山立精舍，清貧寡欲，終日長蔬。後應詔出仕，將過北山，孔稚圭爲北山移文以譏之。後累官國子博士，兼著作。所著有四聲切韻，子捨。

周捨，顒之子。博學精義理，齊時弱冠舉秀才，除太學博士。梁初名拜祠部郎中，禮儀損益多自捨出。累遷吏部郎，預機密二十餘年，帝以爲有公輔器，與徐勉同參國政，俱稱賢相。

何點，字子晳，廬江人。年十一居父母憂，幾至……

性及長慼家禍欲絶婚宦祖尚之强爲娶將親迎點哭涕泣求執本志遂得罷點明目秀眉容貌方雅眞素通美不以門戶自矜博通羣書善談論家本素族親姻多貴仕點雖不入城府性率到好狎人物遨遊人間不簪不帶以人地並高無所與屈大言箕踞公卿下之或乘柴車躡草屩恣心所適致醉而歸士大夫多慕從之時人稱重其通號曰游俠處士從弟遁以東籬門園居之孔德璋爲築室焉豫章王嶷命駕造點

點從後門去司徒竟陵王子良聞之曰豫章王尚望塵不及吾當望岫息心後點在法輪寺子良就見之點角巾登席子良欣悅無已遺以嵇叔夜酒杯徐景山酒鎗梁武帝與點有舊及踐祚乃見於華林園賜詩酒恩禮如故仍下詔徵爲侍中捋帝鬚曰乃欲臣老子邪辭疾不起仍下詔所在資給之初兄求隱吳郡虎丘山卒弟胤爲中書令亦棄官游會稽世謂何氏三高

王志字次道僧虔子九歲居所生母憂哀容

孱爲中表所異爲宣城内史清謹有恩惠郡民張倪吳慶爭田經年不決父老乃相謂曰王府君有德政吾曹鄉里乃有此爭倪因相攜請罪所訟地遂爲閒田後爲東陽太守獄有重囚十餘人悉遣還家過節皆返惟一人失期獄司以爲言志曰此自太守事主者勿憂明旦果自詣獄辭以婦孕吏民益歎服之轉吏部尚書梁武入京百僚署名送東昏首志聞而歎曰冠雖敝可加履乎因取庭中樹葉挼服之僞悶不署名武

帝覽牋無志名心嘉之弗以讓也未幾除丹陽尹爲政淸靜去煩苛建康有寡婦無子姑亡舉債以葬旣而無以還之志愍其義以俸錢償焉嘗年饑每旦爲粥於郡門以賑百姓民稱之者不容口家世居建康禁中里馬糞巷父僧虔以來門風多寬恕志尤惇厚兄弟子姪皆篤實謙和時人號馬糞諸王爲長者

沈約字休文吳興武康人幼孤貧篤志好夜不釋卷博通羣籍善屬文梁武在西邸

游舊後佐命爲尚書僕射立宅東田矚望郊阜嘗爲郊居賦以敘其事約左目重瞳子腰有紫志聰明過人好墳典聚書至二萬卷都下無比歷事三代該悉舊章博物洽聞當世取則謝玄暉善爲詩任彥昇工於筆約兼而有之不能過也著宋書一百卷齊紀二十卷梁武紀十四卷又撰四聲譜卒謚隱侯

王筠字元禮僧虔孫也幼警悟七歲能屬文年十六爲芍藥賦甚美及長清靜好學有重譽尚

書令沈約當世詞宗每見筠文咨嗟吟咏以爲不逮也嘗謂筠昔蔡伯喈見王仲宣稱曰此王公孫也吾家書籍悉當相與僕雖不敏請附斯言自謝朓諸賢零落已後平生意好殆將都絕不謂疲暮復逢於君又嘗啓梁武帝曰晩來名家唯見王筠獨步昭明太子愛文學士嘗與筠及劉孝綽陸倕到洽殷芸等遊玄圃太子獨執筠袖撫孝綽肩而言曰所謂左把浮丘袖右崖肩其見重如此累官中書郎奉勅撰中

奏三十卷及所上賦頌爲一集沈約云自開[illegible]以來未有爵位蟬聯文才相繼如王氏之盛者也

【到溉】字茂灌武原人曾祖彥之宋驃騎將軍遂家建康溉少孤貧聰敏有才學早爲任昉所知由是聲名益廣起家爲湘東王長史梁武帝勅曰到溉非直爲汝從事足爲汝師間有進止每須詢訪遭母憂居喪盡禮服闋猶蔬食布衣者累載除江夏太守入爲左民部尚書所莅以清

白自脩性復卒儉不好聲色虛室單牀傍無姬
侍自外車服不事鮮華冠履十年一易朝服或
至穿補傳呼清路示有朝章而已性友愛初與
弟洽常共居一齋洽卒後便捨爲寺因斷腥膻
終身蔬食蔣山有延賢寺者溉家世創立故生
平公俸咸以供焉又不好交游惟與朱异劉之
遴張綰同志友密及臥疾家園門可羅雀三君
每歲時鳴騶枉道以相存問置酒敘生平極歡
而去臨終囑子孫薄葬洽字茂沿亦聰慧

文辭敏贍天監中與溉俱擢用而洽尤見知賞
從弟沆亦有時名武帝嘗問丘遲到洽何如溉
沆對曰正清過於沆文章不減溉加以清言殆
將難及時人比之二陸

傳昭字茂遠其先靈州人六歲而孤哀毀如成
人宗黨異之太原王延秀薦昭於丹陽尹袁粲
深爲所禮辟爲郡主簿使諸子從昭受經昭戶
輒歎曰經其戶寂若無人披其帷其人斯在豈
得非名賢齊明帝踐祚引昭爲中書通事舍人

時居此職皆勢傾天下昭獨無所干預器服率陋身安麄糲常挿燭於版牀明帝聞之賜漆合燭盤等勑曰卿有古人之風故賜卿古人之器出爲臨海太守縣令嘗餉栗置絹於簿下昭笑而還之昭爲政不尚嚴肅居朝廷無所請謁不畜門生不交私利終日端居以書記爲樂雖老不衰博極古今尤善人物魏晉以來官宦簿伐姻通內外舉而論之無所遺失居身行已不負閨室後進宗其學重其道人人自以爲不逮

於建康

蕭眎素蘭陵人思話孫也天監中丹陽丞初拜武帝賜錢八萬眎素一朝散之親友性靜少嗜欲好學能清言榮利不關於口喜怒不形於色在人間及居職並任情通率不自矜高天然簡素士人以此咸敬之久居建康有終焉之志乃築室攝山徵爲中書侍郎不就獨居屏事非親戚不得至其籬門

阮孝緒字士宗其先尉氏人父彥之宋太尉從

事中郎孝緒七歲出後從伯胤之[illegible]胤之母卒遺
財百餘萬孝緒一無所納盡以歸胤之姊瑯琊
王晏之母幼性至孝與兒僮游戲恒以穿池築
山爲樂年十三徧通五經十五冠父誡勉之答
曰願迹松子於瀛海追許由於窮谷庶保促生
以免塵累自是屏居一室非定省未嘗出戶家
人莫見其面外兄王晏貴顯屢至其門孝緒以
爲必至顛覆常逃匿不見嘗食醬美問之云是
王家所得便吐飱覆醢及晏誅竟獲免所[illegible]

惟有一鹿牀竹樹環繞太監中御史中丞江[illegible]尋其兄履之欲造而不敢望之歎曰其室雖邇其人實遠爲名流所欽尚如此嘗於中山聽講母王氏忽有疾兄弟欲召之母曰孝緒當自至果心驚而返鄰里嗟異其合[illegible]須得生人葠舊傳鍾山所出孝緒躬歷幽險累日不値忽見一鹿前行孝緒感而隨之至一所就視果獲此草母服之遂愈時皆歎其孝感南平王聞其名致書要之不赴孝緒曰非志驕富貴但性畏廟堂若

使麏麚可驂何以異夫驥騄鄰野王妃孝緒之姊王嘗命駕欲就之游孝緒鑿垣而逃卒年五十八門徒誄其德行謚曰文貞處士

劉訏字彥度平原人幼稱純孝數歲父母繼卒訏居喪哭泣幾至滅性赴吊者莫不傷焉與族兄歊隱孝緒爲三隱上築鍾山有終焉之志着穀皮冠披納衣遊山澤風神穎俊意氣彌遠過者以爲神人

庾沙彌潁陰人也寓居金陵嫡母劉氏守

彌晨昏侍側母亡晝夜號痛鄰人不忍聞墓在新林因有旅松百餘株自生墳側族兄都官尚書詠表言其狀應純孝之舉梁武名見嘉之以補歙令隨丁所生母憂喪還都濟浙江中流遇風舫將覆沒沙彌抱柩號痛俄而風靜蓋孝感所致

淳于量字思明其先濟北人世居建業量偉姿容有幹略便弓馬以軍功封晉陵男侯景陷臺城元帝承制以爲巴州刺史景西攻巴州與王

僧辯拜力拒景大敗之擒其將任約宋子仙景平封謝沐縣侯桂陽刺史入陳以功進封醴陵縣公卒贈司空

江紑字含潔考城人居金陵父蒨光祿大夫患眼紑侍疾將朞月衣不解帶夜夢一僧云患眼者飲慧眼水必差及覺說之莫能解者紑叔祿與草堂寺智者法師善往訪之乃因智者啓捨同夏里舍爲寺以慧眼爲名泄故井井水清冽異於常泉因取水洗眼及煮藥遂差時人謂之

孝感梁南康王令爲主簿不樂仕進父卒廬墓

終日號痛不絶聲月餘卒

謝貞字元正晉太保安九世孫幼聰敏有至性

祖母阮氏先苦風眩每發便一二日不能飲食

貞亦不食往往如是母王氏授貞論語孝經讀

訖便誦八歲嘗爲春日閑居詩從舅王筠奇其

有佳致由是名輩知之年十三略通五經大旨

尤善左氏傳工草隸蟲篆十四丁父艱號頓於

地絶而復蘇初父藺居母阮氏憂不食泣血而

卒家人賓客懼貞復然從父洽族兄暠乃共往華嚴寺長爪禪師爲貞說法仍謂貞曰孝子既無兄弟極須自愛若憂毀滅性誰養母邪自後少進饘粥後居母憂哀毀羸瘠時徐祚沈客卿俱來候貞見其形體骨立愴然歎息徐諭之曰弟年事已衰禮有恒制小宜引割自全貞因更感慟氣絶良久二人涕泣不能自勝憫默不詒祚謂客卿曰信哉孝門有孝子客卿曰謝〔…〕傳至孝士大夫誰不仰止貞遂以病卒

唐李白字太白蜀郡人白之生母夢長庚星因以命之十歲通詩書喜縱横術擊劒爲任俠輕財重施天寶初至長安賀知章見其文歎曰子謫仙人也言於玄宗召見金鑾殿帝賜食親爲調羹有詔供奉翰林白猶與飲徒醉於市帝坐沉香亭意有所感欲得白爲樂章召入而白已醉左右以水頮面稍解援筆成文婉麗精切無留思帝愛其才數燕見白常侍帝醉使高力士脱鞾力士素貴恥之擿其詩以激楊貴妃帝欲官

白妃輒沮止白自知不爲親近所容懇求還山
帝賜金放還白浮游四方嘗乘月與崔宗之自
采石至金陵著宮錦袍坐舟中旁若無人居金
陵上秋浦多所題咏後卒於采石

南唐李建勳字致堯官至司徒致仕居金陵號鐘
山公臨卒戒家人曰時事如此吾得良死幸矣
勿封土立碑聽人耕種於上免爲他日開發
標及江南亾諸貴人冢無不發者惟建勳
知其處

宋徐鉉字鼎臣廣陵人十歲能屬文與韓熙載齊名江南謂之韓徐仕南唐爲翰林學士御史大夫吏部尚書宋兵師圍金陵唐主煜遣鉉朝京師求緩兵太祖以禮遣之後隨煜至京師太祖責之鉉對曰臣事江南國亡不能死臣之罪也不當問其他太祖歎曰忠臣也以爲太子率更令太平興國初直學士院從征太原加給事中出爲左散騎常侍坐事貶黜李穆嘗使江南見鉉及其弟鍇文章歎曰二陸不能及也鍇事江南

爲内史舍人而卒鉉好李斯小篆尤得其妙隸書亦工尺牘爲士大夫所得皆珍藏之有集三十卷又有質疑論稽神録行於世

王安石字介甫其先撫州臨川人父益通判江寧府卒於官因家金陵安石第進士累遷知制誥夫人吴爲買一妾用錢九萬安石見之曰何物女子曰夫人令執事左右曰汝誰氏曰妾之夫爲軍大將部米運失舟家貲盡没猶不足又賣妾以償安石憮然還其夫盡以錢賜之

宗雖誤行新法而文章節義頗謂過人但執㘶耳後以使相判江寧府居近謝公墩每日跨𧻓遊鍾山或不至而還自號半山居士卒謚曰文晃安仁安道弟安國安世安禮安上自益以下並葬建康

鄭俠字介夫福清人治平初隨父翬赴江寧府監稅得清凉寺一小室閉戶讀書時王安石以中書舍人持服寓金陵俠攜所業往見安石稱許之四年擢進士甲科年二十四調光州司法

以歸相見愈厚及俠赴光州安石入參大政俠數言新法之害不聽後監在京安上東門屢上書言事被謫及還鄉所餘唯一拂而已因自號一拂居士後人爲祠於淸涼寺以祀之郎公讀書處

楊德逢隱居蔣山西麓近玄武湖與王荆國相往來荆國有題湖陰先生壁詩

阮思聰字仲謀固始人膂力絶人善騎射喜左氏春秋及兵家書積戰功累官吉州四

知黄州事來居建康歷官所至有聲曾遣人詣
賈似道欲重兵守鹿門山又言當由海道以搗
青齊則襄圍自解皆不見聽師潰聽歸建康權
馬司徐王榮都統翁福等尹制置司以下印鑰
來告曰大兵且至趙制置已去城中唯節使官
高望救一城之命聽曰我宋臣子也不敢以城
獻榮等知不可强乃止至元十八年病亟家人
見神人長丈餘被甲立廳事前聽遂卒聽初受
知吕文德趙葵王鑑皆加器重慷慨有大志治

軍二十餘年未嘗戮一人爲郡處事務在平恕所至民皆德之篤於親義嫁孤女十餘人素有知人之鑒薦李珏於朝牛皐其部將也張世傑之初歸久未知名聽名與語奇之薦於文德後竟著忠節云

文復之字廷實合州人登甲榜第三名授閬州掌書記累官至湖北提刑以起居舍人名每切齒丁大全所爲與人言我見上必極言其奸邪大全覺之止不得見乞祠祿授朝散大夫主管

成都府玉局觀欲還蜀道經建康時邊事亟呈光祖守郡留不聽行遂居郡之脩文坊元廉希憲宣撫江東欽其名待如師友欲以故官薦之仕力辭不應以經史自娛終其身子揆嘗爲工部架閣遵父志亦不仕元云

元 楊剛中字志行其先處之松陽人曾大父遂知黄陂縣徙家建康剛中幼穎異力學家貧與兄敏中竭力以養內行淳篤行臺移治建康至者必禮其廬由是聲名益振以省辟主江寧縣學

遷福建廉訪司幕官行李蕭然若旅寓者部使者至改容禮貌僚寀與之言必稱先生兩主文衡所簡拔皆知名士或以不及貢額爲言曰國家設科目求賢才可濫取以充額邪丞相脫歡薦於朝召爲翰林待制兼編脩官月餘謝病歸居家講學不倦所著有易通微說詩講義若干卷

李桓剛中甥以鄉舉累官浙江儒學副提舉亦以文鳴江東其文紆餘豐潤學者多傳之

大明陳遇字中行其先曹人宋建炎中曰義甫者
爲翰林學士南渡遂家建康遇誠純篤實德宇
粹然博學綜覽元末敎授溫州尋棄官歸
高皇帝定金陵搜訪人才御史秦元之薦遇
上素聞其名御書稱中行先生以伊呂孔明濟世
安民起之遇就　名
上與語大悅遇亦竭誠委巳禮待日隆凡三幸其
第命以官輒辭不受
上卽帝位詢保國安民大計遇以不殺人薄斂任

賢爲對再除翰林學士固辭賜輿一乘衛士十
人被　命使兩浙還稱　旨賜金除禮部侍郎
又固辭會疾遣醫診視愈入謝
上稱君子者再　名對華蓋殿賜坐草平西詔賞
賚有加西域進良馬諫郄之再除太常卿禮部
尚書皆固辭
上曰朕不强卿以官成卿之高每進見陳説必根
諸仁義人有過被譴皆力爲言
上每俞允其優禮寵渥羣臣莫敢望嘗曰卿老矣

有子可帶刀侍衛遇伏地對曰臣三子皆幼待成立以効馳驅及卒

上親爲文以祭賜葬鍾山子恭仕至工部尚書

杜環字叔循其先廬陵人從父游宦金陵遂家焉好學謹飭重然諾好周人急父執主事常允恭死於九江家破母張氏老投允恭知交無所納訪歷至杜懸鶉冒雨謁之杜禮迓固畱養杜貧窶勉率其妻馬氏敬事母母性褊急少不愜輒詬怒杜私誡其家順之勿以困故爲慢如是

者十年母有幼子伯章失所在念之成疾杜以事道嘉興遇之具以語伯章逾半載始來值杜初度母子相持大哭家人以爲忌杜曰此人至情任之既伯章實貧又度母老不能行竟托故捨去母疾增劇杜事之彌謹又三年卒則爲葬且時祀焉杜後補晉王府録事

姚金玉 其先浙人洪武初取實京師隸上元生平孝謹無過母病百藥不治割股肉以進獲愈有司聞於 朝詔旌爲孝行之門復其家後以

女選入　内宫改隸錦衣衛六世孫汝循舉進士仕至大名知府

徐佛保南京江陰衛人事母丁氏以孝聞永樂二年丁患痢醫藥罔效佛保禱於天地取刀剖腹割肝以爲湯藥母疾遂愈鄉人見而驚駭陳諸有司覈實以　聞旌表孝行於門

張瑄字廷璽江浦人寓居金陵由正統壬戌進士授刑部主事歷陞右副都御史巡撫福建河南皆有善政後陞南京刑部尚書謝政天性儉

約居官五十年自奉如寒士所著有香泉稿凝清集閫汴紀巡録南征録安拙類稿各若干卷

董軒字士昂其先鄱陽人以欽天監家應天景泰辛未進士授南京吏科給事中時貢翠毛魚魫諸物以萬計軒上疏止之又陳弭盜安民數事多見採納蜀寇起往諭之罔弗率三原王恕云公不加兵而四境寧官至南禮部尚書致仕家無餘資卒贈太子少保　賜葬祭

李應禎名甡以字行其先吳人以醫士家南京

少[illegible]力學好古博雅尤尚氣[illegible]之爲人題其所居室曰范齋宣德[illegible]久之選授中書舍人屢有建白　郊祀畢有妄[illegible]因奏中書舍人坐科道官後非　制時雖不從識者韙之荊襄流民相聚朝議惡爲亂欲逐散之乃上疏言民墾田築室爲定居逐之祇益亂耳不若因而撫之便後增置郡縣如其言尋直文華殿有　旨寫佛經上疏諫言甚剴切人皆危之

上不問累遷南太僕少卿乞休歸吳中性素卞急少容其氣象嚴峻若不可親然喜交遊尤好汲引後進朋友死經紀其喪恤其妻子顧璘玉稱其一介不取予文翰如銛戟利劍掉以淮陰之雄可謂介而文焉

史瑄字彥章其先延安安定人父以軍功爲南京留守後衛指揮瑄穎敏厚重議論英發游武學大司馬李公試策優等擢爲浙江衛納

蔬食門無私謁累陞都指揮僉事充參

靖州靖爲古槃瓠叓種叓獠雜居恃險桀傲
穪難治瑄宣布　天朝威德遠邇帖然而清愼
之操終始一致且飾以文事雅有儒將風卒於
任歸葬金陵

賀確字存誠其先隴西人　國初徙四明再遷
金陵行醇學博少事舉業試有司一不利即棄
去曰是不足以盡吾儒之學遂益肆力學問自
六經三史以至天文地理醫卜之書無不覽究
爲文章有古風視世事若無足以當其意者學

士周公敘嘗以其有史才薦脩宋遼金三史力辭不就年九十三卒所著有友菊詩集八卷行於世

王徽字尚文江浦人錦衣衛籍天順庚辰進士拜南京禮科給事中即疏五事曰親覽史書開言路重大臣選良將全內官時中貴牛玉專恣大臣失職皆時所忌諱徽劾之甚愷切謫普安判官考滿歸遂杜門不出弘治甲寅薦起陝西左參議逾二年乞致仕時年六十有三卒大

耿介不阿年八十有三卒

陳鋼字堅遠其先鄞人　國初籍太醫院遂世家南京鋼獨喜儒術從師游講讀不倦舉成化乙酉鄉試授黔陽知縣爲政識大體恤養惸獨民有無告者闢荒田俾墾爲己業積穀數千石以備荒民翕然懷之乃興學校謹禮讓黔俗居喪擊鼓羣歌歌且俚鋼知鄙卒禁也獨教以歌哀辭俗遂改沅湘水合流城下數壞民居乃治石堤幾萬尺水遂不溢縣南有道徑崖上石險

狹僅容人跡辰沅諸路軍戍靖州者往往夜墮崖下鋼聚薪烈石而鑿之外繚以索行者賴焉秩滿當去民遮道泣留擢判長沙脩復岳麓書院三年以母喪歸遘疾卒

蔣證字宗證太醫院籍世居金陵成化二年進士授杭州府推官以父喪歸服闋改紹興又改金華治行皆卓異授南京河南道監察御史紀肅清以疾卒鄉里惜之

任彥常字吉夫其先合肥人國初籍江

幼遊京庠刻苦有志蒐羅群書爲文章辭理並到天順壬午鄉試第一人成化壬辰進士授南京戸部主事歷陞福建提學僉事體悉士類甚得其心弘治改元致仕歸八府諸生遣人赴京奏保連上十二章不報從容林下十有二年而殁所著有克齋稿若干卷

董宣字繼善欽天監籍自幼穎敏游京庠累舉不第成化巳未需次貢春官授青田儒學訓導脩明職業迎母於官所晨起課諸生畢即候於

寢門承顏曲盡其歡母病號泣求醫湯藥必嘗乃進母卒摧頓[illegible]閒越絕而復甦者數四郡守以下慰之兢資其[illegible]歸葬服闋除 親藩講讀卒於官所著有青田樵[illegible]錄若干卷

都勝字廷美其先[illegible]河淵寧津人父忠以陰敗南京羽林左衛指揮[illegible]僉事勝年十五入武學讀書綴文與儒生等[illegible]江東名士樂與之遊繼父官[illegible]著聲績累遷都指揮僉事奉 勅守備儀真旨務嚴整盜賊屏息而廉慎詳密百廢俱舉旨

畏愛之壬辰奉　勅備倭盬徒金藩等犯嘉定上海聞之散去已而復乘巨艦數百欲犯江陰勝率衆捕獲之俘獻於　朝漕運總兵平江伯薦勝充參將協同漕運仍鎮守淮安地方乙巳山陜饑奉　勅運米百萬餘石往濟之是年平江内擢勝代之三歲陞中府都督屢上疏乞休致卒於家

陳鎬字宗之其先紹興人以欽天監家南京少與弟欽有文學名成化丙午同舉應天鄉貢鎬

第一人明年同舉進士皆由郎署爲督學副使鎬山東欽廣東鎬成就學者甚多至今思之官至副都御史巡撫湖廣卒於官所著有矩菴謏稿若干卷金陵人物志二卷

蕭春字秉常其先江夏人寓居金陵性至孝父政病痢春衣不解帶者逾月每夕沐浴仰叩北辰及病劇痢忽變紫臭穢狼藉春泣曰吾父不復生矣兩手據床一吸始盡其母往見相抱悲苦遂絶良久乃甦父既卒哀毁幾不能生居

側者期年

徐震字廷威其先吴郡人寓居金陵以節行自高錦衣指揮呂貴嘗以白金十二斤寄託以遺少子貴死召其子還之其子啓封疑焉震不與辯後數日召數故人并其子出貴手帖示之其子愧謝博士沈立者善數學推其子後當貧嘗託以白金三斤後訪其子果貧亦召而與之其不負然諾如此

梁材字大用其先大城人　國初籍金吾右衛

遂世家南京材舉進士授德清知縣以廉介著稱入爲刑部主事逆瑾用事每以其意生殺人材據法力争不少屈晉郎中改監察御史出知嘉興府調杭州府皆有惠政而在杭尤著始至適歲饑告濟者前後塞路材語云五日即發粟以賑時倉無儲積人皆惑之材密訪某鄉某人有粟若干斛皆得其實届期材親至其家曰汝有粟若干當糶半以銀償之即命賑其鄉人事完以報一日數處皆遍由是饑民數萬即日皆

得食無侵漁需索之弊遠近大服陞浙江按察使轉雲南先是有土酋相仇殺御史屢劾未結將謀變材至曰是未可治以中國法乃以贖論土酋大驚喜即聽命御史難其太輕材曰不爾則變矣後偵知夷果密調兵聞無他乃止累遷戶部尚書總覈財賦抑冗費條奏十餘事會計爲清未幾致仕後以戶部難其人仍以材任適遇

考察京官

肅皇帝素知材清正命監都院考察凡黜陟進退

行議居多是歲刑部有獄不決者四事
上命掌刑部讞之俱得情奏上
上嘉在職六年
上眷注甚厚幾欲正位端揆爲侯勛所中而止後
竟罷歸循潔之性暮途愈貞爲尚書宅憂歸始
有居室卒未久而家人食貧豈古所謂居官廉
雖大臣無厚蓄者　隆慶初　賜葬祭贈太子
太保謚端肅
[illegible]字元瑞南京鷹揚衛籍弘治丙辰進士

戚張氏驕横中外側目臺諫龐津等歷詆罪狀
天子震怒下　詔獄逮治麟上疏申救聲譽遂起
授刑部主事轉員外出守紹興郡大治以不脩
問逆瑾矯　旨廢爲編民郡人如失父母爲立
生祠既失官貧不能歸乃寓居長興與孫一元
輩爲湖南五隱瑾敗起知西安父歿葬長興遂
定居於瀆南坦上服除陞陝西參政屬歲饑虜
數入寇朝廷遣貴臣督兵餉擬加賦以給諸司
莫敢持異麟獨不可曰請邊本以衛民民可先

困乎議遂阻而軍興亦不乏累遷工部尚書奏建節慎庫與臺臣同典出納歲一查盤自是財無濫用凡工部上供率關內府中貴人輒陰自增損不受覆覈麟乃條上當裁省者一十四事並見嘉納中貴以是憾之會遣近璫督造龍袍於蘇松麟謂尚衣自有常供請罷之而銜者益深竟令致仕家居二十餘年蕭然一室賦詩自娛嘗欲建樓以居而無資文內翰徵明爲畫一圖名曰神樓騷人墨客爭咏之平生尚氣節以

文學名於時律詩步驟盛唐選擬漢魏字法義獻片紙隻字人得之爲至寶卒年八十有八贈太子少保謚清惠

羅鳳字子文水軍右衛籍弘治丙辰進士性峭直砥礪廉隅官南臺糾有風采雖處鄉國無少戢曲出守兖州時屬車駕動傳言將有事泰山東撫臣欲額外征取以備　臨幸鳳不應乃劾其不治攺守鎮遠復忤巡史再移石阡在兖已有歸志乃三疏乞致仕家居二十餘年年八十

餘卒博雅好古所畜法書名畫金石遺刻多至千種閒爲詩與諸名勝相屬和老猶劬書所著延休堂漫録數十卷皆手自謄寫云

金琮字元玉其先錢塘人徙金陵自幼穎敏十二三能大書稍長博覽強學爲文章輒出人意表以易試憲臺浮梁戴公一見驚曰此子當爲名士旣屢試不偶益肆力學問暇輒怡情吟咏酷嗜字學初學趙魏公得眞似晚師張伯雨又神雋可愛求者無虛日居常遐視淸嘯人[illegible][illegible]

竊至於虜[illegible]

先施則不得[illegible]公嘗[illegible]

卒人咸哀之

劉俊字公偉其[illegible]宋西丁妻亡

子始生朞歲誓[illegible]之若[illegible]日妻本

爲繼嗣吾幸有子矣俊[illegible]兄有男於

吾子由是終身不御[illegible]諸父

姪皆在淩土俊遇[illegible]安葬處

已鰥介人皆敬[illegible]六而卒里人稱曰松

隱先生

鄭瓛驍騎右衛人弘治己未進士授江西新喻縣令居官廉正士民懷服陞刑部主事歷員外郎中出守高州改南昌時宸濠久蓄異志招巨寇閔念四等潛刼江湖瓛遣使捕之每事輒加裁抑濠積恨誣奏揰殺王府校尉時錢寧用事與濠交通矯　詔撫按提問濠遂令羣校鎖入府凌辱萬狀然後送有司值濠生日未決濠入因械繫瓛擄小船載之令羣賊錮守忽風吹入

閙偶見鄰船舊兵玳以禍福歐諸衆從之其羅玳因奪馬潰圍登岸一呼從者千人逐散餘黨斬賊范成等七人赴王新建軍門備陳賊勢烏合易破請速進兵王嘉之授以臨江撫州兵四百名使巡守俘擒賊甘桂等三十四人賊平復任以許直忤當道賞遂不行又與舊屬楊材爭道爲所誣奏侍郎吳廷舉給事中毛玉副都御史伍文定不平皆爲上疏辯之

世廟以玳抗逆遇害不陷非義又頗有斬獲功許

推用後陞山東運使未任卒

楊銳爲都指揮守備安慶正德己卯宸濠反畱兵守南昌自率大軍盡奪官民船賊衆數萬舟楫蔽江而下聲言直取南京經安慶銳與知府張文錦等衆誓死固守令軍士鼓譟登城大罵之濠怒遂駐師督衆運土塡塹肉薄攻城城上矢石如雨下賊衆多死傷數日不能克濠乃令僉事潘鵬遣其家人持書入城諭降銳手斬之支解其屍投城下以媿賊衆遂褒會王新建[illegible]

入南昌濠回軍救之安慶之圍遂解是役也南京巳有爲濠内應者使濠乘初起之銳順流而下則天下事未可知使銳等不激怒之彼亦未必遽攻安慶也銳之功其可少哉

姚隆字原學　國初籍遽守後衛家金陵舉弘治壬戌進士初令浙之新昌時旱民多流莩設法賑濟多所全活數辨冤獄有懷百金謝者拒之不受陞禮部主客司主事轉郎中出守荊州威惠並行明年大水人附高阜大樹日夜嗸嗸

隆命人駕小舟千艘以濟之仍各給以米活者數千人是冬大雪殍者塞途又命人搭蓆舍於江岸以庇遠來趁食者而於近境爲粥以啖之活者亦數千人又明年脩築黄潭等處決堤曲盡規畫雖工費數萬緡皆不取於民時取佛中官過郡從者殺人捕而抵罪中官恐以奇禍隆弗爲變政績大著歌謠載道忽罷歸民皆扶老攜幼攀轅號泣至不可前爲祠肖像以祀之立碑曰去思歸家不入城府不道時事有田二

僅僕朝夕處之裕如也

王韋字欽佩徽之子沈毅清介動準禮法性至孝奉二親禮慕氣和小心周慎如一日登弘治乙丑進士改庶吉士以親老乞爲南考功主事南曹考察以力持公論見憚擢河南按察副使督學政繩以禮法綏以恩義凡請託一切謝絶有被黜者則深自引咎士咸歸心擢南京太僕少卿時居母憂且病竟卒顧司寇兄弟選其遺文刻之名南京家藏集行於世

周金字子庚其先武進人　國初以閭右徙南京隸籍府軍右衛因家焉弱冠爲應天學生正德戊辰舉進士擢給事中爲人豁達警敏有經制才都督馬昂進女弟奸謀叵測力爭出之人以爲難尤通達邊務凡山川夷險亭障疏數將士勇怯守禦難易咸習知之與客縱談虜如在目中歷陞僉都御史巡撫延綏宣府善撫將士得其心力宣府糧不時給衆大譟將爲變金肩輿諭之投戈解散徐治其渠魁而已邊告無事

乞歸久之起撫浙內入佐本兵擢右都御史總
督漕運
章聖梓宮南祔始奉　旨由江而諸護行大臣至
儀眞義從陸衆知不可而不敢言金獨力言沿
江山險路不可通狀且奉　玉體上下山阪恐
有撼頓奈何乃從江沿江千里居人免伐樹發
屋役夫數萬人得無走死山谷中者皆其力也
致仕歸武進卒　詔葬祭贈太子太保謚襄敏
蔣瑤字文[illegible]後衛籍家南京少以

文學名正德戊[illegible]知縣拜御史值宸濠叛出軍[illegible]寢卒贈光祿少卿諭祭

李重字元任其先□□人國初隸籍南京金吾後衛遂家焉舉正德辛未進士授戶部主事時戶部芻粟所在皆有中官預之重以清苦自持中官餽遺悉拒卻明年奉璽書督賦兩浙時鎮守太監劉璟所侵官銀至二十萬計密欲厚有所遺冀鈐其口重正色曰與其遺我孰[illegible]爲

民償所負以足國乎琪憚其嚴盡以所侵輸官由是兩浙宿負完百三十餘萬前此未之有也歷員外郎中擢德安守會有告言　宗藩羣校豪橫不法事者重直其民悉寘如法以是坐深搆至遣廷臣鞫之事始白謫官去德安日民哭送之祀於名宦祠戊子漕河壅用大臣薦復起爲工部郎中擢守九江俄進江西按察副使持憲愈厲以不能俯仰與上官不恊坐罷後老而貧敎授生徒於高淳溧陽之間以自給尚書霍

公韜欲贈以所毀淫祠及寺廢田俱固辭年八十卒

王鑾字汝和其先吳江人　國初隸籍錦衣衛遂家南京舉正德辛未進士試政吏部時流賊甫平郡縣瘡痍未復鑾恐兆後憂乃爲原治二篇大略論今之賊盜皆由守令非人監司惟利趨承撫按罔覈實效以至浸淫潰敗其弭盜根本則欲禁奢立禮敦教化嚴貪墨太宰楊一淸異之補文選主事秉公持衡不與人交接尋攺

考功節益峻朝散局鍵自防人罕識其面晉驗封郎中

陳沂字魯南鋼之子生而穎秀手采照人五歲能屬句比長益博綜羣言爲文汪洋雄偉時諸文人宦南都者咸相與倡和聲譽翕然顧獨不能規規習逐時好正德丁丑始第於春官在位者知沂有著述才改翰林庶吉士除編脩與脩毅皇帝實錄甲申與鄒守益楊愼再論大禮乙酉實錄成進侍講每經筵進說必委曲寓規諷意

上問宰執知其名明年出參江西進山東左參多惠政嘗按鉅野有群盜謀刼縣沂偵知之卽調兵掩捕盜驚散改山西太僕卿再疏乞歸築遂初齋杜門著述沂詩宗盛唐文出入史漢晚益臻理奧所著有金陵圖考又山東通志南畿志皆其筆削云

何遵字孟循其先吳江人　國初隷籍欽天監遂世家南京遵爲人任質不尚矯激之行居常吶吶然於世故泊如也因自號曰味淡舉正

[illegible]戌進士授工部主事督商稅荊州荊故利府以墨敗者相繼遵處之若無與已卯返命　闕

下

毅皇帝頻巡幸逆臣江彬者實導之始狩於近郊後遂歷上谷雲中諸邊至是有　詔除道將登封岱宗遵吳會浮江漢而上以禱於太嶽遊藩伺變禍且莫測兵部郎中黃鞏修撰舒芬等暨遵先後進諫彬怒矯　詔下鞏等獄且以死脅言者遵不顧復上疏言鞏等無罪不宜誅諫臣

語益剴切彬愈怒拜下遵於獄榜掠瀕死復罰跪廷杖逾二日竟死遵之將諫也貽書鄉人周金陳沂以親老爲託語不及私嘉靖初録遵忠贈尚寶卿廕一子爲國子生

劉璽字廷守其先山後人洪武間從戎有軍功隸龍驤衛世襲指揮同知璽少業儒有名居官廉潔不受錢犀公推轂致位兩府初分閫江計廩而食妻子布衣不完巡按穆御史相特薦之有僚友比之學官家人謂之窮鬼等語

總漕運

上識其名喜曰是前窮鬼邪亟可其奏璽夙諳利弊輿罷始盡侯勛方有寵請璽爲市南物付運舟分載入都以圖利璽不應以疾請告久之總漕非人復　名用莵以不屈忤當道論劾罷歸

辛

沈越字中甫　國初籍錦衣衛家金陵登嘉靖壬辰進士授羅田令踰年邑大治移令平江擢山東道監察御史平江民思之爲立去思碑羅

田亦祠於名宦爲御史持廉秉公釐奸革弊一時風裁大著以甲辰監試事忤　旨落職出判開州稍遷衞輝府推官又遷德安同知以不能隨時俯仰竟歸歸而田廬無所增置所著詩文并集古今雜事若干卷藏於家

陳鳳字元舉其先崑山人　國初以良醫隸籍太醫院遂家金陵早年聰穎不羣書過目輒成誦搖筆爲古詩文動凌作者舉嘉靖乙未進士授南陽推官郡有疑獄數端久不決鳳至原情

覈實得並釋之人稱神明丁外艱補彰德陞刑部主事決囚多所平反省中故有白雲樓暇日與文學寅僚眺咏其上目爲西曹雅社歷郎中出僉江西母憂再補四川改陝西是時已病聞邊事急冒暑而行抵慶陽扶病經畫未幾竟卒平生負氣任性覿覽甚富藻思絕倫所爲文辭皆秀朗淵逸卓有矩度所著有欣慕編清華堂稿摘存行於世

顧源字清甫　國初籍錦衣衛世居金陵少豪

售不蒙詩書畫皆不泥古法信筆點染天趣迥
絶然實自古法中來其論書曰書須古法四分
已意六分乃妙不然縱筆筆能似古人終成奴
書不足貴也中年究心禪理大有悟入晚節與
名僧舉西方社會戒律精嚴無與爲儷臨終端
坐而瞑舉室聞遺花香三日始歇

盧璧字國賢其先安東人遷盱眙祖陸　國初
爲金吾右衛指揮使遂家金陵嘉靖戊戌進士
選南戶部主事歷陞彭州知府改漢陽陞苑馬

少卿罷歸壁性孝友父病以身爲禱親喪衣不解帶者半載哀毁骨立居官常祿外秋毫無取及歸家計益窘處之恬如杜門掃軌不通公府性峭直終身不媚一人條佐閤亦不假辭色動遵禮法夫妻相敬如賓子孫必正衣冠然後敢見惟愛菊購奇品聚之圃中躬自澆灌菊之好爲京師第一卒年七十八所著有治漳備忘錄關中集兩山墨談客窗閒話東籬品彙等集藏於家

殷邁字時訓世爲南京留守衛人少穎敏端靖始授書輒成誦默志聖學二十登鄉薦肄業南雍於江西何善山氏聞陽明先生學已又從少司成南野歐陽公論理道有當於心以爲非靜無以成學遂屏居山寺鍵關默養參究佛乘多所自得辛丑舉進士授戶部主事以病乞南改吏部驗封司進文選郎中累遷至南太僕寺卿每改官輒固辭當道益重之疏上皆寢乃不得已赴任居無何又固辭必得乃已歸則杜門心

掃一切世好如洗萬曆初撫按交薦起爲南太
常卿進貳南禮部旋以原官管國子祭酒累疏
乞休卒邁賦性恬淡在官什三在告什七難進
易退之操始終如一少年求格致之義不得其
説哽咽終日究心中庸證諸内典已而收斂耳
目澄思靜照久之忽有省自言一日於幽寂中
恍惚見其良心始知此心心虚融周遍而身内有
形之心非吾心也其所得如此所著有懲忿窒
慾編逍遥談測言閒雲館野語行於世

張祥字元吉其先洛陽人遷常州祖通　國初以功爲錦衣衛千戶遂家金陵幼爲郡諸生有文名累屈於有司貢爲泗水學博士中山東鄉試辛丑舉進士授河南鄢陵令入爲工部主事歷郎中遷萊州知府已調楚雄歷遷按察副使罷歸祥居官服廉守介請託餽遺一切拒絕及歸家無餘資跬步不出戶庭絕口不問有司事茹淡服疏夷然自樂終其身未嘗有他營卒八十七

馬汝徯字誠望錦衣衛人八年十四游京庠十初應選貢壬子領鄉薦再試南宮弗售遂仕慶元令歲值攢造徯曰大造繫十年利病可容奸胥私弊乎遂率而盟諸城隍之神書誓辭於兩楹歸而晝夜親閱纖毫不假再踰月而冊成當道賢之事載慶元誌中受撫院檄禦甌閩劇賊李文標徯率鄉兵左右之竟滅賊三載入覲過家遂謝不赴徯恬靖隱厚喜浮屠家言嘗買地城南瘞暴胔五年積千餘副嘗貸部氏五金

無券鄧媛其家不知也必致還之居常泊如不自鳴其善書遍右軍其餘事也年八十二卒

鄭守矩字汝方瓛之子也檢於操履閑於世故對客才情豁如談時事亹亹有條一座傾聽游郡庠常試高等壬子舉於鄉時已強仕又十載以祿仕爲南城邑博師範端肅典試東土衷司馬貞吉周司徒繼皆出其門擢令郜陽廉明恕尋以乏嗣乞休里居三十餘年神采不衰育族及弟二子爲後卒年八十有三

陳芹字子野景泰中隸籍羽林前衛家金陵自幼穎秀過人十歲能賦小詩領嘉靖甲午鄉試屢上春官不第乃往來天台鴈山之間日與黄冠緇衣爲方外遊壬戌乃就選教諭崇仁陞尹奉新調寧鄉非其好也三上書求歸歸而絶意世事起邀笛閣五柳亭於秦淮水上日與儕輩臨流觴咏居家十五年未嘗履公庭及談時政所著有子野集鳳泉堂稿忠孝説義行於世郡守姚汝循嘗評其詩清婉幽澹有陶韋王孟風

度書小楷則鍾太傅入室弟子畫則長於寫生而於竹特妙在　本朝當是王孟端後一人人以爲確論

孫銳字抑之留守左衛籍家貧養母盡孝性端介與人不苟合臨財不苟取人有過面折之不假借交友皆嚴憚之爲博士弟子每試常居高等顧屢詘於場屋提學眞定楊公名知人得其考貢卷歎曰是科目才也豈有如此才而以優賽終乎竟中嘉靖丙午鄉試又再蹶於南宮一

謁選銓曹得河南通許知縣有政聲顧不能媚事上官遂爲所中大計時下遷杭州府學教授始至勵廉隅端軌範士無親疎厚薄儼然臨之非公事不具衣冠無敢登其門者士始憚其拘檢未期月翕然尊信之曰古君子也越四年竟以不能俯仰遷襄府紀善去之日士多裹糧相從有至數百里外者立去思碑於學宮至今人猶稱之歸而環堵蕭然豁如也足跡未嘗一謁公府人亦無有以私干之者年八十餘卒

焦瑞字伯賢　國初以武功隸籍旗手衛爲百夫長遂家金陵爲人淸方慤勅不妄語弱冠爲應天府學生以家督當户生事甚窘藉受徒爲活然來請業者束脩之問必程其學而後受有終歲不受一錢者曰教未有益也累試不第以選貢授靈山令時一條編法已行十餘年有司以僻遠里甲之供如故瑞至首罷之民始灑然有更生之望縣多叢篁密箐羣盜嘯聚其中督府檄節推劉往剿之賊執劉將加害瑞率衆往

援賊見鸞拜曰此眞吾父母奈何犯之遂解衆云乃拔節推還停斬且衆竟不上功幕府故賞亦不及焉嶺南去天萬里仕者率取明珠翠羽以自潤漁利之孔百端悉罷之有牛稅入滋多沿爲縣用亦貯之庫絲粟之費以己俸償之不支一錢縣產能膽天竺黃花石諸物上司不時需索皆力辭百姓恐失之咸願輸以緩其怒固不從然竟其去亦無取靈山一物者時賊猶窺伺瑞慮武備單弛檢諸兵日訓練之以銀爲射

的中輒賞之由是諸兵競勸賊不敢近見邑士多不勤於業躬督課之日夕靡倦月試輒加賞勵由是人人自奮權栢柄國賦斂嚴急鄰郡縣爭趨爲刻深赭衣塞道於是歎曰吾安忍以民命博一官乎遂以疾告歸徒步辭上司不復駕靈山輿矣先是督賦嘗出俸百金爲民代償去官未幾輸者滿額攝者盡以返之卒不納曰吾業已心代之不忍易吾心也歸之日囊餘八金半皆曩時射的也卒於途聞者惜之弟竑已

殿試第一人

李逢暘字維明　國初籍金吾後衛家南京幼端謹如成人家庭間嚬笑不苟雖盛暑恒整衣冠危坐終日無傾側容視世没溺財利惟恐汙之游郡庠京兆喻時延置家塾教其子逢暘以師道自重出入未嘗左顧見者肅然喻亦重之戊午舉於鄉喻寔薦之逢暘聞之弗善也絶不謁謝喻亦不介意人謂兩得云性篤孝母殁哀毁骨立啖蔬處外三年悉如禮舉隆慶戊辰進

士時方選庶吉士逢暘本第七人當道雅屬意逢暘圖避弗就乃授户部主事改儀部郎中會選宮人惟簡其貌類端淑者諸豔冶悉置不與奉　命遣祭楚王事竣以百金爲賻卻之歸未幾友人楊希淳病逢暘親視湯藥或謂宜少避者不從楊卒未浹旬亦竟不起逢暘篤於踐履不事空談及見天臺先生然後心服謂人曰吾曩求毛髮動止皆非是又曰吾不聞學得爲姦之矜者止爾今而後知學之不可已也幼[illegible]

淳爲石交相切劘李以敦篤勝楊以透脫勝皆金相玉質彬彬君子也兩人一時俱歿人咸惋惜之有集若干卷少司寇吳自新合楊稿刻而傳焉

論曰甚哉習俗之移人也聞之長老弘正間居官者大率以廉儉自守雖至極品家無餘資此如胡之弓越之劍夫人而能之也嘉靖間始有一二稍營囊橐爲子孫計者人猶共非笑之至邇年來則大異矣初試爲縣令即巳買田宅盛

輿服金玉玩好種種畢具甚且以此被譴責猶
恬而不知怪此其人與白晝攫金何異回視先
輩之風亦可以媿死矣操行如此他復安望乎
至若閭里之間當時亦多君子長者之風其後
漸以澆漓浮薄放論人才於疇昔殆有不可勝
紀者乃今則寥寥矣寧不爲司世道者之憂乎
若夫躬行教化使士庶回心而嚮道者其在
牧哉其在良牧哉

上元縣志卷之十

上元縣志卷之十一

人物志列女

夫女德之繫於天下重矣哉易詩書春秋皆著明之顧其道與丈夫異蓋士有百行委蛇變化要之不失其正而已至若婦人從一而終惟全節爲兢兢微有點缺則他圖不足贖矣及其意氣所激有丈夫所不能爲而且以身甘蹈之者或峻防以表潔或誓死以全貞其精誠凜烈至今耿耿猶有生氣又惡可得而泯沒哉於是采

其聞見之所及者著於篇

南北朝

王氏太尉長史誕之女也適袁氏生粲而其父卒粲尚幼孤寒無依王紡績以供朝夕粲嘗以事忤宋孝武坐徵下獄王候孝武出負磚叩頭因至傷目粲疾王憂念特甚夢粲父曰愍孫疾無憂將爲國器但恐富貴終當傾滅耳及粲貴王恒以夢言爲戒粲因自挹損遇遷官常辭不拜後以討蕭道成不克死於石頭城

魏氏王僧辯母也性和順僧辯以事下

行謝罪梁武帝不與見乃出詣貞惠世子自陳
訓辭旨哀切世子爲改容及僧辯得釋魏深相
責勵勉以忠孝後僧辯殄滅侯景克復舊都魏
恆以謙抑爲戒卒謚曰貞敏

元

王氏闞文興妻建康人也文興從軍漳州爲其
萬戶府知事王氏與偕行至元十七年陳吊眼
作亂攻漳州文興率兵與戰死之王氏被掠義
不受辱乃紿賊曰俟吾葬夫即汝從也賊許之
遂脫得負屍還積薪焚之火既熾即自投火中

死至順二年事聞贈文興侯以爵謚曰英烈王氏曰貞烈夫人有司爲立廟祀之號雙節云

郝氏劉應麟妻應麟祖虎爲宋觀察使自廬州徙居建康嘗統師拒北兵於滁之五河中矢洞腹達背久之瘡潰而死時妻王氏年始二十餘守志不出戶庭者五十二年卒子誠爲監稅官僅弱冠死時妻郝氏年二十一守志如姑王氏之行者五十三年及應麟妻郝氏尤勤勵婦操應麟歿事二姑四十餘年皆以壽終時謂劉氏

世貞節感嘆異之

周氏李成妻年二十喪夫[illegible]姑[illegible]

盡孝天曆二年部擬[illegible]

吳氏劉英傑妻宋知[illegible]一十二喪夫六

子慶孫端中皆[illegible]他適孝事舅姑教

子皆爲儒年七十餘元統二年部擬旌表門閭

復其家

周氏張安妻年二十二喪夫守志十載一子復

喪孫二人皆幼子婦樊氏奉姑亦守節不嫁周

氏年七十餘大德十一年部擬旌表復其家

楊氏王元壽妻元壽爲沿江制置司計議官死於難楊氏年二十守節不嫁教其子祐孫建孫長立仕宦祐孫終溧水州知州建孫任龍興路富州判官楊氏以子恩封上元縣君大德五年部擬旌表門閭

馬氏劉祐妻山東人寓居府城西隅清化坊年二十九喪夫終身績紝以養舅姑年五十餘至元五年部擬旌表門閭

衡氏趙宗澤妻建康人少有志操時汝潁兵起攻陷建康衡與趙棟妻夏氏趙楷妻劉氏俱誓不受辱沈水而死時號三烈

大明楊氏金陵民家女事安陸侯吴復爲妾復守黔陽以疾卒楊自縊以殉事聞高皇親降手勅封貞烈夫人

王氏江東人都指揮陳忠妻忠守交趾王與俱會黎賊叛忠戰没王時年二十三攜二女登竹筏出交趾東海城進海門潛賂賊黨收忠屍歛

之浮海間關扶柩南歸葬所居後紡績以度朝夕卒與忠合葬人謂其夫婦忠節兩無愧云

俞氏京城人張五妻年二十七歲洪武十九年夫病故俞守節終身

胡氏京城人李福保妻年二十四夫故守節

余氏府軍右衛人楊祖壽妻洪武二年祖壽征進鳳翔等處陣亡余氏年二十七守節以上俱永樂間奉 旨旌表

薄氏府軍右衛人蘇官福妻洪武三十三年土

故薄氏時年二十八守節無玷

鄭氏神策衛人王酉兒妻洪武二十八年酉兒征進廣西陣亡鄭年二十四歲思姑楊氏年老誓不再嫁養姑終身

王氏府軍右衛人田二妻洪武三十五年夫亡王氏守節三十餘年

龔氏豹韜衛人黄受公妻受公差運糧德州病故守節三十餘年

汪氏豹韜衛人陳安兒妻洪武二十二年安兒

差德州運糧病故汪時年二十餘守節終身

仲氏京城人陳忠妻忠於洪武三十一年病死

仲氏時年二十七守節撫孤年八十餘卒

顧氏京民奚善才妻年二十夫亡守節終身

吳氏京民陸保兒妻年二十九洪武二十一年

保兒病故守節

楊氏神策衛人夫劉受征進太原戰亡守節

倪氏京城人劉留住妻洪武三十年留住病故

倪年二十六守節以上俱宣德間奉　旨旌表

周氏龍江右衛人鄭忠妻永樂九年忠隨[illegible][illegible]侯北征時周氏年二十四孕男鄭敬在腹方三月及生三歲忠始回病故周守節養曾祖母徐氏壽終敬選西洋等國公幹回正統二年自將母甘貧守節二十七年具本奏 聞

張氏錦衣衛人袁討兒妻永樂四年夫亡張氏年二十五歲專務紡績撫養幼孤

魏妙真京民鄧信妻信亡守節

魏氏平市街居民伊端妻永樂十七年端死魏

年二十八守節大學士劉公定之爲作永貞堂記以上俱正統間奉　旨旌表

孫氏京城人趙和妻永樂六年和征安南死孫氏年二十四歲守節

蔡氏上元人朱金保妻宣德六年金保病故時蔡年二十九遺男朱榮方六歲家素貧乏又無伯叔蔡氏力貧奉養舅姑及卒喪葬如禮撫榮成立天順八年遇例　旌表

孫氏府軍後衛千戶趙和妻和征進安南病故

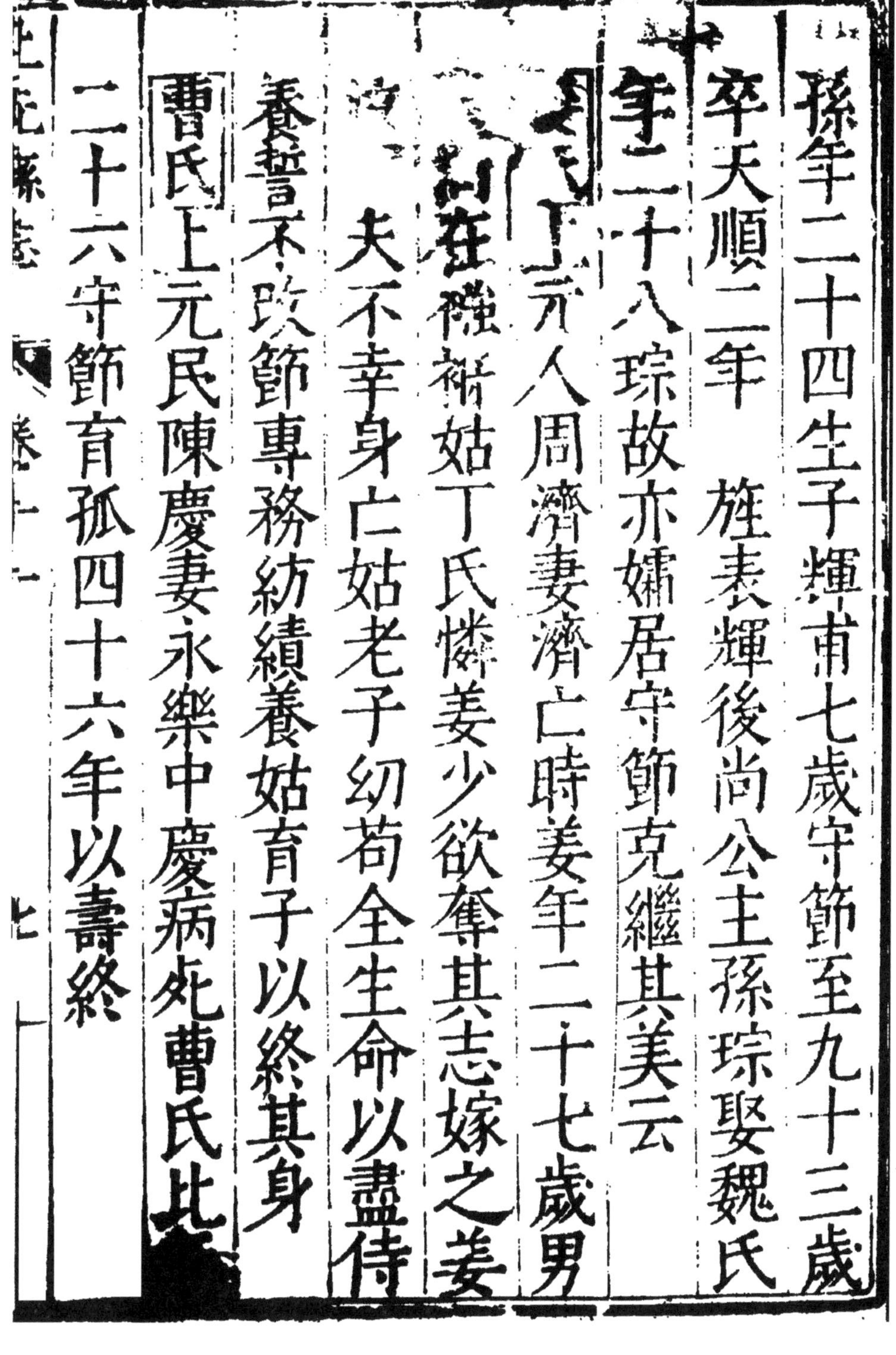

孫年二十四生子輝甫七歲守節至九十三歲
卒天順二年　旌表輝後尚公主孫琮娶魏氏
年二十八琮故亦孀居守節克繼其美云

[illegible]上元人周濟妻濟亡時姜年二十七歲男
[illegible]在襁褓姑丁氏憐姜少欲奪其志嫁之姜
[illegible]夫不幸身亡姑老子幼苟全生命以盡侍
養誓不改節專務紡績養姑育子以終其身

曹氏上元民陳慶妻永樂中慶病死曹氏比
二十六守節育孤四十六年以壽終

本頁原闕，現據南京圖書館藏美國國會圖書館膠卷（明萬曆刻本）增補。

馬氏戶部匠徐義妻宣德六年義故馬氏年二十二歲子源通方三歲守節三十五年

陳氏上元人楊阿庇妻庇於永樂中往西洋公幹不回陳氏年二十四守節

楊氏金吾前衛人年二十六歲夫亡守節三十餘年

沈氏上元十三坊人年二十五歲正統六年夫亡守節

喬氏京城德慶巷民孫敏妻敏亡時喬氏年二

本頁原闕，現據南京圖書館藏美國國會圖書館膠卷（明萬曆刻本）增補。

十歲守節

呂氏武定橋西民趙壽孫妻永樂十二年壽孫病故呂時年二十八守節

尤氏時雍街人唐思敬妻年二十六歲永樂七年夫亡守節

朱氏昇平橋人潘英妻年二十八歲夫亡自是屛跡樓居倂織紝易甘旨奉舅姑撫二孤辛瘁萬狀而志節彌堅

卞氏武藝街民薛雙兒妻年二十四歲夫亡守

本頁原闕，現據南京圖書館藏美國國會圖書館膠卷（明萬曆刻本）增補。

節事舅姑克盡其孝

龔氏京城民張純妻正統五年純病故龔氏時年二十歲孀居守節誓不二志

錢氏京城民徐昱妻年二十八歲夫亡守節育孤堅不可奪

倪氏京城白塔西廊民羅受童妻永樂十五年受童故倪氏守節

俞氏京衛人應天府學生員陳福妻福亡俞氏年甫二十歲守節

本頁原闕，現據南京圖書館藏美國國會圖書館膠卷（明萬曆刻本）增補。

張氏織錦坊民葉阿僧妻年二十九歲永樂二十年夫亡守節育孤不移初志

王氏錦衣衛指揮黄賓妾也賓以病卒王即欲自刎爲家人所救尋復自縊以上俱成化間奉旨旌表

焦氏江陰衛舉人任忱妻忱中應天府己卯鄉試四年病故焦氏時年未三十守節終其身

段氏龍江右衛人郃澄妻澄病亡段誓死守節時年方二十五歲子宗林在襁褓撫育成立壽

八十有五卒以上弘治間奉 旨旌表

趙氏知府俊女母病刲肉療之愈嘉靖間事

闕旌表

顧氏其先吳人洪武中以富戶實京師居儀鳳門父仲華爲贅壻陸某不二年夫卒喪畢父母嘗其志泣曰夫豈有二乎淚雨下父母亦泣不能休遂不復言居父家極盡孝道保養孤姪至五十二其居爲鄰火所燼父結小屋居之父母卒其他欲迎養焉顧曰吾生於斯豈宜他哉

死而已未幾卒事在正統間

黄善聰金陵淮清橋人年十二失母有姊已適人父販線香爲活憐善聰孤幼無依詭爲男子裝攜之遊廬鳳間數年父亦死善聰變姓名曰張勝仍習其業李英者亦販香自金陵來不知其女也約爲伴侶同寢食者踰年恆托稱疾不解衣夜乃溲溺弘治辛亥正月與英偕返金陵年已二十矣往見其姊姊言我初無弟安得來此善聰笑曰弟卽善聰也泣語其故姊怒詈曰男

女亂犟辱我甚矣汝雖自明誰則信之拒不納善聰不勝憤懣泣且誓曰妹此身苟涴有死而巳須令明白以表此心其鄰有穩婆姊聊呼驗之果處子乃相持痛哭手爲易男子裝明日英來再約同往則善聰俄爲女子矣英大駭問知其故怏怏如有失歸告其母其母大賢之時英猶未室卽爲求婚善聰不從曰妾竟歸英累人不疑乎交親鄰里相勸則泣涕橫流所執益堅傾都喧傳以爲異事厰衛聞之乃助其聘禮判

爲夫婦焉

盛氏　黄鍾妻鍾亡盛時年二十餘遺孤始生三月遂誓不二志事舅姑克盡婦道子年十五復夭盛晝夜號哭初志愈堅苦節終身鄉閭稱之

蔡丑女　上元文學蔡坦從妹也少孤與祖母居已受聘一日祖母出有逐僕爲僧行者來就食問以貨挑之不從遂迫之以刃衣裳盡裂次第受傷至十一處罵聲不絕竟死竈下不辱血淋漓[illegible]時女年十有五賊既殺女乃遯去牛首山

及官行驗時自來叩首伏罪官怪問其故賊曰女實未死引我至此耳夫女既殺身不辱又能執賊報仇吁亦異矣

王氏大僕少卿章女適上元李長史璨之仲子芹自幼淑愼聞詩禮之訓兼通經史及歸李氏躬親中饋舉足出言罔不周愼姑夏氏疾王晝夜侍養不解衣而寐者數旬至病殆則夜祝天刲臂取血調藥以進人竟不知而姑亦卒弟哀毀如禮其娣見其每盥頮左臂有護帛

之泣曰嗚呼吾取血以救姑而竟弗瘳是吾感未至也復何言乃記疇昔之夜明燭置刀於窗案間者爲此也子登方三歲而王卒親族至今賢之

王氏史敏妻史之先爲溧陽侯裔　國初自山東徙實京師隸籍上元家世饒裕而王性端肅能躬勤儉以率家衆敏早卒王年纔二十有七撫其子經遊府庠未幾經又早卒撫其孫五人孟孫世衡授河南陽武縣簿仲孫世揆授光祿

署丞尤好義餘皆有成立曾孫三十有一人咸有撫摩之功年八十有四卒孀居凡五十有七年氷節皭然

廖氏舉人沈九思妻年十七于歸天性端淑後七年九思計偕京師卒廖年纔二十四旅櫬既至誓共死絕食數日時翁且老孤鳳翔纔三齡翁勉以事育爲重始強食門戶衰薄苦節自守翁歿易釵珥送其終家益窘愈勤約篤育萬曆四年鳳翔舉於鄉二十年成進士

徐氏本縣徐文仁女年十五適儒民江良機[illegible]妻夫故氏年廿八有雙孤長文熒八歲次文炓四歲氷蘖礪操紡績贍養及氏抱病熒輒號天願代遂而誠感旋愈至於服官盡職活軍民贖難婦賑流亡完人婚掩暴骼種種悉由母命信所謂匪是母不生此子者也巡方使宗韓劉公廉實　題褒內稱徐氏秉貞潔之操著懿德之美撫子成人孝敬不違母儀可風堪以維俗奉旨行縣給銀三十兩建石坊旌表壽七十一終

論曰古人有云願爲良臣無爲忠臣然必有忠臣之心而後可以爲良臣婦道亦然以節義自表見者乃女子之不幸也然非有節婦之心亦惡能爲賢婦哉此其關於世風非淺鮮也旌異之典先代已然而我 國家尤重顧邇年以來寒微者或不聞於有司而往往藉家之豪富子孫之貴顯然後得徼光寵人或指而訾議之尚憐其貧者則亦奚足貴乎甚非
朝廷風勵意並司世道之責者其留意焉

人物雜志

孔子曰雖小道必有可觀者焉如醫藥卜筮皆有益於世聖人所不廢若夫琴師畫史若不足爲有無者然古之高士常怡情寄意於其間故人亦有取焉至於二氏之學儒者每排擯之不欲道然余觀其爲教超世絕塵遊方之外高明奇異之士或託而逃焉以故往往多卓絕之行如祥麟威鳳世所希覯近世王公大人多崇尚之此其中必有過人者非茍而已也余故於此

數者略紀其行事俾其人亦得以自見焉

陳訓字道元少好秘學天文筭歷陰陽占候無不畢綜尤善風角時臨平湖開或言天下當太平青蓋入洛陽孫皓以問訓訓曰臣止能望氣不能達湖之開塞退而告人曰青蓋入洛銜璧之兆吳亡隨例内徙拜諫議大夫俄去職還鄉王導多疾每自憂以問訓訓曰公耳竪垂肩必壽亦大貴子孫當興於江東訓卒年八十餘

戴洋字國流吳興人善風角好道術妙解占候

卜數吳末爲臺吏知吳將亡託病不仕吳平還鄉里揚州刺史嘗問吉凶於洋答曰熒惑入南斗八月有暴水九月當有客軍西南來如期果大水而石冰作亂王導遇病召洋問之洋曰君侯本命在申金爲土使之主而於申上石頭立治火光照天此爲金火相爍水火相煎故受害耳導卽移居東府病遂差

徐文伯字德秀丹陽人太守熙曾孫熙好黃老隱秦望山有道士授以扁鵲鏡經曰君子孫當

以道術救世當得二千石因精心學之遂名震海内子秋夫彌工其術仕至射陽令世傳嘗爲鬼磩腰痛秋夫生道度叔嚮皆精其業道度仕宋文帝朝位蘭陵太守道度生文伯叔嚮生嗣伯文伯兼有學術倜儻不屈於公卿孝武路太后病衆醫不識文伯診之曰此石博小腸耳乃爲水劑消石湯病即愈除鄱陽王常侍明帝宮人患腰痛牽心每至輒氣欲絕衆醫以爲肉癥文伯曰此髮癥也以油投之即吐得物如髮

引之長三尺頭已成蛇能動挂門上適盡一髮而已病都差子雄傳家業位奉朝請能清言多爲貴游所善事母孝母終毁瘠幾至自滅俄而兄亡扶杖臨喪撫膺一慟遂絶嗣伯字叔紹亦有孝行位至員郎諸府佐醫效與文伯埒焉

吴廷紹爲南唐太醫令烈祖食飴喉中噎國醫皆莫能愈廷紹尚未知名獨謂當進楮實湯一服疾失去馮延巳苦腦中痛廷紹密詰廚人知延巳平日嗜食山雞鷓鴣廷紹投以甘豆湯亦

愈羣醫默識之他日取用皆不驗或叩之曰噎因甘起故以楮實湯治之山雞鷓鴣皆食烏頭半夏故以甘豆湯解其毒耳聞者大服

王齊翰建康人善繪事開寶中有步卒得其所畫十六羅漢像鬻於市富商劉元嗣以白金四百兩請售之

唐文濟金陵人性沖澹以琴爲娛太宗朝待詔上曰古琴五弦文武增爲七朕欲令蔡裔增之二弦對曰不可五弦有遺音始益以二今無所

上增之文濟守前說上喜其有終令賜緋

術士王生金陵人瞽而善聽聲丁晉公謂守金陵王生潛聽其馬蹄聲曰參政月中必名拜相果如其言後眞宗晏駕謂充山陵使王生來京師俾聽馬蹄聲曰有西行之兆諸子責曰爾知相公充山陵使故有是說或密問之曰蹄西去而無回聲後果罷相分司西京繼貶崖州

蔡槐德興人僑居建康少日讀書卓犖不羈工相人之術然不安許可至元二十三年與傅學

士立等偕名至京師詔問朕壽幾何對曰仁者壽陛下壽及八旬時春宮未建嘗賜見便殿俾定儲君於諸皇孫中對曰某位太子龍鳳之姿天日之表他日必爲太平天子後七年登極即成廟也久之大臣有爲姦利者請問休咎槐拒不往見他日見於朝辭色甚怒槐爲言曰相公能憂國愛民自可享期頤之福何問之有然亦懼其讒間授集賢學士辭不拜乞歸田里從之勅復其家稅役隱居鍾山不復有仕進意臺省以

下官恒以上意歲時詣門存問數年時相果敗元貞改元復名不赴以疾終於家

蔣用文其先魏人洪武初從句容遂入都城精於醫永樂中爲太醫院判日侍文華殿其醫主李明之朱彦脩不執古方而究病所本自爲方故所治恆十全王公大人下逮氓隸有疾衆所難愈者謁用文治即愈謂不可愈無復愈者年七十四卒遣中使護喪歸葬子四人長主善能世其傳

仁廟嘗諭用文曰卿有子矣用文卒名赴京諭慰册四賜織金衣即日授御醫尋陞院使出宮媛三人李莊徐以爲繼室恩賚甚厚景泰間卒次主敬主孝主忠皆以醫名而主孝喜爲詩主忠尤嗜儒術爲古文辭主孝子謚別有傳

蔣子成少工繪素山水人物俱優後惟以畫觀音像馳名都下其畫像點綴意態自與凡品二同稱者以爲吳道子後一人

姚俶字文剛其先吳人祖父始徙金陵占籍

衣衛少從吳中李醫產學帶下醫盡得其妙人有疾弗能愈者治之立效性好義鄉里親交之貧不能給與喪不能舉者恆出其餘以周之後以子貴贈禮部郎中子昺字懋明由乙未進士授工部主事歷陞永州知府有惠政卒於官

吳琳字宗器其先浙之定海人洪武初以戎籍居金陵幼業儒慕天官學去學於何司曆盡得其秘被薦入欽天監正統景泰間從征虜占候有功天順初玄象示警

英宗名見便殿奏對稱旨賜白金文綺成化戊子因災異上言君能脩德格天則災變爲祥若高宗雊雉宣王旱魃皆因災知懼卒成中興之美因條陳弭變圖治六事言多可采居家孝友庭產嘉瓜並蔕人以爲雍睦之應云

嚴景字克企其先姑蘇人祖道通以醫業起家徙居金陵景幼好學通易尤精於家學永樂中詔太醫院送名醫子弟讀書備用命趙友同大敏德教之景方弱冠在選中益探閫奥吳訥

師喜曰是子不羣他日必以醫名後果名部下求治療者無虛日子弟來從學者無間遠近景氣岸甚高動必以禮而勇於行義尤喜吟咏學士周公敘結詩社於金陵景與焉倪文僖公亦稱其行誼志節有古逸民之風

吳淦字宗澄精卜筮有奇驗名動縉紳天性孝友嘗因親病每夜稽顙北辰求禱病轉劇則刲股和羹以進遂得痊復鄉人重之

吳偉字次翁其先楚人少遊金陵遂居焉後以

畫名都下臨繪用墨如潑旁觀者甚駭少頃揮灑巨細曲折各有條理若宿搆然評者謂可與馬夏伯仲弘治末以名畫取赴京師

孝廟甚奇之以忤貴近放歸尋卒其畫至今珍焉

周文銓字汝衡少業儒不成棄去學醫視俗工所爲詑曰醫道止是耶復棄去閉門取素難本草諸書反復研究探厥玄渺始出應人之求切脉製藥一上朱李迥出流輩衆大駭然病者輒愈乃大服由此名動京國公卿恆折節禮下之

負其才藝達官顯人非與抗禮卒不赴又健值主人會心縱談或至移時竟忘他請以是多失豪貴人意乃之他醫他醫妄庸者或致産千金衡卒以窮死醫效籍甚平生不以授人人亦無能受之者今不傳

帛尸黎密西域師子國王子以國讓弟爲沙門晋永嘉中到東土止於大市王丞相導一見奇之以爲吾之徒也黎密常行頭陀行卒於梅岡帝於冢邊立寺因號高座高座道人不作漢語

或問此意簡文曰以省應對之煩

支遁字道林本姓關氏陳留人幼有神理聰明秀徹晉哀帝時名遁講法禁中一時名士如謝安王羲之殷浩郗超輩並與結方外交在建業將涉三載乃詣般若四禪諸經嘗與人論莊逍篇曰桀跖以殘害爲性若適性爲得者彼亦逍遙矣因爲之註羣儒舊學咸所歎服

杯渡不知何許人亦不知其姓名常乘木杯渡水因以爲號在建康時唯荷一蘆圌子[illegible]

物或擲於地數十人舉之不能得嘗欲之瓜步
累足杯中食頃達北岸潮溝有朱文殊者奉佛
法渡多來其家其他神異不可備述元嘉三年
死葬覆舟山後人復見渡如平時

求那跋摩西域僧也宋元嘉中東遊渡江居金
陵祇園寺文帝嘗問之曰朕常願持齋不殺生
命對曰道在心不在事法由已不由人且帝王
所修與凡庶不同四海爲家萬民爲子出一嘉
言則士庶咸悅布一善政則神人以和刑不夭

命役不勞力則風雨時若百穀滋繁以此持齋齋亦大矣以此不殺利亦多矣安在輟半日之爨全一禽之命然後爲弘濟耶帝撫几稱善

寶誌本姓朱金陵人少出家止道林寺至宋泰始中始顯靈跡常跣行街巷執一錫杖杖頭挂剪及鏡或一兩匹帛與人言始難曉後皆効驗時或賦詩言如讖記江東士庶皆共事之齊武帝謂其惑衆收禁建康獄詰旦遊行如故而獄中仍一誌乃迎入宮敬事之忽一日著三重布

帽人皆怪之俄而武帝列文惠太子及豫章二相繼甍逝梁武帝崇信西法尤所敬禮嘗對武帝食鱠武帝曰朕不知味二十餘年矣誌乃吐出小魚依依鱗尾太子綱初生日遣使問誌誌合掌曰皇子誕育幸甚然寃家亦生於此後推尋曆數蓋與侯景同年月日生也天監十三年無疾而終

傅大士婺州人年十六娶妻劉氏生二子偶遇西域沙門嵩頭陀引之臨水觀影圓光寶蓋法

從甚盛心感悟遂出家梁武帝詔至建康聞其神異頸鎖諸門大士以木槌叩其一門諸門悉啓直入善言殿帝爲設食竟止鍾山定林寺帝又請講金剛經大士揮案一拍而起帝不喻再請講乃陞座唱四十九頌遂便去迨今頌行於世

達磨西域僧也傳佛心印聞梁武帝崇信釋典乃自南海廣州達建康時武帝與寶誌雲光講說因果達磨以爲非佛旨遂去止少林乃面壁九年不語後以所傳衣鉢授弟子慧可是爲

來第一祖云

藏法師 梁開善寺僧初與何胤遇於秦望山後還都卒於鍾山卒之日胤在吳中般若寺見一僧授以香爐奩并函書云發自揚都呈何居士言訖失所在函中莊嚴論世中未有訪之香爐乃藏公所常用者

文益 餘杭人幼出家得達磨之傳居建康清涼寺唐主嘗請入宮觀牡丹求賦詩師卽咏曰擁毳對芳叢由來趣不同髮從今日白花是去年

紅豔隨朝露馨香逐晚風何須待零落然後始知空說者以爲後主時事非也其教大行禪門尊仰之曰法眼宗

木平和尚不知何許人南唐保大初徵至闕下挂木瓶杖頭倏不見後主問曰和尚何在因引瓶自蔽詭曰某在此澡浴後主拜之木平曰陛下見羣臣勿言臣在瓶中浴後主笑曰和尚人亦勿道吾拜汝常出入禁中他日從登雲樓後主問其制度佳否對曰尤宜望火初不

其意後數載木平卒淮甸大擾烽火相接後主常登望以占動靜又素愛慶王因問壽命幾何曰壽當七十是歲病終年十七蓋反語也爲建寺宮側居之名木瓶後訛爲木平云

譚紫霄泉州人有道術能禁沮鬼魅祈禳災福知人壽夭後主名至建康賜道號階以金紫比蜀之杜光庭皆不受所獲醮祭之施輒以給四方賓旅金陵既下忽無疾卒人謂尸解莫知其壽算歸葬日有祥雲白鶴盤繞送之

周顛仙建昌人患顛疾嘗浪遊南昌撫州歲將三十俄有異詞每謁新官必曰告太平

太祖平南昌歸建業顛亦隨至

太祖曰此來何爲對曰告太平自後日顛不已一日命巨釜覆之圍以束薪火盡啓視儼然如故如是者三俱無恙詳見　御製碑文

冷謙字啓敬諳音律宋景定時人　國初以黄冠入見

太祖授之協律郎善遯一日至便殿索小𥐯先く

一足入之已而漸沒其中呼泠謙輒應及視之乃空罌耳因令碎之左右執碎罌呼之片片皆應自是不復見後有人遇之武當者

劉長春贛州人幼爲道士遇趙原陽授以淨明忠孝道法洪武中召至闕下試以道術靈應赫然建西山道院於朝天宮以居之嘗出入禁中與論道要命乘傳遊名山永樂初名還禮遇甚至以忤權貴爲所中謫置雲南洪熙改元首遣内臣徵還賜號長春真人及輿帳供奉之具甚

倘宣德中寵眷益隆眞人志行高潔旁通醫術又爲金丹起人之疾尤有奇驗臨終趺坐而化

張三丰不知何許人丰姿魁偉美髯如戟入武當山修行寒暑惟衣一衲或處窮寂或遊市井浩浩自如有問之者終日不答一語或與論三教經書則吐辭滾滾皆本道德忠孝每事輒先知之所啖斗升俱盡或辟穀數月自若也登山如飛或隆冬臥雪中齁鼾如常時

太祖聞其名遣使求之不得永樂初累致書敦請

乃入見嘗奏對忤旨欲殺之忽不見上遂病有使者遇之途附進蓑衣草數莖煎湯服之立愈由此遂絕李景隆事之甚敬臨去贈以蓑笠云他日有難可服此後其家遭幽閉年久絕食乃思其言服之行過處地即生穀一夕便熟賴此以濟及宥出後服之而行地不復生穀矣至今蓑笠尚存

周希言不知何許人頂一髻不巾櫛麤布夾衫有裙襦而無袒服履而不襪疎眉目豐輔重頷

腰腹十圍得如來一相日馬陰藏盛暑輒裸而暴日中不汗窮冬間鑿冰而浴以故所至人皆異之奉之幘則幘奉之衣則衣予之金錢則亦寘袖中轉盼卽付之何人手不顧也出則童子噪而從之人有以爲二百歲者或云止可五六十則亦隨答之問其所繇得及延年沖舉之術則不應嘗過一毛百戶家飯畢沐浴趺坐而化顔色如生浹旬不變葢尸解云

論曰方術伎藝雖無當大道然自古記之矣茲

不身言[illegible]若道家[illegible]老子老子之書言脩身治
國之道辭深而旨遠未易測識及讀古先生言
則又汪洋澒洞其論心性殆幷吾儒之所引而
不發者吐露盡矣茲無論其精者即其徒草衣
木食澗飲巖棲殆蟬脫塵埃之外其視功名富
貴不啻鵷鳶腐鼠耳世之儒者號曰知道顧往
往勢利膏肓塵情痼疾茲正可爲其鍼砭且或
爲空言以闢之奚益哉假令剖藩籬窺寥[illegible]而
以反性命之情則於吾道不爲無助此可爲知

者道未易與俗人言也吾悲世人不究其實從

斥之曰異端異端云爾故爲之說如此大觀者

或有取焉

上元縣志卷之十二

藝文志

夫人物鍾諸地靈文章關夫時變殆乎感之然乎金陵佳麗亦旣毓爲英華而來遊矢音賢豪盛集加之

本朝爍懿漢鈞陶冶詠歌著作自六代以至於今雲蒸山積何可勝載備而錄之則簡袠有限於是務簡核謝博收詩詞除各類附著外其有拾遺唯取雄沈稱我首邑若六代悲涼感慨令豈

其時雖在宗工亦付姑置其文唯標形勝關牧事者載之掛漏之譏揔無恤焉詩可以輿文以載道其斯而已矣作藝文志

詩

城東行樂　鮑照

雞鳴關吏起伐鼓早通晨嚴車臨迥陌延瞰歷城闉蔓草緣高隅修楊夾廣津迅風首旦發平路塞飛塵擾擾遊宦子營營市井人懷金近利撫劒遠辭親爭先萬里途各事百年身明

及稚節含彩各驚春尊賢永照灼孤賤長隱淪容華坐消歇端爲誰苦辛

三山

泉源安首流川末登遠波晨光被水族曉氣歇林阿兩江漢平迴三山鬱駢羅南帆望越嶠北榜指齊河關扃繞天邑襟帶導京畿長城非壑險峻岨似荊芽攢樓貫白日摛堞隱丹霞征夫喜觀國遊子遲見家流連入京引躑躅望鄉歌彌前歎景促逾近勸路多借萃猶如茲弘易將

謂何

遊攝山　江總

霡霂新雨霽清和孟夏肇棲宿綠野中登頓丹霞杪敬仰高人德抗志塵物表三空豁已悟萬有一何小始從情所寄冥期諒不少荷衣步林泉麥氣涼昏曉乘風面泠泠候月臨皎皎煙崖憩古石雲路排征鳥披逕憐森沈攀條惜杳裊

白下亭留別　李白

水昔飛動三龍紛戰爭鍾山危波瀾傾側駭

奔鯨黃旗一掃蕩割壤開吳京六代更霸王遺跡見都城至今秦淮間禮樂秀羣英地擅鄒魯學詩騰顔謝名五月金陵西祖予白下亭欲尋廬峯頂先繞漢水行香爐紫煙滅瀑布落太清若攀星辰去揮手緬含情

三山望金陵寄殷淑

三山懷謝朓水澹望長安蕪沒河陽縣秋江正北看盧龍霜氣冷鳷鵲月光寒耿耿憶瓊樹天涯寄一歡

金陵歌送別范宣

石頭巉巖如虎踞凌波欲過滄洲去鍾山龍盤走勢來秀色橫分歷陽樹四十餘帝三百秋功名事跡隨東流白馬小兒誰家子泰清之歲來關囚金陵昔時何壯哉席捲英豪天下來冠蓋散為煙霧盡金輿玉座成寒灰扣劍悲鳴空咄嗟梁陳白骨亂如麻天子龍沉景陽井誰歌玉樹後庭花此地傷心不能道目下離離長春草送爾長江萬里心他年來訪南山皓

金陵酒肆留別

風吹柳花滿店香，吳姬壓酒使客嘗。金陵子弟來相送，欲行不行各盡觴。請君試問東流水，別意與之誰短長。

遊攝山　　權德輿

攝山標勝紀，暇日諧想矚。縈迴松路深，繚繞雲巖曲。重樓回樹杪，古像鑿山腹。人遠水木清，地幽蘭桂馥。層臺聳金碧，絕頂摩淨綠。下界誠可悲，南朝紛在目。焚香入古殿，待月出深竹。稍覺

天籟寂自傷人事促宗雷此相遇偃仰隨所欲清論月輪低閒吟茗花熟一生如土梗萬慮皆桎梏永願事潛師窮年此棲宿

金陵懷古　　劉禹錫

王濬樓船下益州金陵王氣漠然收千尋鐵鎖沉江底一片降旗出石頭人世幾回傷往事山形依舊枕寒流今逢四海爲家日故壘蕭蕭荻秋

金陵　　　八{?}

始發碧江口曠然諧遠心風清舟在鑑日落人浮金瓜步逢潮汐臺城過雁音故鄉何處是雲外卽喬林

題韋處士山居　許渾

斸藥去還歸家人手掩扉山風藤子落溪雨豆花肥寺遠僧來少橋危客過稀不聞砧杵動應解製荷衣

贈韋處士　白居易

新竹夾平流新荷拂小舟衆皆嫌拙好誰肯伴

閒遊客爲忙多去僧因飯暫留猶憐韋處士盡日共悠悠

訪明僧紹宅　皮日休

不見明居士空山但寂寥白蓮唫次缺香靄坐來銷泉冷無三伏松枯有六朝何時石上月相對論逍遙

鍾山避暑　李建勳

樓臺雖少景何深滿地青苔勝布金松影邀留僧共坐水聲閒與客同尋清涼會擬[illegible]

涵終須棄竹林長愛琴牀經案上石窓秋[illegible]向千岑

青溪草堂閒興

窻外階連水松杉欲作林自憐趨競地獨有愛閒心素壁題堪遍危冠酹不簪江僧暮相訪簾捲見秋岑

東山　蘇軾

謝公含雅量世運值艱難況復情所鍾感慨萃中年正賴絲與竹陶寫有餘懽常恐兒輩覺坐

令高趣闌獨攜縹緲人來上東山巔放懷事物外徙倚弄雲泉一旦功業成管蔡復流言慷慨桓野王哀歌　清彈挽鬚記流涕始知使君賢意長日月促臥病已辛酸慟哭西州門往駕彌復連空餘行樂地古木昏蒼煙

鍾山漫作以下皆本朝人作　劉基

紫桂吹香媚小山月華的爍滿林間坐生虛室知是山雲作雨還

侍遊鍾山應制　王褘

鍾山突兀楚天西玉柱曾經
御筆題雲擁金陵龍虎壯月明珠樹鳳凰棲氣[illegible]
江海三山小勢壓乾坤五嶽低華祝聲中人共
仰萬年　帝業與天齊

登清涼寺後臺　　李東陽

虎距關高鷲嶺尊四山環遶萬家村城中一覽
無餘地象外空傳不二門人世百年同俯仰江
流今古此乾坤南都勝槩今如許歸向長安父
老論

祈澤泉

一脈漣漪出澗墳名山秀色許平分空梁燕雀巢名字舊榜蛟龍護敕文歲旱愆期能作雨春陰滿野自成雲靈湫欲和昌黎詠三歎神功未敢云

謁卞廟　王徽

危急曾輿討賊師可憐病骨竟難支死酬君父綱常重名在乾坤草木知榛棘幾年迷舊壟盛雲一旦護新祠當時庾亮今何處更有[illegible]人爲

立碑

遊清涼寺　李熙

鐘聲隱隱翠微深外有崇臺隔樹林下界鳥啼常見背上方僧定不聞音行尋野水醒塵目坐挹清風洗俗襟莫話前朝廢興事英雄回首幾銷沉

卞忠貞公墓　黃淮

江左失其御強臣玩天誅歡娛一以乖狂猘無趑趄黃屋播草野彤庭交劍殳事樞始誰秉捧

首如奔狐偉茲百世士死與二子俱孤哀耿未沫足以孚豚魚義旗果東指白日開天衢孰最撥亂功之人或其徒伊爾大雅廢清言鄙之儒禾黍已橫委衣冠尚舒徐屹然見砥柱獨障狂瀾趨高風邈難攀捐生乃區區青簡煥遺烈蒼榛閟幽墟日夕悲吹多天高年運徂世方用髑髏猶將媿玄虛江濤渺在望雪涕空漣如

玉兎泉聯句　洪武五年秋九月十有五日以

入酉予與仲子璲過張錄事孟兼於城

燭對坐孟兼方命侍史汲玉乳泉瀹茗俄[illegible]參軍鼎劉職方崧周虞部子諒皆集相與議詩呂太常仲善聞之亦驩然來會孟兼曰今夕何夕請舉泉聯詩何如衆皆曰然鬭險據勝闃闃弗能休至二鼓詩成南宮散吏金華

宋濂

成均地何靈聖澤資灌沃濂乳奔地奇徵井渫發新斸鼎自非三窟深孰湛一川綠孟兼儲精本從金生色絕勝玉子諒霜毛蘸寒歓雪氄翻

夜浴崧釀冽補酒經沐丹驗仙籙仲善杵春蟾
宮棄珠噴鱣堂觸璲孕月生陰精觀天漏晴旭
濂冰澄毛骨竪鑑瀲須眉燭咢魏名徒自奇擔
行穢難贖孟兼雖涵東郭莪難洗上蔡辱子諒
引滿瓶末羸採幽綆頻續崧罌滲銀床出竇
濺瓊擺仲彰醉沃目暈花凍澀指連瘃璲濡毫
乃自潤照影從人欲濂光沉天上魄祥啓地中
躅咢摘　挹餘清盥薦侑嘉告子諒劍刺井出一
市也移豈身毒孟兼燕支媿瑤陳鹽鹵鄙

崧 不動疑窪雪頻搖笑風轟仲善 天光一眼

雲影片鱗束燧 劇嘯覺瘳瘰蹶足想彳亍濂 感

沸虎爪跑[illegible]吸猾劈臼禹 潔士濯冠纓渴卒卸

刀韣子諒 精當卬君降液彧井窗督孟兼 誰知

鐘宿分脈與伊洛屬崧 錫名爾固嘉戰句吾何

局仲善 聯將指鼎比疾勝擊鉢促燧 驚風落燈

燼斜月墜櫓曲靈源詎能窮短咏聊可録濂

同謝國史遊鍾山逢鐵冠先生 楊榮

日日城中望鍾山孤塔縹緲峯孱顏山靈嘲我

不一到但命俗駕趨塵闤　聖恩今朝許休沐得與謝安同躋攀出郭未至景已好松風一派連濤灣空林無人遇釋子知有曲徑通禪關舉頭見寺去尚遠鐘聲響落浮雲間登高不知已幾里但怪力盡愁辛𧼈衆山雜遝總在下如[illegible]劍珮趨朝班時當嚴冬雪始霽古木寒瘦泉[illegible][illegible]慳梁僧遺墓卧殘碣宋帝廢墠埋深菅六朝蹟不可問但見石老莓苔頑豪華歇盡形[illegible]劫火幾度燒空殿鐵冠先生有道者往往

翁黄斑相迎爲指幽絶石忘漁者晤坐聽潺湲一逕

潋灔霞暮禾送日墜江水鳴飛還皆營一逕

易得長來不比山僧閒

蔣山法會瑞應詩應制作　王偁

寶地芬金仙璇宮啓梵筵眞僧騰異域開六

三乘說法雲成蓋談經花雨天祥光凝彩絢甘

露珠圓天樂懸處下神燈徹夜懸勝因濟妙

覺路指識川祇樹春光滿靈山會儼然願茲

弘至化　皇運共千年

本頁原闕，現據南京圖書館藏美國國會圖書館膠卷（明萬曆刻本）增補。

觀音巖同浚川王司馬作二首　[illegible]高[illegible]

久懷名山遊登賞春已[illegible]言尋[illegible]一[illegible]適滄

洲趣巉巉石抱城泯泯江流霧碧[illegible][illegible]飛泉擊

蘿蔭芳樹臥川是魚鳥陀洋多[illegible][illegible]興發揮綠

觴浩歌話[illegible]曙翁水隔煙濤蓬[illegible]渺天路豈無

乘槎仙雲[illegible]自來去人世多囂塵流光草間露

古[illegible]會良足快[illegible]盼已厭故何當巢雲松脫跡蓀

負素

寒林媚晴春宛若綺繡錯岷江滙淇波九派叠

本頁原闕，現據南京圖書館藏美國國會圖書館膠卷（明萬曆刻本）增補。

輸約仄壘萬古磯懸崖出飛閣崖中白衣士造
坐澹虛泊衹苑遺俗氣巖花自開落俯窺羣象
杳仰視天宇闊昔賢幾登臨異代不可作對長
奉佳遊轉使吏情薄欲釣任公鼇還夢挾仙蓬
青山何寥寥白石亦鑿鑿寄謝同心侶且示今
夕樂

九日金陵城西泛舟同顧中丞二首

瀆洲荻浦水雲長素舸筠簾氷雪光霞氣入江
頭鳥嶼浪花霑席淨琴觴伴人泛泛鷗何逸媚

石輝耀菊自芳非是龍山吹帽客還將幽意寄滄浪

龍河西渚石城隈九日風煙霽色開帝苑樓臺雲裏現澄潭凫雁鏡中回青溪渡轉橋橫木朱雀航空月暎苔千古風流今獨勝中丞與客泛舟來

登清涼寺後西塞山亭二首　顧璘

山閣難禁宋玉悲六朝遺恨滿殘碑青山白蟠龍勢玉樹空傳落燕詞寒節授衣傷老[illegible]

鄉隨鋪媿支離歌筵舞妓非前代文采風流又一時

劍化人亡有故城東來海氣帶龍腥煙花樓閣三千界錦繡山河百二形老托神京堪自隱醉眠秋澗不知醒長江只在朱闌外莫遣哀歌動杳冥

次趙克用遊靈谷寺韻

紫崖蒼巘隱雲房春盡唯聞藥草香風磴噴泉晴欲雨石林含露午生涼醉憐半落花辭樹坐

歎西飛日轉廊回首碧城燈火亂淡煙衰柳路微茫

冬日同諸公飲憑虛閣

寺閣吟詩臘月中擁裘行酒氣彌雄江山過雪生新色天地凝寒渺太空獨去鷹鸇迷落日後凋松柏倚高風須知霜月光偏勝莫道冰林賞易窮

觀音山江閣與顧英玉中秋看月　黄亦

鷲嶺宿龍宮凭闌一望中天遙滄海盡月小[illegible]

江空亂石穿寒瀉虛廊度曉風只疑銀漢渚偶

爾客槎通

棲霞寺　　王韋

岑蔚結幽禪山遙景自偏銘題遺宋刻寶像鑿

齊年曙色開重嶂寒聲咽細泉捫蘿殊未已咫

尺見諸天

盧龍觀鈎韵

獅子山深草樹香丹丘近結赤城傍樓藏

蜃藻風濤壯溪帶仙葩水月蒼東渡地靈憐謝傳

西來天塹憶周郎登臨莫漫誇名勝佳氣龍蔥

識　帝鄉

觀音巖晚歸　王廷相

山勢連鍾阜龍宫接

帝陵大江侵暮碧層漢入秋澄閣眺齊飛鶻巖攀

藉古藤上方遊未遍前路已籌燈

遊永慶寺　景暘

五月江南正麥秋名山非遠尚堪遊竹[illegible]

風猶冷石磴穿雲路轉幽選勝愛從雙樹

禪聯爲異僧留城西絶妙清涼寺此地還應第二不

宿雞鳴寺　陳沂

春山臨淨域夜檻出高城萬境煙雲暝諸天象緯明寶燈分塔影金鐸亂松聲定處塵機破禪中道念平感靈僧錫化虛寂佛香生鳥息林初靜龍歸水自清蕭皇遺世志師竺住山名不到深棲地那能識此情

登慕府山絶頂　顧璘

江山開壯觀風日澹清秋攀陟良多險登臨足寫憂洲横鋪練出江拂畫屏流霽景千巖秀鳴淙萬壑幽風帆天際滅沙鳥鏡中浮今古興衰地乾坤浩蕩遊長歌懷往代遐覽託冥搜名相今誰在神僧不可求唯餘山水地作險鎮
皇州

宿棲霞寺

下馬松門日暮時晚晴先自愜幽期巖深長護
千年佛寺古猶存六代碑亂莽風生潛虎穴

峯月在挂猨枝明朝賸有躋攀與一夜江山惱夢思

金陵詠　黄省曾

舊闕天爲府新看錦作州草芳非晉苑淮曲是秦流　國有千秋壯雲皆五色浮六龍銜曉日常吐鳳凰樓

入高橋門　蔡羽

雁度關山玉塞横秋高天表物華清林開武帳旗亭遠江轉龍城水殿明常怪秣陵多紫氣遙

從仙掌望金莖秦淮日落寒潮起南浦芙蓉鏡裏行

由大觀亭歷觀音閣仙釋二院並勝因得縱覽江上

朱欄控帶青壁煙碧峯浮出丹楓顛東方鈴鐸西方磬輕霞淡照横江天南崖高北崖俯羣峯奔走如龍虎千尋巨石連空起斷處曾經巨靈斧天池闊湯谷長秋江萬里横蒼茫漁舟尺〔缺〕金連環鴛鴦飛出蒹葭霜潯陽潮有無白帝〔缺〕

何處回望吳天雁南翔又西翥孤帆遠映青空來綠樹橫分半江去重沙覆岸東復張鯨鱷橫斜失依據海月緣沙生珠子隨潮來殘陽尚懸辟素魄先臨臺仙家瑤草九月寒遠公石上三花開燕子磯頭飲牛客偶來莫使世人猜青山對酒誰爲主惟有簫聲晚自哀

覆舟山臨望

覆舟山頭霽景明長松落落崖石平廻巒秀嶺低復昂傳聞此地爲臺城南望建章宮佳氣何

鬱葱秦淮樹中流遙與宮門通城中萬井如棊畫楊栁煙中分紫陌内園蘭桂浮溫香戚里池臺蕩朱碧鳳凰樓閣無處尋臨春結綺作梵林樽前却是樂遊苑市朝更改成古今登臨易頭白銜杯落江日回望北湖煙蟬鳴樹蕭瑟秋波慘淡荷芰花玉鳧錦雞踏浪霞西曹巳鳴馬東署復報衙冥冥臺底月寂寂城頭鴉停琴送黄飛鴻影引領天邊不見家

弘濟寺　金大輿

大江西拱秣陵城江上靈山逼太清飛閣俯臨秋水闊懸崖平對暮潮生龍蟠古洞噓雲氣風撼長波雜雨聲重擬天晴移短棹來看海月夜深明

盧龍觀　王履吉

秋林隨繫馬古洞看彈碁淮海青天濕鍾山玉殿披鹿場雲影淨鶴徑石梯危處處飛仙接簫聲不斷吹

登雞鳴寺塔望後湖

曉日雞鳴塔秋光玄武湖石鯨吹屓屭天馬浴
虛無太液金溝瀉鍾山玉壘紆載歌
皇祖烈永保萬方圖

行清涼城上直抵儀鳳　許穀

車傍雉樓行飛甍抱
帝京水中千艦列江外衆山明爽氣迎衣袖[illegible]
捲旆旌保邦須設險仰見
聖皇情

弘濟寺　[illegible]

蘭若臨無地山腰架佛堂水花分藻井巖翠拂虹梁海日臨空闊天風動渺茫洗心皈淨業息念事空王

靈應觀

雞犬空壇靜雲蘿白晝長野羹分石髓山酌瀉瓊漿水暖魚龍化巢翻鸛鶴翔玄言殊未已嵐翠落丹牀

遡遼閣懷古　　陳芹

桓伊時譽推麟鳳水過白馬黃金鞍誰人邀遼

在舟中下據胡床遂三弄曲終上馬揚鞭去主客何曾親揖送主人傲慢客不嗔相邀吹篴意殊眞欲吹卽吹吹卽去其是羲皇世上人今人高談排往古僞禮繁多亦何取誰能邀篴誰能吹徒有折腰紛紛向塵土

憑虛閣獨望　李逢暘

高閣何年刱堪收都會春山河原拱翠花鳥自依人印麗思豐鎬葘宣屬甫申野夫懷遠計望倍傷神

關侯遺廟

揮戈扶蜀漢傳檄定荆襄志許乾坤合身光星

魏亡英魂江不斷遺像日增光豪傑都丘隴令

名萬古揚

靈谷寺青林堂　　　　　　楊希滔

青林堂下滿蒼苔仙侶翩翩結駟來縹緲珠宫

臨漢寢鬱葱佳氣接蓬萊松濤撤入流泉響花

徑先逢野鹿開卽與遠公長結社五雲何事望

三台

東麓亭分韵

何處玄都逼太清空林面面白雲生攀來玉樹多春色聽徹梅花半雨聲六代風流悲往事百年心賞見交情酒酣不用頻看劍恐有寒光射冶城

秦淮曲二首

誰家樓閣隱修篁門對清溪一水長細雨捲簾還日暮數聲欵乃送漁榔

秦淮秋水接長江蓼岸平沙白鷺雙蘭槳[illegible][illegible]

波底碧一鉤新月隱蓬窻

祈澤寺慧公房　　盛時泰

古殿春雲合盤旋石徑深入門芳草色出世王心簷樹影雙動山禽時一吟隔簾疎磬出巖壑滿空音

衡陽寺

朗公飛錫處四壁引藤蘿泉上碁將合幢間字半磨寒煙連阜白落葉近階多龍女聽經後山精幾度過我來棲鷲嶺偶爾入山阿搖落誰[illegible]

聞村添獨放歌鳥聲依澗樹蛩響出庭莎燈[illegible]

青蓮影香消碧艷羅高僧難再遇何處禮彌陀

雞鳴寺憑虛閣

[illegible][illegible][illegible]點點鍾陵湖水生波盡解冰幾處夏風

[illegible][illegible][illegible]千巖雨色潤垂藤香筵寶座初聞[illegible]塔

院[illegible][illegible][illegible]試燈閣上莫辭同醉酒望中[illegible][illegible][illegible]

層層

東山懷古　姚汝循

晉運遘陽九六合如瓜分秦[illegible]劇虎狼[illegible]

俱焚誰知東山士倏起策奇動談笑暮秤開萬
里清妖氛功成了不有還尋麋鹿羣左手挈明
月右手攜白雲縱浪巖壑間風流千古聞我來
訪遺蹟薔薇花正芬斯人不可見惆悵下斜曛

謁卞忠貞墓

六朝陵寢遍荒荊遺墓忠貞自冶城原草未銷
今古恨渚蘋常繫往來情雲煙恍見旌旗色風
雨時聞劍槊聲千載
聖皇重瘞玉猶傳一貌儼如生

過故司寇顧公息園

司寇歸來歲月深名園猶寄帝城陰彩毫散
作庭花豔秀句遺爲谷鳥吟倒屣難追王粲
蹺鞭空切馬遷心風流賴有諸孫在常作
玉樹林

文

陳宮井記

蘇易簡

今石刻在行宮學士院内記云陳宮三閣遺址僅存傍有古甃石欄周以蟲篆年禩寖遠辭旨殘缺其可觀者有戒哉戒哉數字詢諸耆艾即陳之季主避兵之井也詰其篆刻卽後之名士垂訓之文也敢復明其志而言曰嗚呼惟天匪親君爲司牧司牧之畏有若勵也有無爲也苟拂厥道雖降志辱身未足補過苟底厥績則悪

几高視可以致亡矣故爲人君者可不戒哉叔寶之盜南國也悖民心慢天鑒忘吞日之業昧投鞭之範淫湎之失一至於此且城下之盟牀下之哭前聖尚或恥之矧於沉井哉夫唐虞之懼與陳主之懼一也文武之樂與陳主之樂一也唐堯統天文思安安御彼黄屋如臨深淵此避兵之井也虞舜君臨德音愔愔睦彼二女樂而不淫此又同繩之妃也靈臺靈囿其文王之結綺乎公旦公奭其武王之狎客乎四聖

勃然而昌後主反是溘然而亡爲樂之理孰否孰臧予因公暇遊斯地覩斯井吊往憤懣故窮理盡性囊其石而文之

上元縣廳壁記

秣陵治上元江寧兩縣明道先生嘗主上元簿攝行令事均稅聽訟挈其民於敬孫視由真令等風行瞬息欠申間播流至今於是地靈光燄旁左莫與京吾里曾君之格隨牒賦邑適得此百里地引領想像如先生復出宰職迪蒞捐身

相民蠹吏攬爲帀庚欺賦租類足爲民病銳一切洞究根源緩民急吏經界法不行詭蔽寄挾釀詐萬端昧旦坐廳事揆賦輿所當輸簿正以差戶稅一境頌平兩競在庭不下席亟決亡何險健退聽事浸省㹀圄屢空則以餘暇定領換蝨若亭若堂鐍絡近遠門皇吏舍悉趨堅良合亡慮屋百楹縣無它羨餘材庚費皆己出尚以銅章刓爲縣闕典前閱令長置莫問歲亦云屢亟上之府從　朝廷更鑄下之縣事復有小於

印章者君無不疏理安植之矣且終更踐遺信重趼來請記蓋環百里爲縣聚民萬室欣戚恬愉於我乎繫豈徒以孰灋制商功利趣了朝暮哉令之使有決者徒曰縣負我以力勝民惟恐不至顧有詳考而深思以今準昔如君行縣事以休吾民者不自意乃獲見只君立扁識壁跋而竦俛而悟想雖一草一木直欲護惜如存先生固謂縣之政可達於天下則揭之政達以名吾堂先生固謂存心愛物利未有不及人則揭

之存愛以名吾亭先生之道之化吾周夫子之道之化也也則又惟夫子愛蓮有說而揭之同愛以名吾傍池之滙之亭正使扁拆壞夷道固在也惕若有懷因其嘗仕也而表厲尊顯之抑以明尚賢治俗之本旨云爾此不足書若何而書寶祐乙卯日南至朝議大夫集英殿脩撰提舉建寧府武夷山沖佑觀江萬里記

明道先生祠記

資政殿大學士建安劉公珙居守建康之明年

夏四月始立明道先生之祠於學而以書走新安之婺源抵熹曰吾少讀程氏書則已知先生之道學德行實繼孔孟不傳之統顧學之雖不能至而心鄉往之及來此邦屬邑有上元者先生少日宦遊處也考之書記均田塞隄及民之政爲多脯龍折竿教民之意亦備然問諸故老以稽其實則兵革變故之餘風聲氣俗蕩已無復有傳者矣始至慨然即欲奉祠以致吾敬使此邦之爲士者有以興於其學爲吏者有以法

於其治爲民者有以不忘於其德不幸歲適大侵救饑之事方急於今廼克遂其志以吾子之嘗誦其詩而讀其書也故願請文以記之既而府學教授孫君鼒沈君宗說亦以書來申致公意且具道公始之所以焦勞而未及與今之所以暇豫而得爲者其語詳焉熹發書喟然仰而歎曰尊賢尚德公之志則美矣既富而教公之政則得矣屬筆於我公之意則勤矣雖然先生之學自其大者而言之則其所謂考諸前聖而

不謬百世以俟後聖而不惑者蓋不待言而喻自其小者而言之則上元之政於先生之遠者大者又懼其未足以稱揚也吾何言哉於是伏而思之先生之學固高且遠矣然其教人之法循循有序而嘗病世之學者舍近求遠處下窺高所以輕自大而卒無得焉則世之徒悅其大者有所不察也上元之政誠若狹而近矣然其言有曰一命之士苟存心於愛物於人必有所濟則其中之所存者又烏得以大小而議之哉

區區不敏竊願以是承公之命庶幾於公之志先生之學兩有補焉又惟公之忠言大慮旣已效於朝廷今雖在外而其所以救菑而弭患者又如此其汲汲也則於先生之所存必有深感而默契於中者矣其祠之也豈獨以致其尊賢尚德之意使民不忘而已哉若夫推公之志而以先生之所以教者教其人使之從事於為己愛人之實而無空言躐等之獘是則孫沈二君之任也與二君勉旃熹於是其有望焉爾矣

熈三年夏四月丙申新安朱熹記

明道祠記

先生之生鍾乎元氣之會學之所至純乎天理故其生色也盎然若春陽之温其吐辭也泛然若醴酒之醇同設教於家而士之願從者衆同爭新法於朝而天子亮其忠用事者感其忱一時忤意者皆貶而先生獨畀憲節力辭不就去之久而猶見思及其殁也士大夫知與不知皆爲流涕以爲時使見用必將有綏來動和之效

而重哀生人之不遇不得與於先生佐興王道之澤也非夫先生之心學純乎天理其孰能與於斯乎先生之仕也嘗主江寧之上元簿攷其設施若均田賦興水利息邪說正人心等事皆天理之流行著見者也中更變故鄉之人士罕有能言之者乾道中資政殿大學士劉公珙知府事始祠先生於學宮而侍講文公先生實爲之記則旣較然昭著而足以風厲學者矣其後主簿趙君師秀復即廨舍之前爲屋數楹以奉

尊事之意而庳隘弗稱嘉定甲戌危君和嗣居其職始請於帥守莆田劉公榘增而大之德秀時將漕焉捐金三十萬粟二千斛以助之未幾豫章李公珏繼至咸相其役爲堂三間中嚴像設而扁之曰春風其上爲樓高明潔清内爲齋二東曰主敬西曰行恕後爲小室焉曰讀易外爲齋一曰近思齋之側爲亭曰靜觀又爲兩廡翼之而刻表墓與河南雅言於其壁危君之於斯役勤矣而劉公之經始也嘗屬德秀爲之記

危君又重以爲請再三返而不置德秀以固陋力辭而不可得也顧自惟念少知誦習先生之書初蓋茫然不知所嚮而粗若有見者竊謂自有載籍而天理之云僅見於樂記先生首發揮之其說大明學者得以用其力焉所以開千古之秘覺萬世之迷其有功於斯道可謂盛矣而其所以進於此則又有二言焉毋不敬以操存於未發之先思無邪以戒謹於將發之際涵[illegible]省察動靜交飭知天事天二者兼盡及其[illegible]

中一外融顯微無間則雖人也而實浩浩其天矣若是者其於先生之道有合乎否也過不自料次第其說以授之危君幸以爲然則刻之堂上以示來遊於斯者使知先生之道雖高而用力有要萬有一可爲興起之助云爾嘉定丙子正月吉日眞德秀記

脩上元儒學記

郡城之東偏由通衢而入數十武積水縈滙有泮流之象北直平疇連衍無際雖閭閻密邇而

幽深曠遠不翅乎林壑坰牧之居者曾芳圃之舊趾而上元邑學之所建也考其歲月於今百年蓋當宋氏之既南郡爲大藩閫帥臨之學或之脩致隆於郡而在邑則否迨其季年鍾公[illegible]英之爲令昉爲之經始顧已迫於國勝之搶[illegible]故制特緜蕞而完美之功有不暇焉者混一之[illegible]久莫之能加則以祭廡之弗贏緝弊支危僅[illegible]自守一旦更張而爲之也實難嗚呼治邑之[illegible]能匹休前人以俎豆爲事因其故而損[illegible]

何難之有至元五年歲在己卯大名田侯來是邑職專於學覩其廢缺懼無以副國家設學之意亟以請於邑長曰其責在予圖之惟時詞禮器之具所宜先焉則以銅爲爵坫四十爲簠簋十有八爲勺二爲鐘一竹爲籩者三十爲篚者五木爲豆者二十以補備其未備若豆若尊若罍洗灶薰之有鑪植燭之有檠灌頮之有壺舉易其鉼罍朽窳而新之五皿凡器用之需無不給繼之以廟學之葺則擴禮殿之基左右各五尺

以立十哲之位作櫺星門修戟門之廡暨堂及二序皆貲治之毁築成□一軒敞其後爲四楹構連檐以徹於堂而凡棟宇之壞無不飭然後峙華表於門外飛石梁於水次列柵以爲閑周垣以爲蔽繪門弟子暨先儒之像於縑素以更圖壁之舊而凡盡飾增嚴爲經久之計者今無不用其極內外相侔功倍於厥初來觀翕然感斯文之作興跂望朝夕思服善教胥之大儒嘗任斯邑化俗之美流於無窮侯之爲是舉也其[illegible]

以無愧與夫學為政本先聖王之所勤力而[illegible]卒慢焉世降殷周治不古若職是之由自庚之至究心於民夙夜弗怠己之庶務咸得其理訟獄既清漓俗以安敏惠廉明著於一時故上元之政為屬邑最今又能迪其本而崇禮義之化使民有所觀法益可尚也已非其刻之其何以勸來者邑長曰那懷令曰田賢贊其可者簿李良臣教諭湯俊典史朱節承命謹而智役勞者邑掾陳敏也金石土木之工合九百三十有奇

費之出田矦者爲錢五千緡是皆不可略也附記於碑而爲之記

元金陵山川志序

岷嶓之山大勢皆自西南而趨東北朱文公謂岷山之脈東爲衡山者盡於洞庭之西其一支南出而東度大庾嶺者則包彭蠡之源而北盡乎建康山之所趨水亦至焉故建康者東南之奥區而山水之都會前志序之曰鍾山來自建業之東北而向乎西南大江來自建業之西南

而朝於東北由鍾山而左自攝山臨沂紺[illegible][illegible]陽諸山以達於東又東盡白山大城雲穴武岡諸山以達於東南又南為土山張山青龍石硊天印彭城雁門竹堂諸山以達於南又南為聚寶山戚家山梓桐山紫巖夏侯天闕諸山以達於西南又西南綿亘至三山而止於大江此諸葛亮所謂龍盤之勢也由鍾山而右近之為覆舟山為雞籠山皆在宮城之後又北為直瀆山大壯觀山四望山以達於西北又西北為幕府

盧龍馬鞍諸山以達於西[illegible][illegible]頭城亦止於江此亮所[illegible]虎踞之形也[illegible][illegible]摩山若散而實聚若斷而實[illegible][illegible]傳秦[illegible][illegible][illegible]處雖山不聯而脈[illegible]在[illegible][illegible]然相屬[illegible][illegible][illegible]石頭在其西三山在其西南[illegible]山可望[illegible][illegible][illegible]入江之水橫其前秦淮自東而來出兩山之端而注於江此蓋建業之門戶也覆舟山之南聚寶山之北中爲寬平宏衍之區包藏王氣以容衆大以[illegible]麗此建業之堂奥也自臨沂山以至三山

於其左自直瀆山以至石頭泝江而上屏蔽之其右此建業之城郭也玄武湖注其北秦淮水遶其南青溪縈其東大江環其西此又建業天然之池也然此論環城數十里之山川耳其居秦淮之源有東廬山華山臨丹陽湖之上者爲絳巖山最奇特然爲一州之鎮者又有茅山焉而岷山中江徑蕪湖溧陽以入於荆溪太湖則又禹貢所謂三江既入震澤底定者其他一丘一壑擅名紀勝咸有可徵

游鍾山記

元雲峯胡炳文

江以南形勝無如昇鍾山又昇最勝處予至昇首過上元謁明道先生祠禮畢即度關游山夾路松陰互八九里清風時來寒濤吼空斯須寂然如故路左入半山先是謝太傅園池荊公宅之捐爲寺至今祠公與傳法沙門等出行三四里又入一寺弘麗視半山百倍龕鏤壁繪光彩奪目詭狀萬千兩廡級石而升四五十丈始[illegible][illegible]公塔塔邊有軒名木末履舄之下天籟徐鳴[illegible]

嵐曠翠可俯而挹下有義之墨池投以小石聞聲出叢葦間徑陋荒蕪遊客罕至獨拜塔者累累不絕長老云寶公巢生而人朱氏取而子之後成佛凡禱水旱疾疫如響語多不經由塔後循山而左過安石讀書所山石崛壘忽敞平原修篁老檜萬綠相扶風鳴交加猶作當時吾伊聲又行數里休於觀音亭其傍八功德泉有聲鏘然汩汩至亭下則囦然以涵或謂病者飲此立瘳衆皆飲予以無疾不飲遂回塔後攀松

升磴六七里至山椒鉅石人立亭登石以坐鳳臺鷺洲渺不知在何許但覺繚白縈青隱見煙霧間城中數萬家樓閣如畫其間曠無人處六朝故宮也北視揚子江頭一舟如葉行移時不咫浪楫風帆想數十里遙矣盤龍踞虎亙以長江其險也如此黄旗紫蓋王氣猶右時而終令人淒然久之下山至七佛庵白雲淒潤貫堦不來一僧嘘石鑪灰點鬚眉如雪一僧蓬跣從堂拾松子以歸語客質木絕不與前寺僧類聞

下有猛公庵子文廟山水稍奇麗率爲事神若佛者家焉欲訪猿鶴山堂莫得其處遂朗吟小山招隱循故道御天風而下兩袂如飛亟入關復至明道精舍少憩而歸因喈喈曰昇自紫髯翁以來幾興衰矣眼前花草無復當時光景伯子春風千年猶將見之至若凞寧相業非不焯焯然炫人耳目迄不如主上元簿者復祠於學何哉

閱江樓記以下皆本朝人作　宋濂

金陵爲帝王之州自六朝迄於南唐類皆偏據
一方無以應山川之王氣逮我
皇帝定鼎於茲始足以當之由是聲教所暨罔間
朔南存神穆清與天同體雖一豫一遊亦思爲
天下後世法京城之西北有獅子山自盧龍蜿
蜒而來長江如虹實蟠繞其下
上以其地雄勝　詔建樓於巔與民同遊觀之樂
遂　錫嘉名爲閱江云登覽之頃萬象森列千
載之祕一旦軒露豈非天造地設以俟

夫一統之君而開萬世之偉觀者與當風日清美
法駕幸臨升其崇椒凭闌遥矚必悠然而動遐思
見江漢之朝宗諸侯之述職城池之高深關阨
之嚴固必曰此朕沐風櫛雨戰勝攻取之所致
也中夏之廣益思有以保之見波濤之浩蕩風
帆之下上蕃舶接跡而來庭蠻琛聯肩而入貢
必曰此朕德綏威服覃及外内之所及也四夷
之遠益思有以柔之見兩岸之間四郊之上耕
人有炙膚皸足之煩農女有捋桑行饁之勤必

曰此朕拔諸水火而登於袵席者也萬方之民益思有以安之觸類而推不一而足臣知斯樓之建

皇上所以發舒精神因物興感無不寓其致治之思奚止閱夫長江而已哉彼臨春結綺非不華矣齊雲落星非不高矣不過樂管絃之淫響藏燕趙之豔姬一旋踵間而感慨繫之臣不知其爲何説也雖然長江發源岷山委蛇七千餘里而始入海白湧碧翻六朝之時往往倚之爲[illegible]

塹今則南北一家視爲安流無所事乎戰爭矣然則果誰之力與逢掖之士有登斯樓而閱斯江者當思

帝德如天蕩蕩難名與神禹疏鑿之功同一罔極忠君報上之心其有不油然而興者耶臣不敢奉　旨撰記故上推　宵旰圖治之切者勤諸貞珉他若留連光景之辭皆畧而不陳懼褻也

遊鍾山記　宋濂

鍾山一名金陵山漢末秣陵尉蔣子文逐盜死

山下大帝封蔣侯大帝祖諱鍾又更名蔣山實作揚都之鎮諸葛亮所謂鍾山龍蟠是也歲辛丑二月癸卯予始與劉伯溫夏允中遊日在辰出東門過半山報寧寺寺舒王故宅謝公墩隱起其後西對培塿小丘培塿蓋舒王病濕鑿渠通城河處南則陸靜脩茱萸園齊文惠太子博望苑白煙涼草離離蘸蘸使人躊躕不忍去[illegible]道多蒼松或如翠蓋斜偃或蟠身矯首如[illegible]搏人或捷如山猿伸臂捫澗泉飲相傳其[illegible]

林木晉宋詒刺史郡守罷官者栽之遺種至今抵園悟關關宋勤法師築太平興國寺在焉梁以前山有佛廬七十今皆廢唯寺爲盛近燬於兵外三門僅存適松花正開黃粉毿毿飄人詩興予獨出行函道間會章君三益至遂執手上翠微亭登玩珠峯峯獨龍阜也梁開善道場寳誌大士葬其下永定公主造浮圖五成覆之後人作殿四阿鑄銅貌大士實浮圖浮圖或現五色寳光舊藏大士履神龍初鄭克俊取入長安

殿東木末軒舒王所名俯瞰山足如井底出度
第一山亭亭顏米芾書亭左有名僧婁慧約塔
塔上石其制若圓楹中斲爲方下刻二鬼擎之
方上書曰梁古草堂法師之墓有融匾法定爲
梁人書復折而西入碑亭碑凡數輩中有張僧
繇畫大士像李白贊顏眞卿書世號三絕又東
折渡小澗澗前下定林院基舒王嘗讀書於此
院廢更剏雪竹亭與李公麟寫舒王像洗硯池
亦皆廢又北折至八功德水天監中胡僧曇[illegible]

來棲山龍爲致此泉今甃作方池池上有圓通閣閣後鄖屛風嶺碧石青林幽邃如畫前乃明慶寺故址陳姚察受菩薩戒之所又東行至道卿巖道卿葉清臣字也嘗來遊故名有僧宴坐巖下問之張目視弗應時雉方孚育聞人聲戛戛起巖草中從北至靜壇多臧矜先生遺跡復西折過桃花塢詢道光泉舒王所植松已無唯泉紺淨沈沈如故日將夕章君上馬去予還廣慈明日甲辰予同二君遊崇禧院

文皇潛邸時建從西廡下入永春園園雖小衆卉畧具揉柏爲麋鹿形柏毛方怒長翠濯濯可玩二君行倦解衣覆鹿上掛冠鼠梓間據石坐主僧全師具壺觴予不能酒謝二君出遊夏君愕曰山有虎近有僧采蕣虎逐入舍僧門焉虎爪其顴顴有瘢可驗予勿畏往矣予意夏君紿我挾兩騶奴登惟秀亭亭安望遠惟秀永春皆

文皇題牓塗以金又折而東路益險予更芒屩[illegible]騶奴肩踸踔行息促甚張吻作鋸木聲僕[illegible]

休不問險濕蹀蹀遽頓地視燥平處不數尺[illegible]足不隨久之又起行有二臺闊數十丈上可坐百人即宋北郊壇祀四十四處問將陵及步夫人塚無知者或云在孫陵岡至此屢欲返度其出已遠又力行登慢坡草叢布如氈不生雜樹可憩思欲藉裀褥臥不去坡古定林院基望山椒無五十弓不啻千里遠竭力躍數十步輒止氣定又復躋如是者六七竟至焉大江如玉帶橫圍三山磯白鷺洲皆可辨天闕芙蓉諸峰出

没雲際雞籠上下接落星澗澗水淲淲流玄武
湖巳堙久三神山皆隨風雨幻去西望久之擊
石爲浩歌歌巳繼以感慨又久之傷崖尋一人
泉泉出小竅中可飲一人繼以千百弗竭循泉
西過黑龍潭潭大如盎有龍當可屠側有龍鬼
廟頗陋由潭上行叢竹翳路左右手開竹身中
行隨過隨合忽腥風逆鼻羣鳥哇哇亂啼噫夏
君有虎語心動急趨過似有逐後者又棘
衣足數躓咽脣焦甚幸至七佛庵庵蕭統

之地有泉白乳色即踞泉嘚嘯衫袂落水中不暇救三嘯神明漸復庵後有太子巖一號昭明書臺方將入巖游庵中僧出肅面有新瘢詢之即向采樵者心益動遂舍巖問別徑以歸所謂白蓮池定心石宋熙泉應潮井彈琴石落人池朱湖洞天皆不復搜攬還抵永春園見脊核滿地一髫童立花下問二客何在童云邏公不來出壺中酒飲且賦詩大噱酒盡徑去矣予遂回廣慈二君出迎夏君曰子顏色有異得無有虎

恐乎予笑而不答劉君曰是矣子幸不葬虎腹當呼斗酒滌去子驚可也遂同飲飲半酣劉君澄坐至二更或撼之作舞笑鉤之出異響畏脇之皆不動予與夏君方困睫交不可擘乃就寢又明日乙巳上人出猶未歸欲游草堂寺雨絲絲下意不住乃還按地里志江南名山唯衡廬茅蔣蔣山固無聳拔萬丈之勢其與三山並游者蓋爲望秩之所宗也晉謝尚宋雷次宗何齊周顒朱應吳包孔嗣之梁阮孝緒劉孝標

葺渠牟並隱於此今求其遺跡鳥没雲散多不知其處唯見蕘兒牧竪跳嘯於淒風殘照間徒足增人悲思況乎人事往來一日萬變達人大觀又何足深較予幸與二君得放懷山水窟一刻之樂千金不易也山靈或有知當使予游盡江南諸名山雖老死煙霞中有所不恨他尚何望哉他尚何望哉

游攝山記　　喬宇

出都城北經蔣山廟東行出姚坊門三十里入

山後有田疇平野度石橋而東復入山古檜長松連抱夾路至棲霞寺寺扁乃宋人書志云仁宗賜金寶牌額熙寧間取寄華藏寺恐此額非也外叢篁中一碑乃貞觀所刻字法右軍尚完寺殿宇皆古制殿後有石浮圖數丈極精巧所鐫釋像於上寸許者眉髮皆具前有二石佛丈餘露立有吳道子筆法左入山嶺嶺之旁有泉縈廻其聲漱石泠泠可聽山千巖盤繞隨處皆鑿釋像於中飾以金碧頂上俱有火燄歲久

落深隱者其飾猶存像皆有孔云當時有纓絡置其上大者數丈小者盈尺望之如蜂房燕壘皆有徑可到名千佛嶺志云齊明僧紹故宅捨爲寺釋佛皆齊文惠太子所鑿盡工師之妙今佛頭皆斷而復續巖中有沈傳師徐鉉張稚圭王雱題名由嶺而北登攝山山多藥草可以攝生故名山之頂極眾山之高下視江水如帶左龍江右龍潭前瓜步真州金焦二山如塊石在江中江南登臨奇壯之勝叢林之古無踰於此

乃題名而歸

游幕府山記

喬宇

予每游梅花水水在崇化寺後石竇隱隱而出注於池其寺之山蜿蜒起伏背向相望地頗幽邃蓋出都城北十餘里後聞幕府山即去寺二里許實相連屬癸酉仲秋出遊從李子岡西行與梅花水之路實岐於此乃緣山二里許山之陂見寺之殿脊由徑廻曲度石橋入寺寺荒落頹幽後一室有石搨云吳王所棲又有蘆[illegible]

云古僧達磨渡江折於此此其所遺也皆漫不可考出寺一徑登山至一絶壑但見江水洶洶於前崎嶇不可行復折南至山脊平曠處趺坐云此地即晉王導迎瑯琊王東渡建幕之處也山名取此又登至巔見江流浩渺蒹葭楊柳田疇沙渚相帶遠近征帆漁艇輕鷗飛雁歷亂於前時草黄落路滑兩人掖之而下緣山曲仄足向北行至一巖空洞窿起下臨江流云達磨嘗息於此予篆題達磨洞三字并識歲月與同遊

者姓名兩峯相夾處有小城堞蓋都之外郭阻山帶江者也其峯名夾騾亦釋氏家之說相傳至今

游牛首山記　都穆

金陵多佳山牛首爲最山據城之南初名牛頭以雙峯並峙若牛角然佛書所謂江表牛頭是也晉王丞相導嘗指曰此天闕也後又名天闕山云丁卯七月二十有三日吏部主事顧華玉與予約客戶部員外郎黄子和朱升之國學上

陳魯南而子兒元翁侍焉遂共出鳳臺門南行十五里至塘灣又南行十里度嶺又三里抵山舍西上二里達弘覺寺門内二井其左曰白龜池右曰虎跑泉後僧以其險更甃爲井而虎泉尤清冽寺衆汲於此躋石級庭中銀杏一株圍可二丈午食畢登浮圖至其顛有聯句詩經修廊東行緣石魚貫上登觀音閣憑闌俯視第見浮圖之尖再上閘有捨身臺及辟支佛足跡以峻險不及觀下至兜率巖空洞上突出如屋久

之至文殊洞前有屋一楹衆復聯詩書壁上既而登山之脊觀蕭昭明飲馬池徑可丈餘冬夏不涸下而西至辟支洞廣差勝文殊石浮圖立其前辟支舍利所藏處也老僧言少嘗見舍利放光今數十年矣浮圖有石刻二其一宋皇祐二年記不著撰人中載誌公答宋明帝語云答辟支佛冬居於此其一乃如愚居士詞字絕類黄太史居士殆隱逸之儔與西下經禪堂寺至閣其門有竅如錢日光射浮圖影倒掛佛坐

上不可曉也夜燕方丈寻以倦睡去衆作詩角險至雞號乃罷二十四日早出寺而南山路陡峻馬屢前卻時雲霧四興遙視山足則日光在田禾黍映之繚黄縈碧如僧伽黎寻笑語三君不知身之在人間世也五里至獻華巖石益奇麗中虚深可十步儼若堂宇相傳唐高僧嬾融嘗居其中有百鳥獻華之異巖因以名山故有幽棲寺今廢成化間山東僧道興至坚坐不動有財者樂爲之施寺由是復興今名華巖巖之

南曰屯雲亭又南曰芙蓉閣閣嵌巖石登其上羣峯攢簇悉在目睫山之最佳處也衆共飲焉北下僧廬其扁曰無邊風月可坐眺遠又下有軒曰無塵仍飲賦詩又二里出山是爲記

游盧龍山記　呂柟

嘉靖壬辰九月六日葉大監賁曰思楊叔用周宗道倪維熙過鷲峯東所曰涇野子久僻居於此今登高節至盍爲盧龍遊乎予方小疾許偕[illegible]友且易期曰至十四五乘月尤佳也已而[illegible]

至十三日乃霽遂於明日至山宴於東道[illegible]子堂酒半躡石磴上山路險峻甚乃以二僕[illegible]扶而升至翠微巳三憩乃至其巔磨盤平即閱江樓舊址也縱目四望方山青龍東峙牛首花巖南拱其西定山迤邐綿亘黃巖裹江而東直挹瓜步皆可見也内則鍾山萃嵂建極而起萬

松森蔚

祖陵攸棲而長江羣峰四面旋繞眞天造地設乎下見巨艘絡繹指北而趨足可覩一統之盛而

吾輩學爲輔君以保治者誠不可忽也初
皇祖欲建閱江樓於此惜其費財而止乃歎臣下
無一人來諫夫此樓若建費亦不多乃
皇祖猶有此言若見後世無益之作不知當何如
也時有數鳶飛鳴旋繞空中適當坐上宗道曰
今日可謂鳶飛魚躍察於上下矣予遂有日月
雙鳶度乾坤一水流之句須臾皓月東升遂與
諸友乘月而歸如前約

游燕子磯記　　　　呂柟

已丑二月虛齋王子崇邀弘齋陸伯載及予同遊燕子磯是日予獨先往北出觀音門傍山西行其路磈礧偪仄輿馬皆難乃令吏扶持迤邐而步登弘濟寺磴數十層病足難進藉隸前後推輓攙掖而後上出寺西則觀音巖也怪石礌垂蒼黛參差上接雲霄而大江自龍江關西南來直過其下俯案墻睇之可駭僧曰此其下基皆石甃予歎曰苟有基雖臨深淵亦無妨也乃從僧上觀音閣閣亦傍巖下就江滸築基上交

豎九柱皆丹柱上栅棧構閣閣三面皆闌干憑之瞰江若在樓船頂立也是時晴見萬里日映碧流江豚吹浪上下西望定山如蛾眉東指瓜步如丘垤他山皆閃閃冥冥如落雁蹲鴻不可辨矣昔予在解州嘗遊龍門眺砥柱登流丹亭汲河烹茶以吊禹蹟至此乃勃然興懷將天下奇觀尚有過斯二者乎夫河北方之經也江南國之紀也而龍門砥柱以及茲巖不可不謂之能觀瀾矣已而曰彼禹之親窮其源流者又不

知何如也閣東崖有白巖喬公篆書刻石上而虛齋弘齋皆至乃復同升閣上流覽歎賞虛齋欲列席懸巖上對江而酌予頗難之弘齋曰此何妨昔予至天台雁蕩天柱一峯突兀萃嵂四面如削其高不啻數百丈亦嘗茶酒其下予聞之又飄然志在天柱峯頭矣是時酒肴旣行辛爵欲往燕子磯虛齋乃招二篙師乏舟往至觀音菴登壽亭侯廟先至水雲亭其扁爲予友景前溪書精采如神乃面江小坐遂上謁壽亭侯

祠左有大觀亭亦前溪書至此看江日隱斷雲煙霧霏微蒼茫無際矣遂攀松捫蘿以上燕子磯磯皆巉石壘起水圍三面其石罅猶見江轉磯底可以高覽八極也乃坐中磯道士曰五七年前江衝磯前深不可測自立關廟後水頗遠磯而去今南徙磯東數百家矣二君皆補和前詩虛齋又命行酌與酣北望泰山東瞰蒼海灝氣紫迴靈光掩映不知此身之在天地間也已暮而下晨與太常西唐牛公毅菴黄公祭天

廟放舟來聞予二人皆在乃卽枉顧於倚磯亭遂酌二公而後赴大觀亭之宴予問自西來新亭何處爲的西唐曰據廬循傳其敗在江西南而後東入於海似今馴象門外爲是予曰志稱勞亭亦近是此或然也於是西唐或舉海上諸寇自尉陀以至孫恩或舉大行諸賢如岳飛劉因京房東晳許魯齋之輩不以爲誇毅菴或言曲江何眞開嶺保障之功或舉昌黎元城東坡避地之美不以爲謙於戲自

聖祖開國以來混車書於六合兼江河於一統故予得與諸公登斯亭也是時也霧雨霏冥魚龍上下長江與天同色燕磯與埒高果心曠而神怡眞忘形而無我遂歌伐木之篇載詠山徑之曲不知其聲之魯也

過後湖記　許宗道

天下版籍盡載貯後湖南京戶部官率歲一往歷勘正德壬申秋予叨職寄斯役自八月至十月始訖事凡過湖必出太平門命舟行可七

里許一望渺漫光映上下微風播揚文漪聿興蕩漾煙波之上莫不情暢神爽若遊仙焉予閒立四顧其峯峩霄漢之表王氣鬱葱而峙乎東南者鍾山也疊連如屏如幃在西北者幕府山也蟠嶺偃蹇盤伏於地而松森其上者覆舟山也挺拔而凸出城頭殿閣參差浮圖聳空者雞鳴山也山東西一帶列如懸楞者世傳臺城也崚嶒冒水而出者島嶼也傍視三法司隱隱錯落雲水之湄重岡疊阜逶迤於其外巋然而聳

鳳峙騰然而蛟龍走矣其中遠近芳洲相聚如五星紅紫煙花畢絢如匹錦鷗鷺鳧鴻載飛載鳴鰷鱨鰋鯉以潛以泳則已目飫而心怡矣忽驚風暴作洪濤舂撞篙人惶懼挐舟艤岸而行經敗荷間香氣猶襲人浮藻亂荇牽舟緩楫已乃引入曲渚兩岸薈蔚須臾抵小陂遂捨舟以陟焉命隸薙荊分莽排霧穿雲逡巡而進見數處頹垣廢址意前朝遺跡令人慨歎而叢林茂翳追探前路尚空衆亦憊焉或藉草坐茵箕[illegible]

總復進望一高丘隸指曰此相傳郭仙墩狙狨以上四圍樹林蔽目復下故道向新建庫過石橋延佇其上騁望雲水溔溔清飈颯颯遂相與攜手入舊庫之洲攝齊而升玄武廳則黄門趙君惟賢已先渡見于韋殊訝既而聞述所遇則又曰是何奇也予往返數矣而未有若諸君所遇者衆亦相與慰喜以爲非因風之故則誰使之一探此奇哉凡以今事至及暮而歸則見日光射水晚霞相蕩回視湖上諸字在蒼

烟杳靄間不啻蓬萊閬苑然豈不信爲勝地哉昔歐文忠公以金陵錢塘山川人物之盛各爲一都會錢塘莫美於西湖金陵莫美於後湖固遊治之所趨也我

皇祖奮出江表收天下版籍建庫而儲之於此特設科部官司之禁非公遣不得至則凡好遊者雖慕幽遐瑰瑋之觀無所可及而吾儕今獲因公而至而又探奇於無心之會豈非至幸哉

金陵諸水圖考　陳沂

金陵在大江東南自慈姥山至下蜀渡古稱天塹巨浸此江之境也秦鑿淮吳鑿青溪運瀆揚吳鑿城濠宋鑿護龍河宋元鑿新河

國朝開御河城濠令諸水交錯互流支脈靡辨據經考之自方山之岡壟兩涯北流西入通濟水門南經武定鎮淮飲虹三橋又西出三山水門沿石城以達於江者秦淮之故道也自太平城下由潮溝南流入　大內又西出竹橋入濠而絶又自舊内旁周繞出淮青橋與秦淮合者青

溪所存之一曲也自斗門橋西北經乾道太平諸橋東連内橋西連武衛橋者運瀆之故道也自北門橋東南至於大中橋截於通濟城内旁内秦淮又自通濟城外與秦淮分流繞南經長干橋至於三山水門外與秦淮復合者楊吳之城濠也自昇平橋達於上元縣從西虹橋南接大市橋者護龍河之遺迹也自三山門外達於草鞋夾經江東橋出大城港與陰山運道合者皆新開河也東出青龍橋西出白虎橋至柏川

濟入濠若今大内之御河也若城外落馬諸水不能悉載焉

息園記　顧璘

東橋子築園居室之後袤五十武廣半損之中取纖徑通步餘盡蒔植以延叢縟修竹後挺嘉木前列周除芳卉美草期四時可娛子常曰疊山鑿池負物性而損天趣故絶意不爲中亭曰愛日本以奉先驗封公曰天乎今無及矣虚囪淨几宜飲宜讀西有誅道齋三楹置諸孫讀書

於中佔畢可悅耳作載酒亭以待夫問奇來憩者東有小軒曰促膝諸故人至解帶盍坐談農圃醫藥之事恆至移日相向爲緣率室居則掩視納息存吾元和起則觀童子理圖史之帙時寄雅抱命之曰息園其南乃有廣圃連數十頃煩雜池沼屋廬其中達於青溪非盡顧氏有按志當爲謝尚江總故宅今廢爲墟而齊民業之闤闠閒所絕無也檉榆蒲葦掩映森蔚風暖鳥鳴音變巧慧夏鶯好飛移往來擇蔭暫息侶[illegible]

逝去鷺鷥𢿂立青蒼中皎若積雪時驚起飛迴水上久乃復下居人多蒔蔬養魚雜治生業或星散居皆有徑可往吾園開戶向之籠取其勝時與二三子曳履周遊無異深林窮谷之趣此又鄉鄰所以息我者與夫息之義止也生也形貫止神貴生動而不止形乃日敗靜而不撓神乃日生一止一生壽乃長久然則息也者實形養神之道具是矣造化遺我以年先人遺我以地鄰里助我以勝我顧糾纏外物而不知形神之

爲貴殆莊生所謂倒置之民乎

脩縣記

國子祭酒陳敬宗

上元縣肇設於唐肅宗上元年間其後名稱更易與廢置統屬皆不一而治所遷徙亦不常其詳備載金陵新志皆可攷見歷宋及元歸於[illegible]聖朝洪武改元之初新創縣治屬應天府迄今八十餘年腐撓不勝其支矣正統乙丑衢州江山姜德政來令是邑周視公宇若廳若肇[illegible]之房百物庋閣之庫餼廩儲蓄之倉重門[illegible]

旌善申明二亭以及諸所宮舍或欹傾或夷圮或蠹朽人之居止於其下出入於其中者咸有懼心於是謀及僚佐議捐己帑與公堂過取之金鳩工集材皆徹而新之不敢專也及奏請於

朝蒙　賜俞允遂起事是年四月一日落成於丁卯十月八日侖奐煒煒聿新舊規整飭軒敞心目豁然德政之有功於縣治大矣其同寅貳令張德判簿常廷王慎典史劉斌喜公宇之有光也乃相率請文勒石以志夫縣治爲令丞簿施

政之所下民之所具瞻者也況京師爲萬方都會所臨之民又皆選拔天下閭右豪俊以天下之豪俊都會於京師輦轂之下都城宮闕之雄壯甲第之華麗聞見廣博有下視卑陋之心使其仰瞻於撓棟頹檻之前奔走於旁風上雨之下則肅敬之心何由而興慢易之念從之而萌矣非所謂臨民以莊之道也德政明敏愷悌公平仁恕洞悉吏事深卹民隱下車無幾坊廂野小民無老穉翕然稱之故茲經營繕修

有子來之助新萬目之具瞻聳九衢之壯觀而聿睹成功於不動聲色之中可謂難也已昔明道程先生嘗主簿上元以攝縣事善政善教人皆思之不忘淳熙初劉忠肅公珙祠先生於學宮朱晦菴記之畧曰均田塞隄及民之政爲多脯龍折竿教民之意亦備其政教及於民如此然當時登台鼎者若丁謂王安石呂惠卿蔡京之徒皆嘗知府事於茲矣無一善見稱後世先生名績止於簿事而其政教加於台鼎之上至

今從祀孔子廟庭嗟夫人之流芳百世豈必計其班資之崇卑哉德政一縣正也蒞官甫及半載以得下民知頌稱藉藉矣使能力行弗懈克終前脩之志焉則於縣治之繕脩豈不益有光哉其名蓋將與茲文並傳於不朽無疑矣德政昔嘗在弟子之列與予相親最厚故既紀其事復致其期勉之意者亦君子愛人以德之道也

明道先生祠記　國子祭酒吴節

宋明道程先生諱顥字伯淳河南人嘉祐[illegible]

江寧上元簿郡志載其惠政著聞者數事曰初上元田稅不均近府膏腴地多爲豪家厚價購其稅買之小民苟一時之利久則不勝其弊先生爲令畫法民不擾而一邑大均會令罷去先生攝典劇邑訟牒日不暇二百處之有方不閱月民訟遂簡江圩稻田賴陂塘以溉盛夏塘堤大決非千夫計不可塞法當言之府府言於漕司然後計功調役非月餘不能集先生曰比如此則苗槁久矣民將何食遂發民塞之歲則大

熟江寧當水運之衝舟卒病者則留之爲營以處歲不下數百人至者輒死先生察其由蓋計留然後請於府給劵乃得食比有司文具餓已數日矣先生乃白漕司給米貯營中至者即與之食自是生全者大半仁宗登遐遺制官吏成服三日而除及釋服之朝先生進於府尹曰三日除服遵遺詔也若朝而除之止二日爾尹怒先生曰公自除之顧非至夜不敢釋也一府相視無敢除者茅山有龍池產龍如蜥蜴[illegible][illegible]

中使取二龍至途中奏云一龍飛空而去鄉人
嚴奉以爲神物先生令捕而脯之使人不惑至
邑之初見人持竿竹以粘飛鳥者因取其竿折
之敎之使勿爲及罷官艤舟郊外有數人共語
曰自主簿折竿鄉民之子弟不敢畜禽鳥此葢
善政存心之槩傳頌於人而不忘者及考宋史
止載茅山脯龍事乃知當時國史採録或有未
備不若邑民思念深切故録之爲加詳也然先
生之賢豈待史傳而後傳哉剛健中正存乎中

純白光輝著於外事君以至誠仁愛爲本持己以主敬行恕爲要其教人則由灑掃應對以至於窮理盡性其著述則表章學庸傳註周易以開性理之原其道學之傳孟子之後一人而已豈待史傳而後傳哉上元舊有先生書院廢弛已久景泰初三衢姜君德政爲令於茲其治民制事一以先生爲法久而民大和會遂經治廨宇莫不煥然念先生遺愛不可泯也乃卽其址爲祠以祀先生請於府尹馬公諒府丞陳公實

與邑之僚咸以爲然遂畚土於癸酉冬迨甲
秋季而是祠以成謂節恭與斯文宜有紀述於
是爲書先生之政績與是祠創搆之由於右俾
邑民歲時瞻視焉工畢落成敬奠以詩曰相古
聖賢爲政以仁仁行職修無能舁尊惟程先生
以大賢之學不恤簿佐來莅上元仁漸義洽惠
及飛鳥詎曰黎民由宋元迄今三百餘載而譽
望恆新有茂宰忱慕啓迪作祠繪像用彰示乎
人人俾進禮棖臬者宛瞻玉石如彼祥雲思先

生之道德邈不可及謹書賢跡勒之琬琰與宇
宙而俱存

上元縣舊志序　　按察副使沈庠

我
聖祖高皇帝受　天明命奄有四海天下既平乃
定鼎於南畿首設郡邑以園羣黎而應天實爲
首郡上元實爲首邑迄今百五十餘年禮樂制
度典章風化蔚然盛備且天下藩郡州邑莫不
有志以紀一方形勝人物風俗而應天上元

天下首郡邑而志尚未脩舉誠有司之缺典也訪之前輩尹京兆者往往常有意於此屢興而屢止竟弗克就議者以爲應天在都城之内朝廷　宮闕　宗社在焉未敢輕爲言述故遲遲至今近歲毘陵白尹圻嘉定龔尹弘河陰許丞庭光前後而來皆以此事爲急務而欲舉行且以　朝廷頒行　大明一統志爲可依據乃託鄉彦徐霖張宏陳沂管景輩五七人設局於府庠後堂編輯餘歲稿再脫又各以轉陞去任

而卒不能成其美今山西寇丞天敍來治應天適
明廷有
旨取應天府志乃取昔日纂脩將成之稿仍託霖等重加脩飾成集進
上楷特平定白尹思齊膺薦來宰上元下車之初聞府志既成乃不遑寧處以景嘗與脩志遂延至公所披接前代圖史文冊尋訪古今事蹟編輯數月將脫稿適遇
今上親率六師用討不庭
駕留南都百官九奔馳奉迎營辦軍需而夙夜無休息之時而

又且停止餘十月罪人斯得　王師奏凱
聖駕北上始得休假乃取編輯前稿重加訂正命
工繡梓白尹以庠爲邑人知事頗悉徵予序諸
首予不能以老耄辭乃取其已成之集而閱之
其類有十一曰圖表二曰疆域三曰山川四曰
建置五曰版籍六曰祠宇七曰宮室八曰古蹟
九曰紀録十曰撫遺率遵程式不敢加私智於
其間其用舍取與亦皆遵府志已成之集而爲
之未嘗有所更易誠足以備一邑之所未備也

志既成予何敢置喙於其間唯述志之已成未成之顛末如此將俟操　國史之柄者採焉是爲序正德辛巳春正月望日

上元縣舊後序

知縣白思齊

金陵今爲應天府　大京在焉上元爲府首縣正德戊寅思齊領部檄來知縣事惶懼譾薄不堪因而圖覓縣志欲豫諳其風土民俗洎前令官績可法者博訪無所得比至任始知縣舊志適府有脩志之舉竊自喜曰府志畢縣志

易成乎越明年庚辰伏遇
皇上南征逆藩　駐蹕金陵有司以職事奔匍倥
偬無晷刻暇息奚以鉛槧爲哉及其渠魁授縛
六師凱旋又有　旨取郡邑之志臣工莫不鼓
舞歡呼咸謂偃武脩文
聖君御世之道天下其有幸矣思齊猶私喜其縣
今有志也卽延府庠生管景於邑諗知其雅博
故託焉旬再浹而志成志成可喜也又慮其公
帑空竭刻梓貲無從出遂倡同寅各捐俸薪以

協贊乃成志已刻可喜也或者有言上元江寧並峙　京都事多互錯宜愼書毋徒作木之殃思齊聞之[illegible]豫亟取成集再加檢閱其發凡舉例悉遵　一統志式而地界因革亦皆有據不繆且知邑之官增品秩民減賦租皆我

聖祖加惠赤縣而然誠異典也他如里社有學卽三代小學之制養濟有院卽岐周惠鮮之仁並歷歲遠廢弛正思齊講求而未得者今志[illegible]備之其爲有益於縣也固不小[illegible]歟正德辛巳秋[illegible]

月望日

宋明道程先生祠堂記

行太僕卿前翰林侍講陳沂

明道程子在宋嘉祐中嘗爲上元縣簿故有書院久廢皇明景泰縣令姜德政始建祠於縣治而未有祀嘉靖乙酉簿劉君熙載請於臺始歲祀之癸巳令石君淵之以埒於土地祠遷之堂右明年甲午丞何君儒謂近堂廨吏所聚非所以棲神

也復初於舊宇而廣其制告成丞簿二君請予記之沂考之宋史所載程子爲簿惟脯龍禁捕雀二事祭酒吳公節記又有均田租興水利聚營食三事焉夫程子聖賢之徒也發於其心見於其政莫非聖人之道爲簿之政如孔子會計之當牛羊之茁壯豈足以盡其道哉然跡其事而論之脯龍以去不智捕雀以去不仁田租水利營食又聚民之所欲者道其盡於是矣天下崇祀孔廟必俎豆程子亦何俟於一邑

祠祀哉於戲上元過化之地也吏之所師民之所思實係焉丞簿二君之舉又烏能已乎且
國朝百七十年於茲而舉其事者纔兩見焉則其賢不肖者何如哉應天在宋爲江寧府仁宗升邸後踐位爲大府置尹以上元江寧爲赤縣南渡改爲建康置留守無甚供役今爲
高皇定鼎之都雖遷都於北而宮闕臺部在焉其軍儲餼稟供億旅食百費之煩皆取之二縣上元尤重者其弊所謂無田之征無溉之田無食

之民日益告病其視嘉祐則有甚焉者矣二君之妥侑於祠祀者豈不重有所感而思所效法哉然則何如夫因訟以剔其弊則征無不田矣因時以治其防則田無不溉矣因豐以預其賑則民無不食矣卽其切於民者而行之見於政可以得其心發於心可以得其禮不徒祠祀而已也若惟襲取其美以要其名而實無取於蒸焉則非上元之民所望者也二君知所尚復以此告之者重斯舉也踰年程君嚮至益崇其事

請刻石潘丞彥李箴奇章暢心皆有事於書院者并記之

表忠祠碑　　撫臺廬陵宋儀望

今皇帝御曆改元崇慶覃恩　詔雪靖難死事諸臣俾郡邑吏置祠祀之仍䘏錄其後　詔下之日薄海内外冠帶椎結背舉手加額以我
聖祖　神孫其扶世教拔忠魂之心益萬禩如一日也予既讀崇陽汪公所著表忠錄泫然久之然不能無私臆焉自古人臣不幸當國家橫決

變故出其身抗大詖排大難脫有不濟則繼之以死若龍逢比干巡遠世傑秀夫天祥諸人是也建文初纘大統顧命諸臣皆
高皇帝一時簡付苟務自競競一遵成法敦固懿親以藩屏 王室 諸王雖處尊屬列疆藩然親承冊劵帶礪在盟誰敢與亂齊黄諸人患慮經謀啓釁階禍湘齊周代岷五國逆節未[illegible]垢覆擿或徙或廢或焚死或徵人之尋丈下
諫燕

文皇神武英明非　諸王比靖難師陳諸大臣匪
暇郤顧移檄發兵必欲加威以逞而大將持貳
動遭敗衂北兵日邇務得齊黃如鼂錯故事建
文英斷不及漢景而諸故臣又以謾焉決事金
川旣入始以誤國莫贖爲言　天威斯赫誅夷
尋加根連株引至不可勝數推
皇祖之心豈獨以其追抗抵觸罔識天授已哉要
以二三故臣首發難端致勤師旅故其時齊黃
方練受禍最慘

帝之心有餘憾矣方其舉義旗而南也前軍所指所嚮克捷鐵鉉諸人竭其螳臂之力以當車轍而天命所屬竟莫能沮夫用命有厚賞不用命有顯戮非湯武誓師之詞乎革除諸人就執之日堅盟初心視死如歸寧負順天應人之舉而不敢忘叩馬之心寧甘鼎鋸參夷之禍而不敢效纖盤車之辱一時被難死志多至百數十人紀載以來信未兩見者也嗟乎流言興而危未央清而代邸入孟津濟而餓夫亡洛

而頑民梗彼度德以救時與懷故而寘力其蹟一也惜也經生學士不能發揚大誼謂革除可以表年矣而不知甲子濟師之日固湯武革命之秋也謂誅黨可以懲姦矣而不知式閭表墓之舉固聖王下車之度也異日者陳瑛嘗請究餘黨矣

成祖否之曰彼食其祿固自盡其心爾又嘗謂大學士楊榮曰使練子寧等在朕固當用之嗟哉悲乎此其大公之心含弘之量大矣如天地之

無不覆載也明矣如日月之無不照臨也去今百七十年紀載忌諱是非晦蝕使主仁臣忠之分無以暴著於時此則任事者之罪也萬曆二載夏予承乏來撫南畿太平郡推官劉垓揭言留都爲草除諸人効忠故地垓以爲宜遵 明詔建崇祠以彰顯我

二祖儲養矜卹之恩億千百年大小臣工往來瞻顧則思諸故臣徇國死綏之烈與當時開國元勳諸人所以翊贊鴻業扶植世教其成功

皆足掀揭宇宙配天無極予覽其言壯之先是
巡撫中丞張君佳胤巡按御史向君程謝君廷
傑以脩舉祠祀事下有司議之未報予惟　留
都内地非支郡比尋以嘗所聽説請於政府江
陵張公公手報曰褒録特出
上恩建祠增祀以祗遵　明詔則守臣事也會今
少司徒江公以光禄卿來尹京兆既得報喜曰
革除諸臣或死封疆或死故城予
天子之守臣也惟祀典神祇是司　明詔赫奕昌

其敢廢於是議以嘗徇都城咸如例列祀使諸
孤憤遺魂猶獲血食茲地豈惟彰顯一時　遭
際表俗勸忠於是乎在議既定遂委成上元令
林大黼江寧簿郭祺擇地飭材工役棘與予與
巡按御史鮑君希顏唐君鍊詢謀僉同各發贖
金以佐工作提學御史李君輔諸君鈇與觀風
教敦勸彌篤未幾京兆公晉官大理卿已又晉
今官祠既訖工今大京兆程君嗣功少京兆陸
君樹德適來觀成司徒公遣官來告曰是舉也

於　國家爲懿章於天下後世爲公議是不可以無紀惟下執事圖之予辭不獲乃推本前說俾林令刻之碑庶幾來者因有攷焉萬曆四年七月既望

表忠祠置芻祭田祭器記

聖天子龍飛之歲發　明詔褒忠節羣公烝烝然祇奉　德意乃以畱都首善爲靖難諸賢死節之地而廟祀弗脩神靈未妥甚非所以揚　休命而訓來禩也於是大京兆少泉汪公白其狀

於府臺相地治城之東而世之祠焉黼不佞時承乏畿縣寔敦其役既以祠事時至其中周覽殿廡之盛仰而歎曰物理廢興良有時哉諸賢忠義堙滅有年一旦幸值

聖明顯微闡幽儼然俎豆猗歟盛矣然有祠無人弗能守也有守矣歲月遞更殘缺圯壞其何以久屬鄉民有好義而持田以獻者黼更捐俸廿一置田四十餘畝籍之祠中以付奉祀道士施歲收其入半以供守者之薪水貯其半以備

葺之用外緲門房四間祭品什物種種咸庀夫使能司其晨昏而灑焉伺其圮漏而葺焉卽所置雖微斯祠亦可賴以不廢又安知繼此而入者不益將擴而增之乎若乘時乾沒藉守之名而冒祠之利無論三尺神靈之謂何爾奉祠者寧不懍然懼哉旣而黼去爲中丞衙官其至益疎恐其久而湮也用舉其藉勒之堅珉俾後者有所據而考焉若夫紀精忠之節昭勸懲之義則有名公鉅筆在茲不敢復贅云時萬曆六年

冬陽月之望南京都察院經歷前上元縣知縣

莆田林大黼撰　田器數目已勒碑陰

京縣德政碑　南尚寶卿邑人許穀

南都爲我

皇祖肇基定鼎之地居人雖軍民相間而諸凡供應則悉取於民間之坊廂故應天屬縣有八在城則上元江寧征辨獨稱繁劇　國初政淳俗簡亾論即成治間上下遵度自常供正辦之外閭閻頗稱無事厥後恬熙既久蠹弊橫生吏胥

爲奸莫可窮詰於是額外無名之征肆行坊民財力有限支持不前蕩產破家者蓋十室而九也往上官駐節於茲仁明顧沿襲既久根株難拔間有張施率多何可否以此美意不行積弊轉甚天道周流無往不返今年諸公至止率留心民瘼譚及時弊亟欲得其詳而遂改之於是府庠文學生員趙[illegible]繼龍相與議曰民患孔棘久矣今上官軫念若此無亦剗復之幾乎失此不言後將誰拯吾[illegible]無慮切家庭初非鄉鄰之鬬安

得因循坐視徒儌安靜之名而忘父兄之難邪
乃條列弊端凡若干件遂偕鄉宦舉監耆老合
辭徧請時則大京兆沃洲吕公涖任浹旬愴然
在念延訪既悉責決尤至時則撫臺雙江方公
代巡小巖黄公斿旌並至協謀同情其有事關
諸司勢難徑斷者復與大京兆酌議移文部院
寺臺一時諸公悉見之動心各無矛盾時則戶科
給事中麓池郭公繫念該科專職恐遵行不恪
久而或渝復特疏題　請悉荷　俞旨在邑則

行上元房君韞玉丞程君民孚先後承意奉行惟恐不及未久而積弊頓革惠政渙流眞若一舉手之間而出民於水火之中者自今譚之其積弊極大者如光祿代運柴薪如九庫濫徵夫役終歲賠納各踰丁金其次如各衙門脩理廨宇燕會賓客新增應付添取工食牌票沓來靡費尤不可紀今皆置復舊規各從簡便毫髮不擾於坊民其餘飛灑濫役凡非二邑舊額而吏緣爲姦者一一停革詳在德政錄中於是留京遠

近驩聲載路且各舉手加額曰吾黨小人不圖
復有今日噫嘻向非大人君子加意窮民憫其
疾苦彼此合志斷在必行抑惡能溥福若是其
速哉既而城中父老文學復恐美政易湮後將
無考欲刻石傳遠以記見屬穀坊中人也即不
文其何敢辭竊謂　國家設官置吏本以安民
剔蠹袪奸乃所以安之也矧茲根本重地
皇祖嘗曰子孫百世無忘江左之民又
命上官與屢布寬恤之令有官守者能不惕然於

[illegible]摩謀既難協稍有避忌竟阻施行[illegible]化愛民如子若有待焉今諸公俯採芻蕘同[illegible]遂使民間受福如此豈非亨屯拯溺一[illegible]大機會哉吾民之在今日何其甚幸也今諸公並陟顯位行矣近聞繼政諸君率同此念凡舉一事惟恐勞人類多中心秉江寧令吳君福基丞李君慤上元簿彭君夢祥江寧簿梅君中立宣志愛民務承美意坊民自常供正辦之外非咎亦稱無事執此不更將底殷富孰謂三代之

歷不可復見乎穀淺陋無聞聊敘改弦盛美用代去思若繼政續書自有巨筆穀跧伏在野顧與吾黨父老樂觀其終云

犀公惠澤祠記

苑馬少卿盧𡌴

留都南門之外善世橋之西北有祠[illegible]曰犀公惠澤祠惠澤而祠德報德也麗公[illegible]撫院饑江方公也代巡少巖黃公也栗菴宋公[illegible]進戶科麓池郭公也巡江恒所艾公也京兆尹沃洲呂公也通府望沙陶公也上元尹待軒許公

也丞龍山程公也江寧丞蒼山李公也祠生祠也神明之也作之者誰上元江寧之人也夫名公流甘棠之詠何武興去後之思何今人相報之速也而又如是其周邪拯溺救焚非一手足之力出水火而登衽席則報之宜無不盡者矣葢二縣於應天附郭諸司轄焉其賦役之繁坊廂之困固非一朝邇年以來征派百出逃亡日衆存者凛凛然愁苦呻吟殆不知有生人之樂矣此何等時邪天啓羣公後先濟美上下同德

一聞民瘼靡不心盡是故導之而使言傾耳而垂聽委曲而爲之處由乎我者不移時而報罷勢相牽掣者移文以酌議乃郭公以考績入京則親爲題　請悉獲　俞旨家公駐節於茲又虛心博訪詳定條約俾卽縣亭勒石其詳具於惠政錄中語其槩則光祿之柴薪九庫之夫役歲免賠納者各不啻千金矣各衙門之修理與燕會以及額外之應付新增之工食與諸雜辦其所省又不知其幾矣坊長總坊當頭革而爲

顧役而取之者阻作奸者消矣徵派有數而[illegible][illegible]有權力差有等什物有紀益之流移當鋪三百則兩利而俱存矣府有號簿縣有循環部院有稽查戶科有奏繳其防檢可謂密矣是故昔之費也五六今之費也二三昔之勞也八九今之勞也一二昔之愁苦呻吟者今欣欣然有喜色而相告矣民之感之豈待既去之後哉祠之所以作也報之所以周也祠在衢路之衝外爲大門門內爲大堂堂有三楹堂之上堂之左堂之

右設塑像及木主焉堂之旁爲小廳如堂之數廳之後復爲二楹守者居之朝天宮道士也祠垣皆以磚祠之後有隙地畝餘種以竹竹且成林矣夫是事也始而建白者鄉之大夫士與耆民凡百五十人焉而趙生善繼爲之倡既而立之祠也有金和等若干人焉而趙生爲最力令之謁予爲記也有諸友焉亦趙生爲之先趙生亦有勞哉可書也已隆慶元年夏六月吉日

續建惠澤祠碑

應天爲天下首善之地我
聖祖定鼎之基也設一府八縣而附於郭者二曰
上元曰江寧若縣始爲坊百餘民咸隸焉既而
盈耗靡常正統間遂於上元併爲坊者四十有
四江寧併爲坊者三十有五厥坊定爲十甲坊
長一人甲首十人以供勾攝而已後以里甲吉
計始度力徵銀以備邑公費甲每二載有半役
輪一李先時戶蕃事簡吏咸守官常重名節民
不告勞熙如皞如嗣是寖淫徵需無厭凡宴會

瑣屑百種皆以邑民爲囊筒取諸中而用之計其浮費歲幾千有餘金而邑與他費不與焉民始嗷然不堪命矣先令苦應酬叅午乃思追趨逐嗜每坊擇民之少裕者數戶以總徵銀之出納號曰買辦名雖曰總而實則欲浮費之不足者責數戶以足之也夫以十數戶之窮氓供數千百大吏之冗費是生者寡而用者衆矣民安得不瘠且凶邪矧江南民無恒產多逐末以謀朝夕者邪且邑人素舒畏威不健訟是雖貧至

摟裂痛至刺骨亦惟向隅飲泣焉爾棄鄉井離墟墓焉爾甚則苦道脅無聊往往不欲其生焉爾嗟呼爲民父母一何使之至此極邪郡士白石趙子遭此家蕩析殆盡且痛無能援其溺者心獨傷之曰爲下爲民士之分也予既漫溺於役甚矣可忍視邑人之滅頂與乃率同志者陳諸當路趙子舉此毋孽邪不滿雖遭誣蔑弗挫時巡撫中丞方公諫議郭公代巡黄公京兆呂公惻然一爲經畫民痛甫少蘇居無何夙弊仍

荐臻矣葢大吏勢尊而嚴邑吏分卑而偪即有恤民之念亦末如之何也已矣孟子曰人皆有不忍人之心而乃若是豈誠忍乎哉良以左右羣小從臾爲之蔽爾使誠知民窮且困取非其所當取肯恝然邪趙子重悲傷之吏欲赴愬適逼府陶公攝江寧篆輒往陳之公聞愀然曰民至此乎爰相與謀諸僚友告諸京兆徐公方圖度與革會代巡宋公攬轡按郡謁 先師廿[illegible]甫已即以民瘼謁諸文學時趙子盱衡論言之

邑人亦往陳之宋公深憫焉志爲起癃瘵更役剔勅貞珉垂可久遂屬陶公以綜紀之公乃籌諸旦夕寢食幾廢究民隱剔奸蠹遏弊源幸諸大吏殊陋先吏之冗非痛爲裁革公創爲定畫一曰審實編櫃銀以去無徵者而公家得其實用二曰定額設外櫃銀貯庫以備公費而坊民免其浪賠三曰顧募應辦人役以便集事而吏胥公同支取四曰輪人夫以應其役使而窶之者敘次撥差至於應用什物之類貯於郡宇屬之

吏以廩迎送一不煩諸民於凡費之公者節之冗者裁之自此法立省民費者太半而胥之鼠究狐窟窣皆屏息若坊民之先曰買辦偺辦者舉皆罷去是何也朱子曰伐木而翦其枝葉不若斧其根壅水而捍其波流不若塞其源此固二公欲去坊民者之微意也非愛之深而慮之切奚能至此邪時有憸壬欲蠹之者公亦弗恤百年積弊不崇朝而獲清闔郡沈痾不崇朝而頓釋邑人如出膏火登爽塏室家舉欣欣然

生生之樂白石子躍然颺言曰吾志願畢矣噫微二公及白石子則吾邑人之楚毒將不知何所極矣爲吾民者何幸會逢其適然邪若吾邑之民又將曷以爲報稱之地邪夫是續之始之者羣公趙子之功也終之者陶公之功也無羣公趙子圖無以爲陶公之始非陶公將無以成羣公趙子之終而其所以集始之終之之成令民樂樂而利利者斯則宋公之功也祭法曰法施於民則祀之非此不在祀典若數公之於民

也非所謂法施者與然則尸而祝之於不朽固
白石子及二三邑民報之之念亦人心至公不
易之理也後之君子其尚仰我
聖祖建官爲民之至意體我
皇上望臣恤民之至仁懷保惠鮮俾邦之本也日
益以固其尚思葺公經始之計宋公陶公周公[illegible]
之心率由培植俾政之善也日益以行則郡[illegible]
其寧惟永矣予里居老矣良爲民苦仰屋[illegible]歎
者久忽荷賢明惠政之新幸吾民永綏[illegible]

趙子憂民之憂恐歲久[illegible]湮將漫漶莫考爰不
憚謭劣詳述顛末勒石[illegible]諸祠俾後之觀者庶
知之詳有所感而興起焉且令吾邑民世世享
德無忘其所自宋公諱[illegible]登進士以丙寅歲按
應天屬郡河南商丘人也陶公諱守訓登鄉進
士任應天通府廣西平樂人也趙子諱善繼號
白石事親孝且力學爲郡弟子員而念民之志
勁而不撓上元人也建於都城善世橋南者祠
也隆慶丁卯十一月十二日紀之石者江東鶴

山李曉也

上元縣德政碑記

雲南參政前翰林侍講那一鳳

上元爲應天首屬附京師我
太祖高皇帝爲根本重薄賦輕徭愛養極至洪武而下迄於正德吏不舞文民無所擾家給人足
神完而氣固蓋未有以病也嘉靖中禩惟正之供小破原額而歲時科派率至無常吏胥緣此以侵漁坐食因之而日夥神姦鬼祕莫可致詰

或者又從而是信是使焉故始以無藉而來者今皆得以衣紈袴啜粱肉棲大厦挈妖姬廣置膏腴而飛詭稅糧俾吾終歲勤動之民竭精力以應公家之求者什一剝膚鎚髓以待彼不時之需者什九日戚戚焉若三尸之伏肝癥瘕之糾肺憔悴呻吟罔不思所以瘳也而何生之能樂皇皇間得一人焉詰其受病之原予以對症之劑不徇庸俗滌臟濯腑而新之如袁侯隴西者蓋醫之䍐覯也當其時生意殆津津矣而以

他故去未竟厥施至今有餘思焉王道易行固如此隆慶壬申秋大京兆晴江杜公來首詢民瘼令極諄切别駕西津趙君適署乃事而奉行惟懇諭耆民陶詩吳遵道王大賢輩悉遵咨訪得其時弊之蠹政害民者二十件與其作弊欺負之徒罪惡貫盈者十四人併上之既又陳之大中丞巡撫崌崍張公按御閬臺向公咸是其言閬臺公謂必見忌於奸人而慮其爲之中上令悉治罪務勒石以利無窮意甚盛也事下節

推少峰周君暨趙君西津議以允合會土治之人而依憑城社者陰圖反中乘墉吠嘷勘覆雖極詳明而施行撫仍舊貫更生之良幾爲斷腸之酖民心又洶洶矣賴大京兆遡川楊公持以獨斷而力救之得弗修未幾而東瀛林侯至誠心愛民務芟宿弊據民謡允稱賢令矣而遡川公卽以是役懇責成之侯則按其成牘而周爰咨諏協於克一斷而行之以圖厥終至於今苛毒以融元氣以滋盎然得以永天命焉非諸公

之功而誰功邑之貳曹子藎臣杜子子晉承委宣勞若職允稱可紀也附紀之竊謂民之始是役也與其幾行而敗敗而興興而復成也其病症之展轉與夫藥力之瞑眩始終三年厥惟艱哉繼而太京兆少泉汪公至銳情求治剔蠹蘇瘵尤厪公意也乃與邇川公思其艱樂其成恐其久而或替特檄林侯督刻是石侯方祗奉成命殫精竭思首覈丁糧以窮其源次清飛詭以息其波剛實科以定其止據實徵以要其終[illegible]

諸馬政群糧長里批頭摠書外差皆害切腹[illegible]者悉爲拔去民間恆業存可無廢廢可期復益莫大焉餘件詳冊附刊徧衙俾吏書不得增損侵漁以病吾赤子則來者觀是刻可以稽醫案矣噫凡此皆民之情也民之言也因請記爲之次第云爾若夫緬思諸公再造茲邑之盛心仰

體

聖祖二百年前重本愛民之德意護桎子於濱死復甦之後殆有甚於眞元未鑿之先固執已試

之方勿爲浮議之奪客邪防之惟恐其或入元氣養之務俾之益充端有望於後之君子之重民命者

上元尹東瀛林公生祠記

開封府判邑人楊璧

爲民牧者施有德政以漸漬於民心則民於其去也恆感戴之感戴之不已又從而思慕之慕之不已又從而爲之祠宇以享祀之所以尊親之情於俎豆之間也自兩漢來恆有之

元之爲縣也我

高祖龍興之所當時實優假之如漢之豐沛邑然及後世有借征之米有代養之馬且豐亨尚大事充政重加以吏胥承之舞弄民益以困日就逃移民之逃移者衆則地之荒蕪者廣夫地不加闢日以荒蕪民不加多日以逃移子而字之不有賴於父母之賢良乎萬曆初年間林公以外縣政最擢上元令剗舊轍單熟路又本之以仁民之心以治斯邑[illegible][illegible]愛之也如慈母之於

乎其體恤之也如其撫之切身其周察之也如明鏡之照物凡有害於民者雖芻蕘之言必採擇焉朝謀夕訪往日宿弊一舉而更張之著爲畫一之法於是民之有田者則有征其數可知也有丁者則有役其程可考也又恐其久而廢弛乃上之京兆尹疏之於

朝廷既得　明允復勒之貞石使永永不易自是居者安行者止去者復而地之荒蕪者開易矣敷政四載撫按交薦擢居臺院民不忍其去相

聚而謀所以報之乃擇善地於青龍山之陽披草萊鳩工力建祠宇尸祝而爼豆之輿情之不容巳也詩云愷悌君子民之父母若我公者眞可謂民之父母矣子之於父母不忍一日離其膝下今兹之舉其亦子之於其父母瞻依於膝下者乎古語曰疾風暴雨然後知夏屋之爲帡幪也公之於斯民既屋而帡幪之矣則爲之民者不屋而尊親之其何以爲報乎其有此舉也宜矣祠既成鄉民以璧亦公之子民其沐公之

德化屬予言以爲記予謂公之廟享在丹陽鄉之民既配舊尹程公幷祀於土橋鎮矣泉水鄉之民又與京兆尹汪公共祀於三岡村矣慈仁鄉之民又與汪公共祀於燕子磯矣長寧鄉之民則獨祀之於棲霞山矣今茲之舉思之於既去復特奉而尊祀焉其飽德而感戴之者愈真切也壁固知言之無文不足以彰公之盛德然鄉民之請既不可辭而我公之實又不容泯故用直述以傳之不朽云公名大鰲字朝介福建

莆田人壬子科鄉進士今陞南京都察院經歷

頌曰吁嗟林公作我民牧爲國撫民爲民造福曰仁且明如育孩嬰思於既去實爲民情效彼良壘俎豆於此若子事親瞻之伊邇龍山青青彭水綠綠百代而後常相繼續立德立功可傳不朽惟公之祠與之長久萬曆八年孟冬之吉

金陵濬河賦 有序

南京都水司郎中壽州張夢蟾

金陵歷代有河　國朝疏治脈絡相貫節被

居民淳岸阨塞巢舍占侵河失其故矣今議濬復奉　欽依劄行職董其役是舉也倡始者給事淮陽朱維藩也申言者御史棗強李自謙也題覆而卒成之者堂翁進賢李公輔新城張公櫝也蟾特效犇奏之勞爾茲敘其顛末故賦

龍藏發源兮壅廬隈二源滙流兮天印厓秦鑿鍾阜兮斷長隴爲瀆入江兮號秦淮舟山東際兮滙青溪孫吳建都兮鑿東渠塹洩湖水兮派

九曲西連運瀆兮向南晉淵僑吴治府兮爲金
南唐鑿濠兮城名昇東晉盛白下兮壯武勝南接
長干兮西石城宋鑿護龍兮帶溪水周繞虹橋
兮潮溝邐鷺洲西南兮徹大江復開新河兮貫
漕艤我
明定鼎兮今留都　御河城濠兮廓規模沿革歷
代兮崇剏建正支鐇落兮景色殊龍光水關兮
下上浮飲虹更新兮朱雀頭武定文德兮豪舊
溜通濟大中兮復成流古津竹橋兮　御溝通

珍珠土橋兮湖水同板橋通賢兮集監胄直抵
玄武兮正河終東繇淮書兮四象始天津大市
兮太平喜斗門北向兮崇道連禺新武衞兮柵
寨止　御河青龍兮右台虎會同大通兮冠蓋
纓後有烏[illegible]兮控柏川古入河入正兮引櫂櫓道
城水遶兮濟江涘百折　上廻兮七十里轉輸[illegible]
餉兮倉廩實疏通地脈　文運美二百餘年兮
生齒繁衆巢築室兮卜[illegible]河失故道[illegible]
塞霆雨氾漲兮水墊民[illegible]欲議濬兮阻勢

郎報罷兮無專官今照省臺兮奏嘉疏奉　旨
遵劉兮縱大觀正河埃闊兮六丈多議闊四丈
兮分支河重耗財用兮思國計量坼民居兮致
人和荒度土功兮尠厉盡民居坼除兮媿力拙
躬持竿丈兮定方中治河舊址兮依然別派置
七廠兮亶經營文武參任兮各鳩工悉力疏鑿
兮兼挑運殷懃三月兮報工成帑金標給兮萬
餘千天假晴霽兮坱塽遍辟工爭奮兮效勞績
恍如地皺兮溘天鐫長波浹渫兮虹斯騰淇瀾

蜿蜒兮雲斯蒸呼吸百川兮逸勢激吐納靈潮兮大内興舳艫利涉兮百貨起風氣壯觀兮多士舉神皐四民兮盡歡稱

皇澤衍溢兮億萬紀

應天府學田記　南尚寶少卿府城周弘禴

明興經術振起崇儒右文隆重黌序至今彬盛也夫大江而南秣陵故稱佳麗其文雅風流卽盡滌洗梁陳之遺而綮莫掩王謝之美乃今非術弗進學校誠重顧學校何以重也隆

荒園梅花雜於茂草蕪寒氊者日不暇給乃有博士弟子挾策窮年青青者衿坐而待困則誰爲學校重也管子曰衣食足而後知禮節而子輿氏亦曰無恆產而有恆心惟士爲然嗟乎益難言之矣善乎學之有田也其事近古而利可久也今都御史邵公大京兆楊公皆文章鉅匠人倫師表以興起斯文爲已任先後爲京尹各捐俸輕貲置田如干畝乃移檄郡縣若民荒田附籍學宮又如干畝於是乎應天府學之有田

也自兩公始也夫應天固首善地其事行淳漓實爲東南倡顧不重與然予嘗論之善爲農者與善爲士者其致一也語曰力田不如逢年則何不舍鎡基而獨待時也此其說爲士風敝久矣則莫若以田喻田家力作歲時胼胝待日至而復刈之篝籅盈於車黍稷盈於器乃始治村醪擊瓦缶相勞苦曾不敢鮮衣妖飾乘堅刺肥侈然自肆何者其重本者不重末也唯知重本者不重末則爲士也幾矣然詠不云乎辟之農

夫是穮是蓘雖有饑饉亦有豐年夫士也持重本之心而薄逢年之計是今之良農固良士也寧直涗洗梁陳不其重掩王謝乎則兩公之植田疇實植士行也綸因從子應嵩成進上備員弖庠而堅請於予因稍稍撰次其說而今後乃東南經術之盛也自兩公始也郘公諱仲祿字孟廉四川夔州人戊辰進士楊公諱廷相字君贊福建晉江人甲戌進士

條議上元縣事宜四欵　前任知縣程三省

一定會計照得錢糧之不容不會計者謂法制未定經用浩繁不會計則徵輸不均徵輸不均則小民告困故立爲會計之法而著之冊籍俾民按籍遵守焉非謂規制既定之後年爲之計也上元縣錢糧先經　欽差廵撫都御史汪刋定賦役書冊勒之貞珉每石平米該納本色若干折色若干每丁石該條編銀若干彼其時雖使五尺之童赴納莫之或欺法久寖移時窮事變每年稅糧條編俱待會計而後定然會計不

常遲速靡一比及會計單下則小民先已照
上納倘有加編則重復增添即或稍減徒爲
排積歇充私橐爾且數多增益無從覈實蓋吏
書非會計則工費無取就中或增一無名之征
彼下吏小民誰敢爲之辨虛實哉合無查照原
奉石刻書冊除見徵外令後分毫不得增改即
有不得不增者須奉詳允明白方行編入年終
不復會計庶小民易於遵守而積猾不得高下
矣

一均供應照得太常光祿内府進　貢等項銀事千重典非獨上江二縣當辦卽直隸諸州皆應有之乃近年以來一一取足兩縣加編千餘兩有零查得前編賦役書册内開每石平米止編二錢七分今則三錢二三分矣江寧地稍肥饒猶或可支若上元則近城膏腴田俱屬軍屯僻遠山鄉始爲民土且低者濱江没高者瘠磽不堪一槩加編何從措辦卽如龍[illegible]扛夫銀兩每年編銀一百三十八兩今且

借支一百四十八兩他項稱是年復一年何所底止蓋外縣徵解不前兩縣催督難緩故因仍苟且莫可究詰也又有甚者齊庶人之喪禮銀兩年年會編侯伯之棺木　䘏典取足兩縣神京赤縣獨不可均攤外郡乎合無查照賦役書冊除舊編外凡近年新增者均照外縣丁糧一攤派庶都邑之民稍得蘇息而於陵寢重地裨益非小矣

一改漕糧照得兌運乃惟正之供漕糧實　國

儲攸繫事體重大上江二縣難應獨免但人臣
謀國惟擇便安事苟利民無嫌易轍使外郡之
糧不運南都則上江兊糧無從抵補仍舊可也
查得各省糧米歲運南倉者不下百萬餘石而
江之糧復從北兊無論常例有費耗折有費
次有費以至淋尖踢斛等弊刮盡民膏即過
江蘆蓆楞木脚價之需總計十分有六倘以
京之糧實在京之儲前項皆可省也若外
米則不然既已運至南都仍復搬至倉

不貲兌運尤便矧上元平米正副不過二萬有餘以彼易此甚覺輕便亦何所禁而不爲之一轉移哉先經大司農山西王公條奏事宜曾議及此竟以事件頗多槩未議　覆今若擇其相當者一更易之亦萬世之利也

一免重差照得上江二縣條編銀兩已奉明文一則均派矣每年仍有各衙門庫斗諸役工食取之條編差使則令親役每一入直則有常例有買辦有守候無名之費諸雜枚舉群閭戶之

老稚傾舉室之積貲僅足以償間有庸駑愚朴不諳事體者則顧募積猾以充工費十倍猶且噭噭稱苦蓋名雖親役實則積棍包當騷擾甲戶牽扯幇貼彌月積歲漫無休歇不至於吮盡膏脂不止也且每一編差覓緣請託遍及要津一失關防祇足供吏胥之賄免爾殷富坐享膏腴窮民甘受苦役奈何正賦之外復有重賦如此哉第事干各衙門相沿成套有司一議及此受謗受累莫敢誰何非奉明文難革夙蠹也合

無請乞曲爲調停立爲經久長法寧厚工食仍行應役庶小民免重役之苦而閭閻霑法外之仁矣

丁糧議　　大名守姚汝循

國朝賦役二法斷自
聖祖宸衷然跡亦監於唐宋以來制度而損益之者也大都有丁則有役有田則有賦卽唐租庸調法之遺意雖三代盛時不過如是特繁簡輕重有不同爾甚良法也奈何時久則事增事增則役

繁至巡撫周文襄公時始創爲勸借之說以糧補丁然不過十之二三而已至巡撫歐石江公時事益增役益繁而人丁益不能支矣於是有均攤米與人丁均編而賦役二途遂合而一雖一時權宜救敝不得不然而實與祖宗創制之初意寖失盡矣乃至今日編差則人丁止居四分之一而糧石反居四分之三是本末倒置甚矣夫議法不求其原終非盡善人人難無可奈何而安可不少示存羊之意耶此愚

丁糧以俟將來議法者考焉餘見後議中

寄庄議　前人

今夫一里十甲一甲十排一排十戶此正法也十戶之外有奇零則謂之奇零戶至若寄庄戶則人非版籍徒以田產置在各里而得名者也其人或爲流寓或繫鄰封此等通天下皆有而惟南都爲最多葢南有三十六衞及各衙門欽天監太醫院等役又四方流寓之所萃聚皆得置買田土故視他方爲多然此寄庄皆富室乃

貧民之所依可有而不可無者也何則往昔田糧未均一條編未行之時有力差一事往往破人之家人皆以田爲大累故富室不肯買田以致田地荒蕪人民逃竄錢糧拖欠幾成敝縣矣賴巡撫海公均田糧行一條編法從此役無偏累人始知有種田之利而城中富室始肯買田鄉間貧民始不肯輕棄其田矣至今田不荒人不逃竄錢糧不拖欠而價日貴一日富室田之故也蓋貧民種田牛力糞草不時有

不能濬而深堤壩不能築而固一遇水旱則付之天等而已矣今富室於此等則力能豫爲故非大水旱未有不收成者況富室不能自種必業與貧民貧民雖棄產而實與富室共其利[illegible]一石則人分五斗收十石則人分五石又半之種子出於富室而錢糧又辦於富室時有水旱則富室又假貸而濟之貧民惟力耕耘坐享其成焉故曰寄庄富室乃貧民之所依可有而不可無也今議者動欲借口恤貧民而遂抑寄

庄每至審編凡寄庄則論田以報丁口夫人戶當以版籍爲定寄庄本自有籍卽有丁當附於本籍而又因田以報丁是一身而二役矣貧民旣謝糧於富室與富室共享田中之利而又因田去而脫其丁是爲漏籍戶有身而無庸矣與

祖宗時因田起賦因丁受役之意不尤失之遠耶恐議法者覽此亦不可不加意也

改兌議　前人

國家兩都並建於是糧運有南有北南糧皆來

自湖廣江西浙江等處至於上江兩縣則
過淮米而付軍兌運查得兩縣改兌正糧上元
止該三千六百七十石江寧止該三千二百七
十石因兌與軍於是有過江脚價船價蘆蓆鋪
墊加耗等項於是上元共該本色米四千八百
五十餘石又折色銀一百七十二兩淮米三百
四十五石江寧共該本色米四千三百一十餘
石折色銀一百五十三兩淮米三百七石幾增
三分之一矣若使將二縣之糧盡改爲南糧則

加派可免而官軍又可免役一歲所省亦不貲矣或曰過淮有定數改此則將何以補之查得嘉靖庚申年分因南糧不足供軍蒙總督侍郎黄公奏將湖廣等處過淮糧改爲南糧若干石卷案尚存惜乎當時議不及此而兩縣又不以上聞遂使良法美意湮閼至今今若將原改之數照舊仍令過淮而以兩縣運數抵之豈不兩便乎嗟乎上江兩縣乃　國家根本重地其差糧雖與各處等而雜役則倍之蓋有　内府及

各衙門人役供應皆取給兩縣此他方之所無而此方之所獨者今既不能減免而借此一轉移間少蘇其困豈非不費之惠乎剏令諸司建白紛紛苟有利於生民　廟堂無不采而行之顧未有議及於此者倘不棄芻蕘以之轉聞焉地方曷勝幸甚

糧里議　月人

糧里二役名爲重差而實亦不同糧長主收一年之錢糧凡有力者皆可爲之不必寄庄與土

著也若里長乃
祖宗以來版籍戶役不惟寄庄不可頂替即別圖別里亦不可那移葢其間有逃軍逃匠一亂其版籍則此等何由稽查如果丁盡戶絕只可先儘本甲及本圖再不得已惟有併里而已又果丁雖存而貧難無力或里中米少而寄庄米多只可照米量行幇貼況此役止於催辦錢糧勾攝公事荅應卯酉原與糧長關係不同少得津貼且有樂從之者矣顧近來有等奸頑見別里

別圖或寄庄富厚欺其良善動輒告吏里而嚇詐取財官府一爲准理即不與吏而得已多矣故當事者宜知糧長可以照力僉編而里長未可輕聽更替則小民安生矣

荒白米議　　陳以代

夫曰荒白者何虛田之稅也曰虛田者何濱江坍沒存其虛數故也存之者何　國稅有數不可縮也則減半而徵之復爲之均攤於一邑之田其出之是爲虛田之稅也已而有叢弊焉叢

弊者何夫江水之有噬嚙其常勢也丁之者不得不鳴於公家以均其稅而力弱者則不能鳴力强者未必當鳴而鳴焉即使縣官親勘之猶不得實是故有倖免者有不得免者夫邇年田數視　國初則有間矣安在其不可減也往者吾不聞矣頃年海院丈量魚鱗而籍之誰得指東爲西冒彼爲此使當此時除其虛數第舉國稅之防而均之見田之中何不可者而當時猶存其名是後則漸增而未已也諺曰三十年一

[illegible]手河西言其長於彼則消於此長於此則消於彼常勢然也今二百年來但見其消而不見其長攤免者累累而陞科者寥寥則何爲其然也往又聞攢造之歲司委之官以荒白爲豪家之餽令其享無糧之田而槩縣爲之出稅豪家亦受其私恩而不辭則鄙夫者之爲之也甚哉荒白之難覈也後有鳴者宜致謹焉

清軍議

前人

郡縣之不能無軍殆遍寰宇求其配所有定業

軍常著伍子孫代替至今原籍之家年遠無勾
而總其本籍之有軍者有之此其幸者也然軍
罪本下死一等役之苦者莫甚於軍則樂逃者
亦莫甚於軍每解一軍爲之買妻爲之僉解爲
置路費以一人之故累及數十人者有之乃解
而輒逃逃而復勾勾而復補逃之本籍猶可[illegible]
也逃之他鄉而本籍之詰捕者不勝其擾至以
嚴急之故復解一人者有之此通弊也又勾[illegible]
[illegible]往視時緩急往隆慶中嘗特差[illegible]

中[illegible][illegible]而本縣勾軍一科書手至一十有六東迴而人不遣蠶食無出則每歲本縣自戶清審一番每一勾攝候者彌旬里胥索瘢端廢業後以父老應名陳利害然後減去今軍解必僉其戶丁戶丁人乏始及同甲同甲人乏始及同里止矣而往者捨同里而僉諸槩縣殷實之家夫捨同里而僉別里無理之甚人得攀援辯釋及得辯釋而展轉數家廢業私囑者又不知其幾矣然後仍役同里之人此亦一十六

人者之爲之也弊則徃矣陳之杜窩株也

申革督糧常例碑　　知縣葉士敦

應天府上元縣爲乞革督糧積弊以清本源以
善催科事照得本縣民素刁疲錢糧久負卑縣
視事十月日爲講求拖欠之故有曰縣聽吏書
索騙匿欠戶而不爲舉白者有曰房保里排
收入私橐而不爲輸納者欠糧之弊大都[illegible]
知有管糧官受賄而爲弊之本源乎本縣
每十里分爲十區每區總糧長一人副[illegible]

五人小糧長里各一人每年總糧長與管糧官一十兩副糧長與管糧官三五兩小糧長與管糧官一兩十數在官什三在門書什一在皁快大約得六七百兩號曰常例是常例也官有一見利而便昏者即如蠅之溺腥或始勵操而終變者卒如猩之探酒夫官之於民惟無私而後法行法行而後民從之今每歲數十百金無因至前私之逞也法焉在乎且糧長之所以遺金於官者何也圖以緩比期也圖以減比刑也以

銀錢出民之袖入官之手兩無言而心契心契則比不約而自緩刑不命而自輕夫緩比輕刑民有所恃而無所憚有恃與無憚之心合糧之手復一年欠而屢欠非此爲之源耶夫本縣糧無完歲本府票無停時昇縣撫心久施之[illegible]召職之難勝攢眉閭里之艱恨催科之[illegible]不急於糧而急於常例之派官不[illegible]公[illegible]於私遺之籌是使負糧終不當[illegible]非扐不敢謂正身便足以率僚稍解[illegible]

以伸法伏乞詳覽賜禁豎之糧廳使後來者果君子耶自痛懲前官之非耶小人耶亦稍革利蠹之弊清一官而下之吏書又下之房保里排類將各爲做傚庶幾哉法可漸行民可從令久欠之糧始可漸議催徵矣謹此蒙

欽差總理糧儲提督軍務巡撫都御史趙　批京邑小民窮困已甚而管糧官歲得常例數百金無怪乎公賦愈逋民愁轉深知縣葉士敦目擊心憐發此長歎欲求行禁革其志行才識可謂

出人頭地仰應天府通行各處立石嚴禁已往員役姑不追究敢再違犯者訪出定行拿解正法蒙

巡按直隸監察御史龔　批管糧官惟索常例以充苞苴曾無催科之慮里排輩惟恃常例之入谿壑慣起逋負之心此官民相猫鼠而錢糧所以不完也據詳洞知此弊申詳禁革眞清源之論哉如議刊板嚴革暨之糧廳仍大書告示曉諭百姓倘管糧官再有需索常例者該縣徑

自揭報或本院訪實定行拿問重究決不輕恕

蒙

本府批糧官索受常例以致徵輸之法不行新舊之逋日積此地方首蠹所宜痛懲而嚴革者該縣直陳其弊豫防其後真正本清源之上畫也如議嚴行禁諭刊示本廳以警將來設有仍蹈前轍者勿避嫌怨據實申送以憑查㕘等因

奉此遵依勒石

萬曆二十五年五月吉旦立

按吾邑葉父母眞古賢令之儔即此申詳一事而省民財完國稅其利甚博其慈仁明毅具見他如新任革去公筵僚友不通私欵縣庭問訟曾無自理贖鍰皇磚解户爲之頭會路費坊甲丁銀昔也過支而今以其餘復置公物試官供給往多冒費而今自監督三分省一諸善政不能盡書姑附記于此

上元縣志卷之十二終

上元縣志後序

君子之愛民也深故其垂澤也[illegible]不圖一時之治平而猶思有以遺諸[illegible]後眞如父母之燕翼其子而且貽之孫謀如是者莫良於誌夫誌者識也考諸前以俟諸後之謂也維茲上元爲陪京首邑宮府交錯公私鞅掌祈目前乎治皆賢常難之矧貽之後耶我

父母先生確菴程公往令豐邑嘗以治安之餘重修邑志迨今豐邑士取爲則暨遷是邑則嘗詢邑乘知其佐給正德之季自嘉靖以來嘗易事更厥故不尠迺闕焉未載即有意纘修嘗以屬暨而當其嘗公圖未遑而暨亦未敢承也暨三載考績復任則精明益[illegible]瀝行自近迺百廢具興弊孔悉杜而[illegible]

欲遵其畫一之意於方來迺決意成之
啟諭於不肖而登則不可辭矣於是[illegible]
同志文學盛君敏畊陳君桂林二君
博雅足裨不肖譾陋三卷以下多二君
之力登司校勘而已迨脫稿而程公內
擢地官以去遵賢以命剞劂繼者梧藤
孫父母先生廉明慈厚洵能與肯人
協心底治䂓令司牧自

京抵以上咸詢民瘼爰竟刻之刻成
登奉往諭叙其後曰凡志有三要焉一
曰紀政二曰觀風三曰攷藝夫洪範食
貨太學理財固政理所先也操一邑盈
縮之數以御出納之常毋有不察中蠹
而外窳故爲政者皆謹於此此程公亦
志也至於采風陳詩固司牧者常諮
之爲化理之助而守内人士齒及徽邑

動以東晉六朝目之而來遊來歌者尚
拾咨人慨嘆之餘唾夫以殷人舊染至
周維新秦人樂戰迨漢醇厚均是民
也顧化之所漸如何耳洪惟我
聖祖定鼎於斯
聖神彈治敦信黜浮而都人胥顧其化
故其遺民老成輩出載在志中者可
按覆也嗣是清談之風易而爲敦大弈

碁之勢奠而爲永安今不曰豐芑之遺
休而曰六朝之故習不曰卷阿之餘韻而
曰江左之流風此非僕之所敢知也且龔
遂在齊尚革佩刀之習文翁治蜀鬱爲
文學之邦彼一守宰而猶若是矧被
聖神之漸摩者乎第消長之機惟在所爲今
所冀後之君子撫我
聖祖之遺黎思我

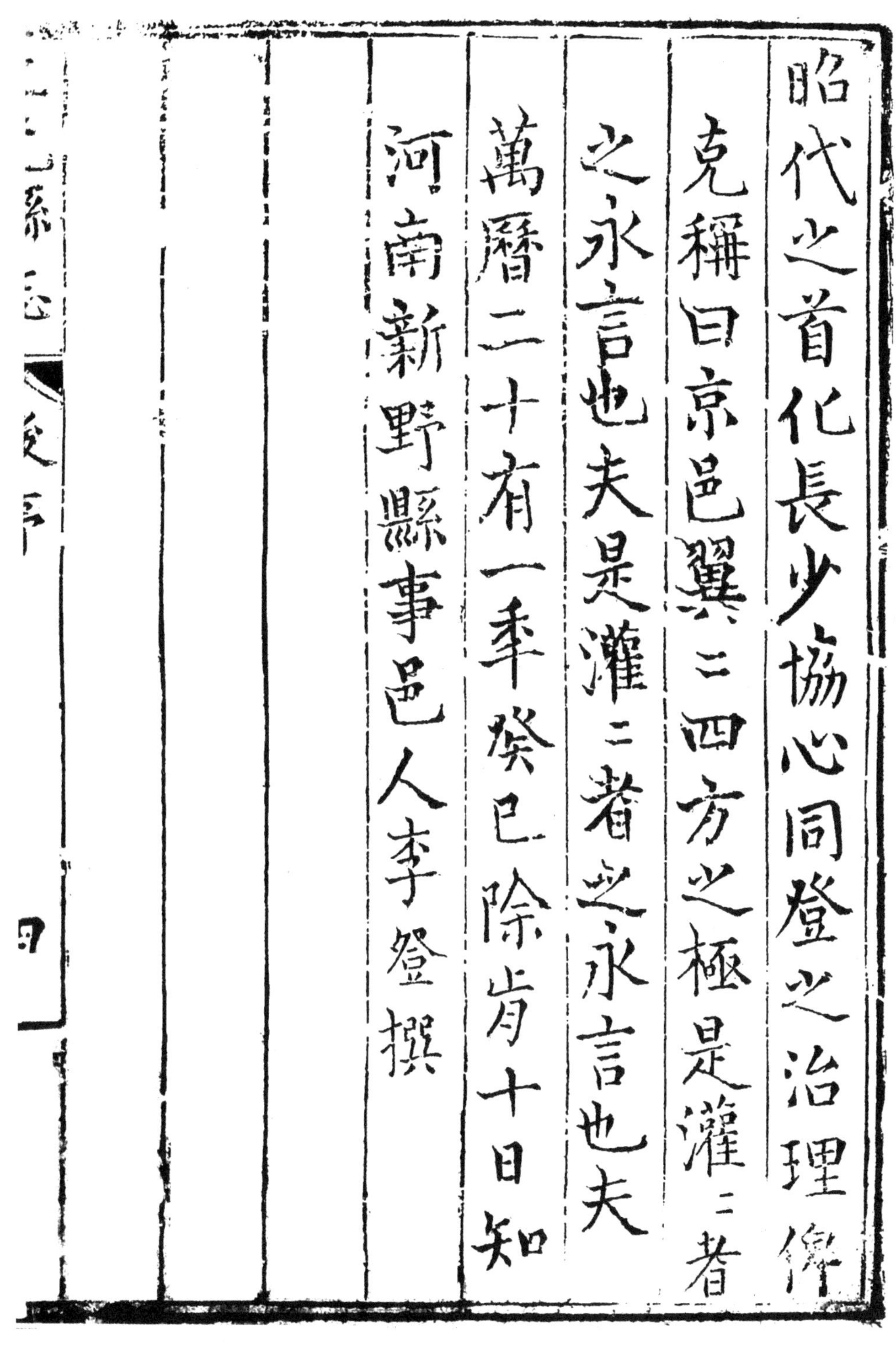

昭代之首化長少協心同登之治理偉克稱曰京邑翼翼四方之極是濯濯者之永言也夫是濯濯者之永言也夫

萬曆二十有一季癸巳除月十日知河南新野縣事邑人李登撰

上元縣志跋

萬曆癸巳冬石城李君以所編上元志見貽且謂予不容無言予惟今之志郡邑者豈不犂然具乎哉顧志者識也紀地方之沿革俾後之人有可考而識之也假令志具矣而空言是視玫鏡罔聞祇以飾聽睹而侈文具爾奚益焉維茲上

元

神京赤縣湯沐比隆豐芑化洽實稱首善然俗久弊滋時移政蠹他姑勿論卽如土田戶口半耗注籍而賦稅差徭增且倍之則志之不具而稽之未審也夫

國初移富戶以實京師今且瘠貧民以煩供億根本重地司土者寍懇

然視之乎諦觀茲編綜覈該博討論精詳而田賦一志攷往古之定額稽羣公之擘劃尤足鏡覽儻當事者按籍而備觀之戶口咨何以繁今何以耗傜役咨何以簡今何以增撙節調停較若畫一則斯邑斯民有厚幸矣其他官司之沿歷風俗之淳漓人物

之盛衰則都邑大觀風教嚮捷感發興起存乎其人又奚俟予贅云

萬曆甲午春正元日戶部雲南清吏司主事前知上元縣事富順程三省書於治粟公署